인민을 위해 복무하라

爲人民服務
閻連科著

인민을 위해 복무하라

爲人民服務

옌롄커 장편소설

김태성 옮김

웅진 지식하우스

爲人民服務 [wèi rénmin fúwù, 웨이 런민 푸우]

1. 인민을 위해 복무하라

2. 1944년 중국 최고지도자 마오쩌둥이 발표한 유명한 정치 슬로건

3. 개인의 행복보다 혁명의 대의와 사회 공익을 위해 일해야 한다는

중국군의 책무를 담은 국민적 구호

일러두기
1. 작품 속에 등장하는 모든 인명과 지명은 국립국어원 외래어표기법에 따랐습니다.
2. 본문 내에 덧붙인 모든 주석은 옮긴이의 것입니다.

사랑·존엄·문학

– 한국 독자들께 보내는 편지

존경하는 한국 독자 여러분,

《인민을 위해 복무하라》가 한국에서 출판된다는 것은 저로서는 무척 반갑고 크게 위안이 되는 일입니다. 하지만 이런 위안 속에서도 저는 담담한 서글픔과 어쩔 수 없는 막막함을 느낍니다.

《인민을 위해 복무하라》는 아주 작은 분량의 책으로, 한 자 분량으로 따지면 10만 자도 채 되지 않습니다. 하지만 차분히 생각해보면 10만 자도 채 안 되는 이 책이 인간과 인류사회 전체의 발전에서 가장 근본적인 두 요소인 '사랑과 존엄'을 이야기한다는 것을 알 수 있습니다. 인간이 인간일 수 있는 것은 누구나 존엄을 필요로 하고 존엄을 위해서라면 모든 것을 기꺼이 희생할 수 있기 때문일 것입니다. 예로부터 오늘날에 이르기까지 중국과 한국, 아시아와 유럽, 라틴아메리카 등 지구상의 모든 나라와 지역에서 일어났던 전쟁과 혁명, 폭력과 권력을 위한 투쟁, 그것들에 반대하기 위한 투쟁, 그리고 우리의 일상에서 끊임없이 일어나는 격렬하고 조용한 투쟁과 뼈에 사무치도록 처절하기도 하고 닭털처럼 사소하기도 한 싸움, 행동으로 나타나는 투쟁과 마음속으로 은밀하게 진행되는 암투, 그리고 감정과 영혼에 상처를 입히는 모든 가해행위 가운데 인간의 사랑이나 존엄과 무관한 것이 있을까요? 이 모든 유형의 싸움과 투쟁 가운데 사랑과 존엄을 확립하기 위한 것이 아닌 게 있을까요?

《인민을 위해 복무하라》는 소설이라는 형식을 통해 중국의 특수한 시대와 배경에서 일어났던 사랑 이야기를 전하고 있습니다. 그 시대는 혁명이라는 이름으로 세워진 영혼의 감옥이었지만 이런 감옥이 단지 중국인들에게만 있었던 것은 아닙니다. 과거에도 그랬고 현재에도 그렇고 미래에도 그렇겠지만 인간이 존재하는 한 권력은 존재할 수밖에 없고, 정치와 국가가 존재할 수밖에 없습니다. 그리고 이러한 영혼의 감옥은 필연적으로 견고한 담장을 갖추게 됩니다. 이 보이지 않는 감옥의 담장 안이 바로 인간 정신과 문화의 또 다른 아우슈비츠가 되는 것이지요. 소설 속에서 주인공들이 연역해내는 진실하면서도 황당한 이야기는 사실 갇힌 사랑이 하늘을 향해 외치는 절규이자 십자가에 매달린 인간의 존엄이 모든 사람을 향해 호소하는 구원일 것입니다. 소설에 담긴 모든 망설임과 타협과 배반도 자신이 처한 사회 환경에 대한 우리 인간들의 어쩔 수 없는 흐느낌이자 반성일 것입니다.

소설은 결코 칼도 아니고 총이나 수류탄도 아닙니다. 오히려 노래이거나 인간 정신의 교향곡이라 할 수 있습니다. 예술에는 적이 없는 셈이지요. 노래나 교향곡에 적이 없는 것은, 햇볕이 한여름 따가운 햇살이 되고 땅을 마르게 하며 인간을 혹독한 기근에 빠지게 하지만 인간의 적이 되지 않는 것과 마찬가지인 것입니다. 문학은 영원히 우리의 삶 속 햇빛이자 달빛이고 가뭄에 내리는 단비이자 장마 끝에 비치는 햇살입니다. 우리는 문학의 존재를 위해 노래합니다. 문학은 우리에게 영원한 삶이자 노래입니다. 문학의 유일한 적은 시간입니다. 시간은 문학을 살리기도 하고 죽이기도 하며 장수하게도 하고 단명하게도 합니다. 따라서

문학의 호흡을 멈추게 하려는 모든 행위는 동쪽에서 떠오르는 태양의 궤도를 바꾸고 물 항아리나 우물 안에 달빛을 가둬두는 것과 다를 바 없습니다.

저는 문학을 위해 노래합니다. 생명을 위해 노래하고 사랑과 존엄을 위해 노래합니다. 글을 쓰는 과정에서 어느 날 온 세상을 깜짝 놀라게 하는 작품이나 대대로 전승되는 명작을 쓰고 말겠다는 사치스러운 희망을 갖지 않습니다. 문학으로 인해 위대해지거나 이름을 빛내야겠다는 생각은 더더욱 없습니다. 하지만 문학이 제 속마음과 영혼을 보다 구체적이고 깊이 있게 표현해주기를 기대합니다. 최대한 사실적으로, 가급적 더 아름답게 제 영혼의 고통과 환희를 드러내주기를 바랍니다. 텍스트는 그 자체가 일종의 아름다움입니다. 《인민을 위해 복무하라》는 저의 창작물 가운데 그렇게 두드러진 위치를 차지하지 말았어야 했습니다. 그러나 운명 때문에 가장 눈에 띄는 자리에 놓이고 말았습니다. 이것은 저에게 큰 유감이면서도 동시에 큰 행운이라 생각합니다. 세계 각국의 독자들에게 쓴 글의 끝에 저는 이렇게 쓴 적이 있습니다.

"이 소설은 모든 사람에게 들려주는 이야기가 아닙니다. 이 소설은 단지 인류의 운명과 역사에 커다란 관심을 갖고 있는 독자들에게만 들려주는 이야기입니다. 이 소설은 인간의 존엄에 대해 영원한 존중과 사랑의 마음을 갖고 있는 사람들에게 보내는 한 통의 편지입니다."

이것이 존경하는 한국의 독자 여러분께 전하고 싶은 제 폐부에서 쏟아져 나오는 마음의 소리입니다.

2007년 8월 12일 베이징에서

옌롄커

차 례

1장

　소설은 삶의 많은 진실을 유일하게 대변한다. 그렇다면 소설의 방식으로 이를 표현하기로 하자. 어떤 진실한 삶의 모습은 허구라는 교량을 통해서만 비로소 확실한 경지에 도달할 수 있다.

　사건이 하나 발생했다면 이는 소설 속 사건이기도 하고 삶 속 사건이기도 하다. 혹자는 삶이 《인민을 위해 복무하라》라는 소설 속 사건을 재현하고 있다고 말하기도 한다.

　사단장 집에서 취사를 담당하는 고참 공무분대장 우다 왕吳大旺이 채소 바구니를 들고 사단장 집 부엌 입구에 서 있을 때, 사건은 또르르 굴러와 마치 수소 폭탄이 터지듯이 요란하게 그의 눈앞에 펼쳐졌다. 원래 식당의 식탁 위에 놓여 있던 '인민을 위해 복무하라'라는 붉고 큰 글씨가 새겨진 나무팻말이 이번에는 타일이 입혀진 부엌 부뚜막 위에 놓여 있었다.

'인민을 위해 복무하라'라는 글씨 왼쪽에는 다섯 개의 붉은 별이 빛을 발하고 오른쪽에는 물병 달린 장총이 그려져 있었다. 그 아래에는 풍성하게 수확한 보리이삭이 새겨져 있었다. 사단 전체가 본받아야 할 모범 인물이요, 전형적인 조직형 인물인 고참 공무분대장은 이 나무팻말이 담고 있는 깊은 의미를 남달리 알고 있었다. 다섯 개의 별은 혁명을 의미하는 것이고 물병과 장총은 전투와 역사, 그리고 길고 험난한 혁명의 역정을 의미했다. 또한 보리이삭은 풍성한 수확과 아름다운 미래, 공산주의가 실현된 이후의 찬란하고 아름다운 세월을 상징하는 것이었다.

어느 날, 사단장은 어디서 났는지 하얗게 칠해진 바탕에 붉은 글자가 새겨져 있고 그 좌우 양측과 아래에 붉은색과 노란색으로 다섯 개의 별과 장총, 물병, 보리이삭 등이 그려진 나무팻말을 들고 집으로 돌아와 식탁 위에 내려놓았다. 그러고는 자못 엄숙하고 경건한 표정으로 한창 식사 준비를 하는 우다왕을 보며 나무팻말에 담긴 의미를 알겠느냐고 물었다. 우다왕은 잠시 팻말을 응시하더니 하나하니 자세하게 그 뜻을 설명해보였다. 사단장은 이내 미소를 지으며 환한 얼굴로 말했다.

"훌륭하군. 아주 훌륭해. 우리 집 공무원 겸 취사원이 그들보다 깨달음의 수준이 훨씬 높군."

우다왕은 사단장이 말하는 그들이 누군지 알지 못했지만 하지 말아야 할 말은 하지 않고, 묻지 말아야 할 말은 묻지 않으며, 하지 말아야 할 일은 하지 않는다는 군대의 규칙에 따라 아무것도 묻지 않고 사단장과 그의 부인에게 줄 국을 끓이기 위해 다시 부엌으로 돌아갔다. 이때부터 '인민을 위해 복무하라'라는 문구가 새겨진 나무팻말은 식초병과 고춧가루 병, 참기름 병과 나란히 식탁 위를 차지하며 '식탁 가족' 가운데 가장 위대하고 빛나는 일원이 되었다.

세월은 마치 군영을 가로질러 흐르는 강물처럼 아무런 소리도 없이 앞을 향해 침착하게 흘러 하루하루가 지나갔다. 사단장은 매일 새벽 군대의 기상나팔이 울리기도 전에 군복을 갖춰 입고 위층에서 내려와 대운동장으로 건너가서는 그날 자신이 훈련시킬 말단 장교와 사병들을 둘러보고 나서, 밤새 꺼져 있던 나팔이 울린 지 한참이 지나서야 살짝 피로를 느끼며 다시 사택으로 돌아오곤 했다. 사택으로 온 뒤에는 먼저 군복을 벗고 아래층으로 내려와 세수한 다음, 다시 위층으로 올라가 휴식을 취했다. 혁명과 작업은 사단장의 영혼이자 생명이었으며 사단장 인생의 전부이자 핵심이었다. 사단장은 어린 시절부터 항일전쟁과 토지혁명, 해방전쟁이라는 위대한 역사를 마치 역사의 부드러운 줄자처럼 자신의 생명 속에서 하루하루 생명의 의미를 측량했다. 이제 나이 쉰을 채우고 인생의 정오를 넘어 황혼을 향해 가는 노년이 바라다 보이는 지금까지도 사단장은 매일 줄자로 자신의 생명의 의미를 측량하고 있었다. 하지만 젊고 아름다운 데다 사단장보다 열일고여덟 살이나 어려 사단장이 늘 샤오류小劉, 자기보다 나이 어린 사람의 성 앞에 '小'자를 붙여 다정하게 부르는 호칭라고 부르는 사단 군병원 간호사 류렌劉蓮은 사단장의 아내가 된 이후로 더 이상 병원에 출근하지 않았다. 사단장이 그녀를 출근하지 못하도록 한 것인지 아니면 그녀가 더 이상 출근하기를 원치 않은 것인지는 알 수 없지만 그녀는 결혼한 이후로 꼬박 5년 동안 사단장의 사택 안에서 사택과 사단장의 위엄을 동반자로 삼아 고위 간부 사택의 주인 노릇을 하고 있었다.

우다왕은 류렌에 관해 아는 바가 거의 없었을뿐더러 사

단장의 사택으로 오기 전까지는 면식조차 없었다. 그녀의 친정이 어디인지, 그녀가 어느 해에 군에 들어와 간호사가 되었는지, 그녀가 지난 5년간 출근하지 않고 매일 식사시간마다 아래층에서 식사하는 것 외에 나머지 시간은 위층에서 어떤 일을 하며 보내는지도 알 수 없었다. 이 밖에 우다왕은 그녀가 출근하지 않는데도 부대에서 월급을 받는지, 군인의 신분이지만 5년 동안 군복을 입지 않았기 때문에 혹시 군인의 규칙과 직책을 잊은 것은 아닌지 알지 못했다. 우다왕에게는 그녀의 인생이 안개에 싸인 공백이었다. 마치 사계절 내내 깊은 안개에 휩싸인 산맥과도 같았다. 그 산이 민둥산인지 아니면 숲이 우거지고 깊은 골짜기로 둘러싸여 새들이 지저귀고 꽃향기 가득하며 샘물이 졸졸 흐르는 그런 곳인지 우다왕은 알 수 없었다.

그는 류렌에 관해 모르는 만큼 더 이상 관심을 갖지도 않았고 그런 만큼 사단장이 맡긴 임무에 매우 만족했다. 이미 군복무 경력이 꽤나 긴 고참병이었던 우다왕은 군 기록부에 적힌 명예로운 기록들이 창고에 가득 쌓인 재물만큼이나 많았고, 여러 차례 공을 세우고 표창도 받은 모범당원이었다. 연중이나 연말에는 관리과 과장에게 취침시간에 베개를 건네주듯이 선물을 바치곤 했지만 이런 걸로는 아직 한참 부족하다고 느꼈다. 본질적으로 말하자면 우다왕은 명예에 만족할 줄 모르고 진보를 갈망하는 우수한 사병이었다. 시간의 긴 강을 거슬러 올라가 지난 세월을 회고해보자면, 그는 사단별로 실시된 후방전선 학습과 업무평가에서 286조條로 구성된 마오毛 주석의 어록과 《인민을 위해 복무하라》, 《노먼 베쑨을 기념하며》, 《우공이산愚公移山, 마오쩌둥이 인민들에게 고군분투 정신을 고취하기 위해 했던 연설의 제목이다. 앞의 두 작품 역시 마오쩌둥의 작품》 등 고전 작품 세 편을 글자 하나 틀리지 않고 외웠고, 30분 안에 아궁이를 만들고 채소 네 가지를 썰어 넣어 최상의 색과 향, 맛을 갖춘 국을 끓여내는 임무를 완수함으로써 단번에 평가를 통과하여 부대의 모든 군관과 사병 사이에 이름을 날렸다. 그런 이유로 사단장에게 발탁되어 그의 사택의 식사를 담당하는 취사병으로 배치된 것이었다.

관리과장이 물었다.

"사단장님 댁에서 일하는 데 있어 가장 중요한 원칙이 무엇인가?"

그가 대답했다.

"묻지 말아야 할 것은 묻지 않고 하지 말아야 할 일은 하지 않으며 하지 말아야 할 말은 하지 않는 것입니다."

관리과장이 되물었다.

"그게 전부인가?"

"사단장님의 가정을 위해 봉사하는 것이 바로 인민을 위해 복무하는 것임을 명심해야 합니다."

관리과장이 말을 받았다.

"그보다 더 중요한 것은 말에 책임을 지는 것일세. 모든 말을 실행에 옮기고 구호를 실천으로 옮겨야 한단 말일세."

"걱정 마십시오. 반드시 언행이 일치하고 표리表裏가 동일하며 프롤레타리아 계급의 사상과 전문지식을 두루 갖춘 사람이 되겠습니다."

"그럼 됐네. 그만 가보게. 자네가 우리 중대와 고향에 기쁜 소식을 전해주기를 기다리고 있겠네."

우다왕은 경비중대를 떠나 사단장 집에 배치되었다.

반년 동안 그는 최선을 다해 직무를 수행했다. 밥을 짓고 채소를 키웠으며 건물 1층과 앞뜰을 깨끗이 청소하고 화초를 가꾸거나 나무를 정리하며 단 한 번 짧은 휴가 때 집에 다녀온 것을 제외하고는 제1호 건물인 이 양옥과 뜰을 떠나본 적이 거의 없었다.

사단장은 자신의 일을 사랑하는 성실한 태도와 혁명 과

업과 당의 사업에 대한 편집증에 가까운 열정 때문에 당중앙에서 전개한 편제 축소 개편 운동에서 먼저 자기 사택의 공무원과 경비인원을 대폭 감축하기로 결정했다. 이때부터 사단장이 출근하고 나면 소련 사람들이 지은 이 병영의 양옥 건물 안에는 서른두 살인 사단장의 아내 류렌과 스물여덟 살인 취사병 겸 공무원 우다왕만 남게 되었다. 마치 커다란 꽃밭에 신선한 꽃나무 한 그루와 호미 한 자루만 남은 것 같았다.

우다왕은 사건이 어떻게 시작됐는지 전혀 감지하지 못했다. 반년 동안 식탁에 앉아 식사할 때마다 사단장의 부인이 수없이 자신을 의미심장한 눈길로 바라보고 있었다는 사실을 알지 못했다. 그가 건물 뒤 채마밭에서 호미로 채소를 캘 때 그녀가 영원히 자신을 지켜주기라도 할 것처럼 바라보고 있었다는 것을 알지 못했다. 우다왕이 앞뜰에 심은 포도넝쿨에 받침대를 세워주고 있을 때 바람이 비집고 들어갈 틈도 없을 정도로 빽빽한 포도넝쿨이 사상공작처럼 그녀의 영혼과 시선을 완전히 가린 탓에 하는 수 없이 사단장의 망원경을 꺼내 그를 포도나무 잎새 속에서 끌어당겨 보아야 했다는 사실을 알지 못했다. 그녀는 하루하루 그의 이마에 맺힌 땀방울을 마치 보석가게 주인이 확대

경 아래 놓인 다이아몬드나 마노瑪瑙를 살펴보듯이 바라보았고, 목의 힘줄과 드러난 어깨의 검은 피부를 청잣靑瓷빛 상품上品 옥을 감상하듯이 바라보았다. 그러나 우다왕은 들판의 홰나무가 화원에 갇힌 모란의 향기를 맡지 못하듯 아무것도 느끼지 못했다.

그렇게 시간은 동쪽으로 흐르는 물처럼, 세월은 서쪽으로 지는 해처럼 조용히 흘러갔다. 1호 원자院子, 마당을 갖춘 한 가구 또는 다가구 주거형태로 구시대 중국 특유의 주거방식 밖에서는 혁명과 투쟁이 활활 타오르는 불꽃처럼, 흐드러지게 핀 띠꽃처럼 큰 강이 되어 남북으로 굽이쳐 흘렀지만, 1호 원자의 뜰 안은 전과 다름없이 무릉도원武陵桃源인 듯 녹수청산綠水靑山인 듯 몽롱한 사랑과 시적 욕망으로 가득 차 있었다.

사흘 전 황혼 무렵, 사단장이 두 달간 부대를 더욱 정예화하고 행정조직을 간소화하기 위한 방안을 연구하는 중요한 회의에 두 달간 참석하기 위해 베이징의 어느 비밀 장소로 떠난 다음 날 저녁이었다. 우다왕이 사단장의 아내 류롄과 저녁 식사를 마치고 식기들을 정리하고 있을 때 류롄은 가슴속 열정을 감춘 채 차가운 시선으로 우다왕을 쳐다보고 있었다. 그녀는 벽 쪽에 세워둔 '인민을 위해 복무하라'라는 문구가 새겨진 나무팻말을 손에 잡히는 대로 들어다가 홍목紅木 식탁 위에 내려놓았다. 마치 정원에 나가 똑같은 물건을 구해오라는 듯이, 바닥에 떨어진 물건을 주워오라는 듯, 뭔가를 말하려는 것 같기도 하고 그렇지 않은 것 같기도 한 모호한 표정으로 식탁 한쪽 모서리에 아무렇게나 나무팻말을 내려놓으며 가볍게 말했다.

"샤오우小吳, 앞으로 이 나무팻말이 원래 있던 자리에 없거든 내가 볼 일이 있어 찾는다는 뜻이니 위층으로 올라오도록 해."

말을 마친 그녀가 시범을 보이듯 나무팻말을 집어 들었다 다시 탁자 모서리에 내려놓으니 팻말이 식탁에 부딪히며 마치 부드러운 옥이 단단한 마노 판에 부딪히는 듯한 청록의 신비한 소리를 냈다. 류롄은 평소처럼 식사를 마친 뒤 흐느적거리며 위층으로 올라갔다.

우다왕은 그 자리에 멍하니 선 채 어찌해야 할 바를 몰랐다. 가슴 한구석에서 달콤한 맛을 품은, 뭐라 말할 수 없이 미세한 신비감과 긴장감이 밀려왔다. 마치 이제껏 본 적이 없는 그림을 감상하듯 그녀가 계단 모퉁이를 도는 모습을 바라보았다. 그녀의 그림자가 석양 속 나무 그림자처럼 위층으로 완전히 사라지고 난 뒤에야 제자리에 나무팻말을 갖다 둔 뒤 여느 때처럼 솥을 닦고 그릇을 헹군 다음 다시 뜰에 나가 자질구레하면서도 혁명의 깊은 의미가 담긴 작업들을 분주하게 해치우기 시작했다.

지금까지도 우다왕은 그날의 황혼이 새로 닦은 벽 위의 표어처럼 선명한 붉은색이었다는 것을 또렷이 기억할 수 있었다. 그는 부엌에서 인민을 위한 봉사를 몇 가지 마친 뒤 다시 앞뜰로 나가 요염한 붉은 빛을 띠는 장미 나무 몇 그루의 잔가지를 쳐주었다. 그런 다음 정사단장 이상의 직위인 수장들의 집에만 지급되는 플라스틱 물통을 들고(부사단장들의 사택에는 전통적으로 사용되는 철제 물통이 지급되었다) 장미넝쿨과 자갈길 옆 사철나무에 물을 주었다. 마침내 지는 해마저 진한 붉은 빛을 거두고 서쪽으로 흔적도 없이 사라져버렸다. 이것이 위둥豫東, 허난성 동부 평원에 황혼과 밤이 교차하는 순간의 풍경이었다. 대지가 고요해지고 군영의 매미 소리도 아주 맑고 듣기 좋게 잦아들어 울리는 것이 매미가 짝을 찾는 소리 같기도 하고 행군가곡 같기도 했다. 붉은 칠을 한 사단장 사택의 철문 밖에서는 근무교대를 하러 가는 초병들의 발걸음 소리가 박진감 있지만 단조롭고 무미건조하게 뜰 앞에 울려 퍼졌다. 우다왕이 고개를 들어 교대하러 가는 초병들을 바라보다가 전 부대에서

같이 근무했던 병사를 발견하고는 손을 흔들어 인사하자 병사도 철문 틈새로 군례로 답했다. 우다왕은 이내 물통을 들고 다시 건물 안으로 들어갔다.

우다왕이 혼돈에 사로잡혀 있던 바로 그때, 류렌은 애정의 도화선을 조용히 점화하고 있었다. 우다왕은 조금 전 자신이 제자리에 갖다놓은 나무팻말이 응접실 중앙 계단 아래 있는 사각형 나무기둥 위에 놓여 있는 것을 발견했다. 붉게 칠해진 계단에는 세월에 부식되어 상처의 흔적이 곳곳에 남아 있었다. 여기저기 은밀하게 속살을 드러낸 채 영화 속 자산계급 여인의 그린 눈썹처럼 숨어 반짝거리며 이 집 안 모든 것을 관찰하고, 혁명가의 일기처럼 혁명가의 역사와 행동을 기록하고 있었다. 우다왕은 나무팻말이 다른 곳에 있는 것을 보고도 별로 놀라지 않았다. 이는 지금 그녀가 자신에게 명령한 것이고, 자신을 부른 곳에는 자신이 하지 않으면 안 될 일이 엄연하게 기다리고 있다는 사실을 잘 알고 있었다. 그는 황급히 물통을 내려놓고 긴급명령을 받은 사람처럼 서둘러 계단을 오르다가 문득 반년 전 처음 사단장 사택에 오던 날을 떠올렸다. 사단장은 가장 부드러우면서도 차가운 말투로 그에게 말했다.

"위층의 일은 아무것도 신경 쓸 게 없네. 내 아내가 아무 말도 하지 않는 한, 위층에는 한 발짝도 올라가지 말게."

마치 마오 주석의 어록처럼 사단장의 말이 그의 귓가에 울렸다. 계단 모퉁이에 이르러 우다왕은 발걸음을 늦추고 금방이라도 깨질 듯한 유리판 위를 걷듯이 발을 가볍게 떼었다 내려놓았다.

그는 계단이 어떤 나무로 만들어졌는지 알지 못했다. 자주 발길이 닿은 곳에는 피할 수 없이 회백색 발자국이 남아 있었고 사람의 피부 결처럼 가늘고 선명하게 나뭇결이 드러나 있었다. 계단에 올라서자 발바닥에 부드럽고 단단한 느낌이 전해졌다. 창문으로 스며드는 황혼의 화려한 빛은 붉은색과 흰색이 한데 어우러진 비단 같았다. 창과 문의 나무틀에서 나는 건지 내화벽돌로 쌓은 회백색 벽 틈새에서 나는 건지 원인을 알 수 없는 썩은 냄새가 맴돌았다. 우다왕은 그 냄새를 맡고 있었다. 마치 폐부로 스며드는 여인의 희귀한 향기를 맡는 것만 같았다. 그는 자신이 지금 사단장의 아내 류롄을 만나러 가는 것이, 입대하기 전 인민공사 간부의 집으로 자신의 짝을 찾으러 가는 것과는 다르다는 것을 잘 알고 있었다. 하지만 심장이 제멋대로 쿵쾅쿵쾅 뛰고 있었다. 지금 떨리는 심장은 혁명 군인의 각오와 입장에 위배되는 것이고 진보를 원하는 그의 속

마음과 사상에 위배되는 것이었다. 우다왕은 애써 발걸음을 멈추고 주먹으로 가슴을 한 번 치고는 다시 한 번 자신에게 경고했다.

'지금 위층으로 올라가는 것은 내가 하지 않으면 안 되는 일이 있기 때문이다. 혁명의 쇠사슬 가운데 한 고리가 위층에 있기 때문에 올라가지 않을 수 없는 것이다.'

그는 반혁명의 탁류를 저지하듯이 있는 힘을 다해 쿵쾅거리는 심장을 가라앉혔다. 그제야 가벼운 발걸음으로 위층에 올라서서 위층의 구조가 아래층과 완전히 같다는 사실을 깨달았다. 동쪽에는 침실이 두 개 있고 남쪽에는 화장실이, 그리고 서쪽에는 빈 방이 하나 있었다. 이 방 바로 밑이 그가 주로 일하는 부엌과 식당이었지만 2층 이 방은 회의실 모양을 하고 있었다. 방을 빙 둘러 나무 소파와 다탁이 놓여 있고 벽에는 각양각색의 지역행정도와 군사배치도가 걸려 있었다.

말할 필요도 없이 이곳이 바로 사단장의 집무실이었다. 문인의 서재와 같은 모습이었지만 그보다 백 배 천 배 더 중요한 방이었다. 우다왕은 지도 위에 무수히 그려진 피처럼 붉은 화살표와 이리저리 휘감아놓은 붉은색, 초록색, 파란색, 노란색 선 들, 각종 동그라미와 삼각형, 사각형 등을 바라보고 있었다. 울긋불긋 화려한 것이 마치 자신이 돌보고 있는 사단장 사택의 만개한 화원 같았다. 그는 본능적으로 시선을 돌렸다. 순간, 사단장이 꼭 필요한 용무가 없는 한 위층으로는 한 발짝도 올려놓지 말라고 경고했던 곳이 바로 이곳이라는 사실을 알 수 있었다. 비밀은 바로 문이었다. 어떤 사람에게 문 안을 보여준다는 것은 군사기밀을 누설하는 것이나 다름없었다. 군인이라면 군사기밀을 지키는 것을 사명으로 삼아야 하고, 보지 말아야 할 것은 절대로 보지 말아야 하며 하지 말아야 할 말은 절대로 하지 말아야 했다. 우다왕이 사단장과 그의 아내, 그리고 혁명과 정치로부터 깊은 신임을 얻게 된 것도 그가 이런 것들을 해냈기 때문이었다.

쿵쾅거리는 심장이 조금 잦아들자 뭐라 말할 수 없는 엄숙함이 그의 온몸을 휘감았다. 그는 재빨리 동쪽 좌측에 있는 구식 조각이 아로새겨진 방문으로 시선을 옮겼다. 그러고는 앞으로 몇 걸음 다가가 문 앞에 똑바로 섰다. 사병이 수장의 사무실 문 앞에서 취해야 하는 단정한 자세를 취하고 고개를 추켜들어 가슴을 쫙 폈다. 그러고는 시선을 전방을 향해 고정시킨 뒤 큰소리로 외쳤다.

"보고합니다!"

그에게 침묵이 돌아왔다.

그는 목청을 세워 다시 한 번 큰 소리로 외쳤다.

"보고합니다!"

여전히 침묵이 황혼처럼 건물 안을 가득 메웠다.

우다왕은 사단장과 그의 아내가 왼쪽에 있는 이 침실에서 생활한다는 사실을 잘 알고 있었다. 우다왕이 밖에 있을 때 그녀가 이 방 창문을 열고 바깥을 내다보는 모습을 자주 보았기 때문이다. 지난 세월의 액자 속에 젊지만 핏기가 없는 귀부인의 얼굴이 산 채로 갇힌 것 같았다. 액자는 언제나 그렇게 낡고 틀에 박힌 모습이었다. 류렌의 얼굴만이 때로는 나른하고 때로는 생동감 있는 모습으로 나타났다 사라지곤 했다. 급격했다가 이내 속도를 잃는 혁명의 기세가 액자를 잠시 나른하게 했다가 다시 생동감 있게 하며 생명과 운율을 갖추게 하는 것 같았다. 우다왕은 류렌이 이 침실 안에 있다는 것을 알고 있었다. 마당에 있을 때도 우다왕은 그녀가 2호 원자나 3호 원자에 있는 정치위원이나 부사단장의 사택으로 건너가 그들의 가족들과 이야기 나누는 모습을 본 적이 없었다. 사단장이 자신의 부하들과 한담을 나누는 일이 거의 없는 것처럼 그녀도 집을 나서 다른 집 가족들과 한담을 나누는 일이 거의 없었다.

이 침실만이 그녀의 삶의 중심이자 내용이었으며 이 소련식 건물만이 그녀의 생명 궤도의 기반이자 권역이었다.

우다왕은 그녀가 아직 침실 안에 있다는 것을 알고 있었다. 다시 목청을 높여 "보고합니다" 하고 외치고 싶었지만 자신도 모르게 문을 두드리고 있었다. 우다왕의 손 뼈마디가 문 한가운데 두 번 부딪히며 북 한가운데를 두드리는 소리를 냈다. 류렌이 마침내 그에게 들어오라고 말했다. 약간 칼칼하면서도 가볍게 그녀의 목소리가 떨리고 있었다. 뭔가 가늘고 부드러운 것이 그녀의 목을 가로막은 것 같았다. 우다왕은 문을 열고 안으로 들어섰다.

방 안은 불이 꺼진 채 온통 황혼처럼 어두침침했다. 방 안에 놓인 침대와 탁자, 의자가 끈적끈적하고 걸쭉한 분위기 속에 진흙탕처럼 뒤엉켜 있었다. 류렌은 침대 모서리에 걸터앉아 《마오쩌둥 선집》 1권을 손에 들고 있었다. 세월이 흘러 우다왕이 전에 먹던 사탕 맛을 음미하듯 과거를 회상하게 되어서야 그날 그 황혼의 어두침침함 속에서는 절대로 책을 볼 수 없었을 거라는 사실을 깨달았다. 류렌은 그저 책을 읽고 있었다는 것을 설명하기 위해 들고 있었을 뿐, 결코 책을 읽고 있었던 것은 아니었다. 그러나 우다왕은 그 순간에는 류렌이 정말 책을 보고 있었다고 생각했다. 날이 흐리면 비가 오고 해가 뜨면 날이 개듯 그 자리에서 발생한 모든 것이 순리에 맞고 인지상정이라고 믿었다.

"사모님, 무슨 일로 부르셨습니까?"

"전등 스위치 줄이 위로 올라가 버렸어. 좀 내려줘야겠어."

류렌이 바라보는 곳을 보니 과연 침대 옆 탁자의 스위치 줄이 갈색 스위치 함 위에 어지러이 엉켜 있었다. 우다왕은 탁자 위로 올라가 줄을 풀지 않고 달리 줄을 당길 방법을 생각해보았다. 먼저 그녀 옆 침대로 가 탁자에 있던 의자를 끌어와 그 위에 깔려 있던 대나무 방석을 치운 뒤 날짜 지난 신문을 찾아 의자 위에 깔았다. 그러고 나서야 신발을 벗어 더럽지도 않은 발을 비벼 털고는 의자 위에 올라가 줄을 풀고 내친 김에 잡아당겼다. 불이 켜졌다.

방 안이 환한 빛으로 가득했다.

전등 빛 덕분에 그는 창문 밖이 온통 어둠인 것을 보게 되었다. 창밖이 온통 어둠이었기 때문에 그는 지금 이 환한 빛 속에서는 회백색 벽면 위의 머리카락처럼 가느다란 균열마저 선명하게 보인다는 사실을 깨달았다. 군기 창고 안에 새로운 무기가 없는 것처럼 방 안에는 특이한 것이라고는 아무것도 없었다. 벽에는 마오 주석의 초상화가 걸려 있었고 마오 주석의 어록이 적힌 액자도 걸려 있었다. 책상 위에는 마오 주석의 석고상이 하나 놓여 있었고 방 한구석에 놓인 세면대 옆에는 커다란 거울이 하나 있었다. 거울 가장자리에는 마오 주석의 최고 지시가 새겨져 있었다. 거울을 가운데 두고 한쪽에는 사단장의 고배율 망원경이, 다른 한쪽에는 사단장이 자주 사용하지 않는 54식 권총이 걸려 있었다. 소가죽으로 만들어진 권총집은 암홍색 빛을 발하고 있었다. 그리고 거울 밑에는 화장대가 놓여 있고, 화장대 위에는 푸른빛이 도는 유리가 깔려 있었다. 화장대에는 그 당시로는 매우 보기 드문 베니싱 크림과 향 분첩, 여인들이 사용하는 가위, 빗 등이 가지런히 놓여 있었다. 이 모든 것이 우다왕이 상상했던 것과 같았다.

비록 그가 이 집 2층에 올라온 적은 없었지만 2호 원자의 공무원과 함께 사단 정치위원이 살고 있는 이와 똑같은 소련식 건물 2층에 올라가본 적이 있었다. 사단 정치위원과 사단 복무사服務社, 군인이나 공무원들을 위한 일종의 공동구판장에서 회계로 일하는 그의 가족이 사는 방도 이처럼 검소하고 소박했다. 또한 전통의 빛과 영광을 곳곳에서 철저하게 드러내어, 아랫사람들이 사단의 수장을 향해 숭고한 혁명의 예를 다하고 누구를 만나든 그들에게 수장 가정의 혁명적 위업과 전통을 소개하며 수장의 가정을 예로 들어 당의 위대함과 영광을 설명함으로써 이런 시대에 자신이 일개 사병으로 사는 행운과 영광을 증명하고 싶은 마음을 금할 수 없게 한다는 것을 잘 알고 있었다.

사단장 사택 위층에 깊이 감춰져 좀처럼 드러나지 않았던 검소함이 우다왕의 마음을 정복했다. 그는 의자에서 뛰어내려 류렌을 향해 자신의 충심 어린 경의를 표할 말을 찾다가 문득 고향에서 설을 쉴 때 문련門聯, 대문 양쪽에 길상을 나타내는 의미로 써 붙인 명구에 늘 써 붙이던 말이 생각났다.

"검소한 가정이 가장 영광스럽고, 영광스러운 가정이 가장 혁명적이다."

"혁명의 전통을 발양하여 더 큰 영광을 쟁취하자."

그 밖에도 우다왕이 중대에서 전통교육을 받을 때 외웠던 격언들과 명구들도 있었다. "전통의 힘은 시간의 긴 흐름을 꿰뚫고 인류의 내일에 도달할 수 있다" 또는 "가장 검소한 것이 가장 감동적이고, 가장 감동적인 것이 가장 검소한 것이다" 등이었다. 언젠가 지도원이 사설에서 했던 말도 있었다. "우리의 영도자가 전통을 발양할 수 있다면 옌안延安, 대장정을 끝내고 마오쩌둥이 장악한 홍군의 근거지 요동窯洞, 옌안이 포함되어 있는 산시성 특유의 황토를 이용한 굴집의 검소한 정신을 계승하고 발전시켜 더욱 빛나게 할 것이다", "우리의 혁명 사업은 붉은 태양과 같아, 어느 곳을 비추든지 밝은 빛으로 인류사회를 빛과 희망에 젖게 할 것이다." 우다왕은 한순간에 떠오른 무수한 아름다운 문구에 스스로 감동하고 있었다. 입을 열어 몇 마디 하려는 찰나, 이런 말은 글을 통해 읽어야지 입을 통해 일상 언어로 얘기하는 순간 풋과일처럼 조금은 시큼한 맛이 나고 설익은 밥이나 쉰 쌀죽처럼 온전치 못하며 심지어 잘못 말했다가는 정신병자라는 소리를 듣게 될 수도 있겠다고 생각했다. 게다가 그는 류렌의 면전에 서 있었다. 처음으로 이 건물 위층에 올라왔고, 처음으로 그녀의 침실에서 그녀의 검소함에 감동하고 있었으며, 처음으로 그녀를 향해 숭고한 경의를 표하려는 순간이었다. 이런 순간에 그런 상투적이고 거창한 문구를 입밖에 낼 수는 없었다. 반드시 가장 질박하고 돈후하며 가장 감동적인, 황금과도 같고 다이아몬드와도 같은 말을 찾아야만 했다. 하지만 벽에 쓰여 있거나 신문에 게재되거나 책에 인쇄되거나 확성기에서 쏟아져 나오는 방송 같은 말들에서 벗어나는 순간, 머릿속이 텅 비어버렸다. 마치 드넓은 광장이 아무런 시설도 없이 텅 비어 있는 것 같았다. 우다왕은 적당한 말을 찾아내지 못해 한순간 얼굴이 벌겋게 달아올랐다. 하고 싶은 말이 많은데 한마디도 하지 못하고 쌓여 입술만 파르르 떨리고 있었다. 그는 지난 신문을 의자 위에서 내려놓고 의자를 책상 바로 밑에 가져다 놓았다. 그러고는 신발을 신고 허리를 쭉 폈다. 얼굴에 있던 땀방울이 샘물 떨어지듯 바닥으로 똑똑 떨어졌다.

우다왕의 땀이 바닥에 떨어지는 소리가 들렸다. 처마에 고여 있던 물이 열 척 아래 기와조각 위에 떨어지듯이 한 방울 한 방울 똑똑 소리 내어 떨어졌다. 우다왕은 마침내 크게 용기 내어 한마디 내뱉었다.

"사모님, 다른 일은 없으시지요? 다른 일이 없으시면 이만 내려가 보겠습니다."

뜻밖에 그녀는 불쾌한 듯 대답했다.

"날 사모님이라고 부르지 마. 내가 엄청 늙은 것 같잖아."

그는 바보처럼 씩 웃으며 고개를 들어 그녀를 쳐다보더니 입에서 나오는 대로 한마디 더 했다.

"사모님이라고 부르는 게 더 정중한 것 같아 그랬습니다."

류렌은 웃지 않고 대신 진지하고 엄숙하며 온화하고 긴장된 모습으로 그에게 의미심장한 말을 던졌다.

"샤오우, 앞으로 사단장님이나 다른 사람들 앞에서는 나를 사모님이라고 불러도 좋아. 하지만 아무도 없는 자리에서는 나를 누나라고 부르도록 해."

그녀의 목소리는 너무나 부드럽고 다정했다. 마치 사회 경험이 풍부한 어머니가 곧 혁명 사업에 참여하기 위해 집을 나서는 아들에게 주의사항을 일러주는 것 같았다. 친누나가 잘못을 저지른 동생에게 관심을 보이는 동시에 비판하는 것 같기도 했다. 우다왕은 뜻밖에 크게 감동했다. 그 순간 그녀를 류렌 누님이라고 불러보고 싶었다. 기회를 놓치지 않는 총명함으로 이런 친분관계를 확실하게 수립하고 이를 두 사람의 역사책에 적어 넣고 싶었다. 하지만 엄밀히 말해 류렌은 사단장의 부인이고 자신은 사단장 집의 취사원 겸 공무원, 공무원 겸 취사원에 불과했다. 두 사람 사이에 신분이라는 벽이 만리장성처럼 가로놓여 있었다. 이들의 신분 차이는 하늘을 찌를 듯 높이 솟은 대도시의 고층건물과 작은 산골마을의 초가집과 같았다. 우다왕은 마오 주석의 어록을 한 글자도 빼놓지 않고 외울 수 있고 몇 분 안에 10가지 색과 향, 맛을 갖춘 갖가지 국과 음식을 만들어내는 대단한 능력이 있는 사람이었지만, 엄청 인내심을 발휘하면서도 류렌 누님이라는 몇 글자는 입 밖에 내지 못했다.

그의 입술은 더 이상 떨리지 않고 언제부턴지 뻣뻣하고 뜨겁게 변해 있었다. 마치 갑자기 뜨거운 국 한 술에 데어 버린 것 같았다. 우다왕은 누나라는 말을 입 밖에 낼 담량과 용기가 없었다. 단지 겁 많고 유약한 자신에게 깊은 통한과 경멸의 감정을 품으며 은혜에 감사하는 진실함과 순박함으로 고개를 들어 사단장의 아내, 자신의 류롄 누님을 바라보며 눈빛으로 그녀에게 감격과 경애의 마음을 전할 뿐이었다.

우다왕이 천천히 고개를 들었다. 그의 마음 깊은 곳에서 요란한 굉음이 울리고 그의 눈앞에 한 줄기 무지개가 섬광처럼 스쳐 지나갔다. 순간 그는 자신의 눈을 의심했다. 그가 본 무지개는 바로 사단장의 아내, 그의 류롄 누님이었다.

불빛은 대낮처럼 환히 밝혀져 있었다. 건물 안은 사물에 빛이 닿는 울림까지 들을 수 있을 정도로 고요했다. 건물 밖 아래층 군영에서는 순찰병들의 발자국 소리가 가볍고도 선명하게 들려 왔다. 마치 누군가 아주 먼 광야에서 마오 주석의 시사詩詞《억진아憶秦娥·루산관婁山關》을 음송하는 것 같았다. 이런 장면 속에서 우다왕은 아무 생각 없이 고개를 돌리는 순간, 곧 멍해져 넋 나간 사람처럼 어찌해야 할지 몰랐다.

그는 류렌이 들고 있던 책을 침대 머리맡에 내려놓는 것을 보았다. 그녀가 몸에 걸치고 있는 것이라고는 빨간색, 파란색 꽃무늬가 뒤섞인 얇은 실크드레스 잠옷 하나뿐이었다. 실크드레스는 품이 너무 크고 헐렁헐렁해서 언제라도 그녀의 몸에서 흘러내릴 것만 같았다. 우다왕이 처음 위층에 올라왔을 때는 그녀가 무엇을 입었는지 알아차리지 못했다. 불이 꺼져 있어 황혼이 방 안을 가득 메우고 있었기 때문이다. 그는 류렌이 처음부터 실크드레스를 입고 있었지만 한동안 어둠 때문에 발견하지 못한 것이라고 생각했다. 그러나 이제는 불이 켜졌고, 그가 고개를 돌렸고 또렷이 그녀의 모습을 보았다. 실크드레스를 입고 있는 그녀를 발견한 것이다. 물론 류렌이 실크드레스를 입었다고 해서 환상처럼 그의 눈앞에 무지개가 펼쳐질 리는 없었다. 어쨌거나 그는 더 이상 어린애가 아니었고 결혼한 소대장이었을뿐더러 경비중대에서 실제로 여성을 본 적이 있는 아주 드문 사람 중 하나였다. 게다가 그의 아내는 인민공사 간부 집안의 외동딸이자 산골마을 간부의 자녀였다. 그의 눈앞에 무지개가 스쳐 지나간 것은 아마도 지독하게 더운 날씨 탓이었을 것이다.

언제부터인지 모르지만 류렌은 침상 머리맡에 있던 좌

식 회전 선풍기를 켜놓고 있었다. 정신없이 돌아가는 선풍기 바람이 그녀 쪽으로 불 때마다 그녀의 드레스가 흩날렸다. 바람은 그녀의 다리 쪽으로 불어 들어가 목 바로 밑의 드레스 깃 쪽으로 흘러 나왔다. 드레스의 목 부분은 적어도 한 자 하고도 반은 되는 것 같았다. 바람이 드레스 자락을 들출 때마다 아름다운 산수가 제 모습을 드러내듯 하얗고 늘씬한 데다 탄력이 넘치는 그녀의 허벅지 살이 적나라하게 노출되었다. 실사구시적으로 얘기하자면, 우다왕이 실크드레스를 입은 여인을 보는 것은 이번이 생전 처음이었다. 과연 사람을 미치게 하는 물푸레나무처럼 하얀 여인의 향기가 드레스 밑자락으로부터 서서히 불어와 천천히 방안에 가득 차 점점 쌓여가면서 숨 쉬기 어려울 정도로 그의 목을 꽉 조여왔다. 그의 손바닥 한가운데서는 땀이 솟고 있었다. 열 손가락이 남아돌았다. 땀이 흥건해 떨리는 손을 어디다 두어야 할지 몰라 두 다리 사이에 힘없이 늘어뜨렸다. 우다왕이 단지 그녀를 한 번 힐끗 곁눈질했을 뿐이었는데 눈앞에 무지개가 섬광처럼 스쳐 지나가더니 눈에 불이 붙은 것처럼 타는 듯한 통증이 밀려왔다. 그는 재빨리 눈길을 돌리려 했다. 그러나 우다왕의 시선을 빼앗으려는 듯 류렌의 목 쪽으로 바람이 불어나왔다.

부풀어 오른 드레스의 옷깃 사이로 그녀의 젖가슴이 드러나고 말았다. 그녀의 젖가슴은 크고 하얀 데다 마치 원을 그린 것처럼 둥글고 풍만했다. 잘 된 밀가루 반죽에 화력도 가장 좋을 때 자신이 쪄내던, 사단장이 가장 즐겨 먹는 따끈하고 속이 빈 하얀 찐빵과 같았다. 사단장과 류렌은 둘 다 남방 사람이었다. 그들은 모두 이런 찐빵을 만터우饅頭, 소를 넣지 않고 밀가루 반죽을 쪄낸 음식으로 원래는 중국 북방 사람들의 주식이라고 불렀다. 류렌의 커다란 유방을 본 우다왕은 자신이 쪄낸 크고 따끈한 찐빵을 떠올리며 순간 손을 뻗어 만지고 싶은 충동을 느꼈다. 하지만 그는 누가 뭐래도 중학교 교육을 받은 사람이었고 부대 안에서도 숭고함을 쟁취하고자 하는 이상을 갖고 있는 인물이었다. 사단장과 부대의 조직으로부터 신임을 받았으며 공산주의를 위해 평생 분투하기로 뜻을 세운 사람이었다. 자신의 성이 무엇이고 이름이 무엇인지 기억하는 것처럼 그는 자신이 단지 사단장 사택의 공무원 겸 취사병일 뿐, 사단장의 아들도 아니고 조카도 아니며 류렌의 친동생도 사촌동생도 아니라는 사실을 분명히 기억하고 있었다. 우다왕은 자신이 해야 할 일이 무엇이고 해야 할 말이 무엇인지, 그리고 하지 말아야 할 일이 무엇이고 하지 말아야 할 말이 무엇인지도 잘 알고 있었다. 이지적 판단이 끝없이 떨어지는 우박처럼 순식간에 그의 머리 위로 쏟아졌다. 그러고는 이내 차가운 빗물이 되어 펄펄 끓는 그의 심장 속으로 스며들었다. 이곳은 사단장 사택의 위층 침실이었다. 사단장의 아내가 침실에서 어떤 옷을 입고 있든, 몸의 어디를 드러내고 어디를 드러내지 않든 탓할 일이 아니었다. 자신의 아내는 결혼한 지 한 달도 안 되어 신방에서 속곳 하나만 걸치고 양쪽 젖가슴을 드러낸 채 이리저리 방 안을 활보하지 않았던가? 여인은 남성 앞에서 숭고하지 않은 영혼이 없지만 남성은 여인 앞에서 건강하지 못한 생각밖에 없는 법이었다. 우다왕은 눈 깜짝할 사이에 뛰어나고 빛나는 혁명의 이성으로 자산계급의 비이성적이고 황당한 욕념을 극복해냄으로써 하마터면 벼랑 끝에 놓일 뻔한 자신의 영혼을 구해냈다. 그는 짐짓 마음이 완전히 가라앉은 것처럼 류렌의 몸에서 미끄러지듯 눈길을 거두어 그녀가 뒤적거리던 《마오쩌둥 선집》으로 옮겼다.

"사모님, 괜찮으시죠?"

류렌의 얼굴에 다시 한 번 불쾌한 기색이 떠올랐다. 그녀는 순간적으로 그가 응시하고 있는 책을 집어 한쪽으로 던진 뒤 차갑게 물었다.

"샤오우, 자네가 사단장 사택에서 일하면서 반드시 기억해야 할 가장 중요한 점이 무엇인지 알아?"

"하지 말아야 할 말은 하지 않고 하지 말아야 할 일은 하지 않는 것입니다."

"그게 무슨 뜻이지?"

그녀가 되물었다.

"사단장님과 사단장님의 가정을 위해 복무하는 것이 바로 인민을 위해 복무하는 것과 같다는 뜻입니다."

"아주 똑똑하군."

그녀는 불쾌감으로 딱딱하게 굳어 있던 얼굴을 다시 폈다. 바람에 날린 실크드레스 자락이 들려 올라갔다가 다시 주저 앉았다. 정말 큰누나이기라도 한 것처럼 그녀가 우다왕에게 말했다.

"내가 자네보다 몇 살이나 많지?"

"모릅니다."

"겨우 네 살이야. 그러니 나를 누나라고 부르는 게 맞겠어, 아니면 사모님이라고 부르는 게 맞겠어?"

그녀는 대답을 기다리지도 않고 손에 잡히는 대로 침대 머리맡에 있던 수건을 집어 우다왕에게 건네며 말했다.

"땀이나 닦아. 내가 자네를 잡아먹기라도 할까봐 그래?

기왕 나를 사단장의 부인으로 모신다면 사단장의 질문에 대답하듯이 내가 묻는 말에 솔직하게 대답해봐."

우다왕이 수건으로 땀을 닦았다.

그녀가 물었다.

"결혼은 했어?"

그가 대답했다.

"네."

"언제?"

"3년 전에 했습니다."

"아이는 있고?"

"작년에 낳았습니다. 석 달 전 제가 집으로 돌아갈 때, 제게 아이 옷을 사주시지 않으셨습니까. 잊으셨나요, 사모님?"

그녀는 목에 뭔가 걸린 듯 잠시 멈칫하더니 이내 말을 이었다.

"지금은 나를 사모님이라고 부르지 마. 나는 자네 누나야. 누나가 동생에게 묻고 있는 거라고."

우다왕은 다시 고개를 들어 그녀를 바라보았다. 그녀가 말했다.

"자네의 가장 큰 이상이 뭐지?"

"공산주의를 실현하고 공산주의 사업을 위해 죽을 때까지 분투하는 것입니다."

그녀가 미지근한 표정으로 웃었다. 마치 석탄불 위에 옅게 올려진 얼음과도 같았다. 류렌이 정색하며 다시 한 번 자신이 그의 누나이고 누나가 무엇을 묻든지 간에 사실대로 솔직하게 대답해야 한다고 하자 우다왕이 알겠다고 말했다.

그녀가 말했다.

"자네의 가장 큰 이상은 뭐지?"

"승진입니다. 부대를 따라 아내와 아이의 호구戶口, 주민등록과 유사한 개념의 행정제도를 도시로 옮겼으면 합니다."

"아내를 좋아하나?"

"좋아하는지 안 좋아하는지는 단정하여 말씀드리기 어렵지만 일단 결혼을 한 이상 그녀는 제 사람이고, 평생 위해줄 생각을 해야겠지요."

"그럼 좋아하는 거로군."

두 사람이 입을 다물자 다시 군용 장막 같은 침묵이 방을 뒤덮고 두 사람마저 뒤덮었다. 줄곧 류렌에게 선풍기 바람이 쏟아졌다. 우다왕은 땀을 비 오듯 흘리고 있었다. 날씨 때문인지 아니면 긴장한 탓인지 알 수 없었지만 머리에서 땀이 흘러내려 눈으로 들어가 소금물이 눈에 들어간 것처럼 쓰리고 껄끄러웠다. 그는 그녀가 눈 한 번 깜박이지 않고 자신을 뚫어지게 바라보고 있다는 것을 알았지만 그녀의 침대 위에 깔린 물빛 이불보와 공중에 걸린 모기장만 바라볼 뿐이었다. 늙은 소가 끄는 달구지처럼 시간은 느리게 흘러갔다. 그리고 더 이상 참을 수 없는 지경에 이르러서야 그가 입을 열었다.

"사모님, 제게 더 하실 말씀 있습니까?"

그녀는 그의 얼굴을 차갑게 노려보며 아무 말도 하지 않았다. 그가 말했다.

"그럼, 이만 내려가도 되겠습니까?"

"내려가 봐."

우다왕이 몸을 돌려 아래층으로 내려가기 위해 막 문 앞에 이르렀을 때, 류렌은 그를 다시 불러 세워 알 수 없는 한마디를 했다.

"솔직히 말해봐. 매일 자기 전에 목욕하나?"

그는 고개를 돌려 의도를 알 수 없다는 듯한 표정으로 그녀를 쳐다보았다.

"합니다. 신병훈련 때 저희 지도원이 남방 사람이었습니다. 목욕하지 않으면 잠자리에 들지 못하게 했지요."

"내 말뜻은 매일 씻느냐는 거야."

"매일 씻습니다."

"그럼 가봐. '인민을 위해 복무하라'가 새겨진 팻말이 식탁 위에 없으면 내가 시킬 일이 있으니 위층으로 올라오라는 뜻이라는 걸 잊지 마."

우다왕은 도망치듯 아래층으로 내려왔다. 그리고 가장 먼저 부엌의 수도꼭지를 틀어놓고 푸푸 소리를 내며 얼굴에 가득한 땀을 씻어냈다.

2장

　지금, 바로 지금 '인민을 위해 복무하라'라는 문구가 새겨진 그 나무팻말이 또다시 식탁 위를 벗어나 부뚜막 위에 있었다. 우다왕은 해가 지기 전에 사단장 사택 뒤의 채마밭에 물을 주면서 박초이靑菜, 십자화과에 속한 양배추와 비슷한 식물로 주로 중국에서 생산됨와 무, 그리고 한창 제철인 부추 다발 등을 잘 갈무리해야 했다. 사택 뒤 채마밭에 갔다가 돌아오려면 앞뜰을 빙 돌아서 올 수도 있고 부엌의 쪽문을 통해 지름길로 올 수도 있었다. 부엌은 그의 업무의 중심이라 채마밭에 갈 때는 늘 부엌 쪽문을 이용했다. 그 때문에 나무 팻말은 식당에서 부엌으로 옮겨져 그를 기다려야 했다.

사흘 전처럼 한여름 해 질 녘이었다. 위둥 평원은 뜨거운 열기로 가득했다. 마치 서쪽 지평선에 끝없이 핏빛 화염이 펼쳐져 붉은 바다를 이루고 있는 것 같았다. 하지만 군영 안에서는 모든 사병이 식사를 마치고 운동장이나 길가, 그리고 각 중대 막사 앞의 공터에서 반제방수反帝防修, 제국주의에 반대하고 소련의 수정주의를 방지함의 다양한 훈련과목과 새롭게 구축된 상부구조를 중심으로 사회주의의 만리장성을 공고히 하기 위한 다양한 교육활동이 진행되고 있었다. 마치 사단 영내와 중원 대지의 하늘 밑이 온통 꽃으로 만발해 있는 것 같았다.

사단의 수장이 거주하는 작은 원자는 모두 여섯 동이었는데 두 줄로 흩어져 있었다. 군영 북쪽에는 붉은 벽돌로 울타리가 쳐져 있는 원자가 단독으로 있어 초병과 경비병들이 공동으로 사용하고 있었다. 사람들이 흔히 말하는 베이징의 중난하이中南海, 베이징 중심부에 있는 고급 관료들의 주거구역와 같은 형식이었다. 또한 이 여섯 동의 작은 건물은 철근으로 된 울타리가 쳐져 서로 분리되어 있고 집집마다 호박넝쿨이 울타리를 가득 휘감고 있어 공무원 겸 취사원 또는 취사원 겸 공무원이 나눠 사용하고 있었다. 이 건물에는 정·부 수장 여섯 명이 거주하고 있었다. 수장들은 매일 회의를 했지만 회의실에서 국가의 대계를 상의한 뒤 사택으로 돌아가면 서로 왕래를 거의 하지 않았다. 우다왕은 왜 수장들이 전혀 왕래하지 않는지, 그들의 가족들이 주사朱沙를 가까이 하면 자신도 붉어진다는 식으로 서로 경계하는지 알 수 없었다. 아마도 그들은 사적인 일을 즐기는 것이 부패를 조장한다고 우려했을 것이다. 군영의 대원大院 안 작은 원자들에 미스테리한 일들이 깊이 숨어 있었을지도 모른다. 하지만 그는 이런 문제에 전혀 관여하지도 깊이 생각해보지도 않았다. 그에게 가장 중요한 지침은 수장의 가족을 위해 봉사하는 것이 바로 인민에게 복무하는 것이라는 대명제뿐이었다.

우다왕이 채마밭에서 부엌 쪽문을 열었을 때 손에 박초이 한 무더기를 들고 있었다. 잘 볶아서 사단장의 아내 류렌의 내일 아침 식사에 내놓을 참이었다. 류렌은 채소에 풍부한 비타민이 들어 있다며 식사 후 채소를 즐겨 먹었다. 또한 인체에 가장 필수적인 식물성 지방이 들어 있다면서 식사 후에 잣 몇 알을 씹어 먹곤 했다. 우다왕이 채소를 들고 부엌에 들어서는 순간, '인민을 위해 복무하라'가 새겨진 팻말이 부뚜막 위에 있는 것을 보고는 그 자리에서 몸이 얼어버렸다. 손에 들고 있던 채소들도 줄줄 떨어뜨렸다.

우다왕은 곧 무슨 일이 일어나리라는 것을 예감했다. 이미 도화선에 불이 댕겨져 절대로 끌 수 없는 상황이었다. 사랑이 폭발성 화약처럼 그를 기다리고 있었다. 그의 발밑에 지뢰가 하나 묻혀 있었다. 문제는 발밑에 지뢰가 묻혀 있다는 것을 분명히 알고 있음에도 밟고 지나가야 한다는 점이었다. 우다왕은 뒤로 열려 있는 문을 통해 밖을 내다보았다. 건물 뒤는 온통 채마밭이었고 느즈막하게 집으로 돌아가는 참새 몇 마리만이 이리저리 날아다니며 즐겁게 지저귀고 있었다. 참새들의 요란한 노랫소리가 그를 몹시 짜증스럽게 했다. 그의 마음속은 마치 자신이 관리하고 경영하는 온갖 잡동사니가 가득 쌓인 사단장 사택의 창고 같았다. 그는 지뢰를 피해 돌아갈 수 있는 방법을 알지 못했다. 확실한 것은 눈앞에 놓인 지뢰를 밟고 지나가야 한다는 사실뿐이었다. 더 곤혹스럽고 고통스러우며 절대로 용서할 수 없는 사실은 그가 이 지뢰를 밟은 뒤에는 몸과 명예가 더럽혀지고 도저히 회복할 수 없는 지경까지 파괴된다는 것이었다. 하지만 뼛속 깊은, 아무에게도 드러낼 수 없는 가장 비밀스러운 곳에서는 수시로 지뢰를 밟고 싶은 욕망과 충동이 샘솟고 있었다. 산속에 호랑이가 있는 줄 뻔히 알면서도 산으로 기어 들어가려는 야만적인 용기가 분출했다. 그는 바로 그런 무모한 용기를 걱정하면서도 동시에 흥분하고 있었다.

살짝 두렵기도 하고 탐나기도 하는 것이 마치 도둑의 심리상태와 다름없었다. 우다왕이 불안한 기대감에 사로잡혀 '인민을 위해 복무하라'가 새겨진 나무팻말을 바라보며 부엌 한가운데서 고목처럼 멍하니 서 있었다. 머릿속에서는 자신과 아내의 그 우매하고 수치스러우며 절반은 어둡고 절반은 싸늘했던 정사와 삶과 세월에 매몰되어 말라가던 결혼과 사랑의 현장을 향해 달려가고 있었다.

우다왕과 아내의 사랑은 정말로 시골에만 있을 수 있는 메마르고 썰렁한 사랑이었다. 하지만 실제로는 후에 우다왕과 류렌이 펼치게 될 거대한 사랑 오페라의 서곡이었다.

시간은 1분 1초 소리 없이 지나가고 있었다. 문 밖 황혼은 핏빛에서 담홍빛으로 변해갔다. 이리저리 신나게 채마밭을 날아다니던 참새들은 이미 어디로 날아가버렸는지 보이지 않았다. 뜻밖에도 멜대 모양의 메뚜기 한 마리가 천산만수千山萬水를 가로질러 채마밭에서 부엌 문지방까지 튀어와 그의 발 가까이 다가섰다. 부엌 안에서는 뜨겁고 축축한 채소 냄새와 해 질 녘 특유의 우울한 땀 냄새가 풍겨 나왔다. 그리고 메뚜기 몸에서 나는 풀 비린내가 초록

색과 흰색이 뒤섞인 부엌 냄새 속에서 가는 물줄기처럼 초록빛과 흰빛이 뒤섞인 상태로 흘러나오고 있었다. 나무팻말을 쳐다보던 우다왕은 있는 힘을 다해 바닥에 떨어진 푸른 채소 이파리 위로 메뚜기가 기어오르는 모습을 발견했다. 메뚜기를 털어내고 허리를 굽혀 채소들을 주운 뒤 고개를 돌리자 식당으로 통하는 부엌 입구에 류롄이 난데없이 서 있었다. 그녀는 여전히 크고 헐렁한 실크드레스 잠옷을 입고 손에 종이부채를 하나 들고 있었다. 실크드레스 속 몸이 마치 밀랍으로 만든 것처럼 딱딱해 보일 정도로 그렇게 뻣뻣하게 서 있었다.

우다왕이 얼떨결에 "사모님!" 하고 불렀으나 류롄은 아무런 대꾸도 하지 않았다. 그녀의 얼굴에는 마치 한순간에 천을 물들이는 진한 물감처럼 푸른빛이 맴돌았다. 그가 입을 열었다.

"방금 돌아와서 아직 위층으로 올라갈 준비를 못하고 있었습니다."

"돌아온 지 반나절이나 지난 거 알고 있어. 내가 여기에 최소한 10분은 서 있었을 테니까."

이렇게 한마디 한 뒤 그녀는 엄중하게 경고하듯 나무팻말을 힘껏 들어 부뚜막을 한 번 두드리더니 획 몸을 돌렸다. 그러고는 찬바람을 일으키며 식당을 가로질러 응접실을 지나 위층으로 올라가버렸다. 당시 도시의 상류층에 유행하면서 도시 여인들이나 여자아이들이 신을 수 있었던 그녀의 부드러운 플라스틱 슬리퍼가 마치 푸석푸석한 오동나무 판때기로 석판을 두드리는 소리를 냈다. 빈곳을 울리는 그 소리에서 우다왕은 겨울날 평원을 할퀴고 지나가는 한풍 같은 그녀의 분노를 느낄 수 있었다. 우다왕이 잠시 몸을 떠는 사이에 두려움이 전기처럼 그의 몸 전체로 퍼져갔다. 그는 아무 말 없이 황급히 허리를 굽혀 바닥에 떨어진 채소를 주워놓고 부엌의 수채로 달려가 손에 묻은 흙을 닦아낸 다음 재빨리 위층으로 따라 올라갔다. 류렌의 침실 입구에 서서 마치 잘못을 저지른 아이처럼, 또는 수장의 면전에서 자신의 잘못을 인정하는 신병처럼, 반쯤 고개를 숙인 채 붉은 별과 '8일八一, 1935년 8월 1일에 중국공산당이 국민당 정부에 항일을 위한 민족통일전선 결성을 제의했음'이라는 두 글자가 새겨진 흰색 민소매 셔츠 앞에 두 손을 모으고 낮은 목소리로 그녀를 불렀다.

"누님!"

우다왕은 류렌을 누님이라고 불러놓고도 자신도 모르게 몸을 떨었다. 자신이 뜻하지 않게 세상을 놀라게 할 큰일을 저지르고 말았다는 생각에서였다. 그 사실을 깨닫는 순간, 자신이 그렇게 지각없이 행동한 것에, 그리고 이런 일이 자신도 모르게 폭발했다는 사실에 몹시 놀랐다. 그녀는 방문을 등진 채 구식 화장대 앞에 앉아 있었다. 단발머리로 덮인 거울 속 그녀의 얼굴은 가볍게 경련을 일으키면서 푸른빛을 띠고 있었지만 여전히 보기 좋은 계란형이었고, 희고 아름다우면서도 살짝 홍조를 띠고 있었다. 떠가는 구름이 하얀 달을 가릴 수 없듯 아무런 자국도 없이 매끈하기만 했다. 우다왕이 처음에 자신이 그녀를 누님이라고 부른 것을 의식하지 못한 것은 문 앞에서 거울에 비친 류렌의 얼굴에 갑자기 푸른빛이 사라지면서 붉은빛이 돌았기 때문이었다.

류렌은 우다왕이 부르는 소리에 꿈에서 깨어난 듯 가슴이 울렁거리기 시작했다. 어깨 위의 후광이 잠시 흔들렸다. 갑자기 반쯤 공중에 걸려 있던 아주 커다란 사과 두 개가 흔들리는 것 같았다. 우다왕은 류렌이 의자 위에서 천천히 몸을 돌리는 모습을 보고 방금 자신의 윗입술과 아랫입술이 부딪치면서 그녀를 누님이라고 불렀던 것을 의식했다. 그 소리는 아주 깊은 의미를 담고 있었다. 미래의 깊이 있고 따스한 자신의 누님을 예견하고 있었다.

가벼우면서도 뜨거운 '누님'이라는 호칭이 두 사람 사이에 가로놓여 있던 만리장성과 산맥을 뒤집어버렸다. 저쪽 평원의 불꽃 하나가 우다왕으로 인해 이쪽 평원 나뭇더미로 옮겨진 것이다. 우다왕은 오래전부터 그녀가 자신을 그렇게 불러주기를 기다렸고 마침내 쇠사슬을 풀 열쇠를 던져준 것이나 마찬가지라는 사실을 깨닫지 못했다. 이 순간 포위된 요새의 거대한 성문이 열리듯 사랑의 문이 활짝 열렸다. 류롄은 의자에서 천천히 일어났다. 그녀의 얼굴을 비추던 붉은 불빛이 이제는 창문 앞 푸른 등나무 줄기로 덮인 건물을 비추고 있었다.

　우다왕은 고개를 들어 그녀를 쳐다보았다. 그러고는 슬그머니 한쪽으로 고개를 돌렸다. 그녀가 말했다.

　"씻었어?"

　"씻다니요?"

　"자네 몸에서 온통 땀 냄새야."

　우다왕이 자신의 민소매 셔츠와 둥그렇게 땀에 절은 자국이 남은 군용 바지를 내려다보며 지난번에 그녀가 매일 목욕하느냐고 물었던 것과, 정치위원 사택의 공무원이 사단장 부인은 사단장이 목욕하지 않으면 절대로 침대에 올라오지 못하게 한다고 했던 말이 떠올랐다. 우다왕은 채마밭에서 흘린 땀 냄새를 뜻하지 않게 위층까지 몰고 왔다는 생각에 불안해 했다. 그는 몹시 미안한 듯한 표정으로 바지 위의 땀자국과 신발에 묻은 흙을 내려다보며 류렌에게 황급히 올라오느라 몸을 씻어 땀 냄새를 없애야 한다는 것을 잊었다고 둘러댔다. 그의 얼굴에는 땀 냄새를 풍겨 송구하다는 눈빛과 그런데 왜 땀 냄새를 없애기 위해 씻고 와야 하는지 모르겠다는 표정이 역력했다. 그녀 역시 그가 무엇을 말하는지 알아차렸지만 그러면서도 거울 앞에 선 채 꼼짝도 하지 않았다. 얼굴에는 흐릿한 미소와 붉은 기운이 번지고 있었다. 그녀는 화장대 모서리에 몸을 기댄 채 잠시 동안 조용히 그를 바라보더니 어서 내려가보라고 말했다. 그러면서 나무팻말을 다시 식탁에 가져다 놓고 원문을 꼭 닫은 뒤 온몸을 깨끗이 씻고 다시 올라오라고 지시했다.

우다왕은 반은 기대에 차서, 반은 어리둥절한 기분으로 아래층으로 내려왔다. 계단을 반쯤 내려왔을 때 등 뒤에서, 목욕할 때는 비누를 많이 사용해 두 번 씻으라는 당부가 들려왔다. 여인의 손이 귓바퀴를 어루만지는 듯 뜨거운 한마디였다.

그는 아래층에 있는 변소에서 목욕했다. 사단에서는 특별히 수장의 사택에 목욕탕을 설치해주었지만 채소밭에서 일한 뒤 몸이 땀투성이가 될 때마다 계단 뒤에 있는 변소에 가서 씻곤 했다. 평소에는 대충 물을 몇 번 끼얹고 끝냈지만 이번에는 그녀의 뜨거우면서도 부드러운 분부에 따라 먼저 온몸을 일반 비누로 한 번 씻은 다음, 향이 나는 비누로 다시 한 번 씻었다. 일반 비누는 때를 닦아내기 위한 것이었고 향기 비누는 몸에 향기를 남기기 위한 것이었다. 그는 신속하고 민첩하게, 섬세하면서도 진지하게 발가락 틈새와 은밀한 부분까지 모두 섬세하고 열정적으로 씻었다.

세월이 흘러 가늘고 촘촘한 체 또는 여과기에 걸러 이 시간을 진지하고 변별력 있게 분석해보면 우리는 우다왕과 류렌의 사랑과 모험에서 우다왕이 처음부터 공모자였다는 대담한 판단을 내릴 수 있을 것이다. 가장 그럴듯하게는 그가 흐르는 물에 배를 띄우듯 지극히 자연스럽고 순리적인 협력자이자 공모자였다고 말할 수 있을 것이다. 목욕하는 동안 그의 두 손은 떨렸고 가슴이 미친 듯이 쿵쾅거렸다. 우다왕의 가슴 속에서 놀란 말이 미친 듯이 날아오르는 것 같았다. 비누 두 개가 떨리는 그의 손에서 여러 차례 미끄러져 떨어졌다. 여러 날이 지난 뒤 류렌은 그의 머리칼을 어루만지며 "멍청한 돼지 같으니라고, 그때 당신은 머리에 남은 비누 거품도 제대로 헹구지 않고 왔었어"
라고 회상하기도 했다.

　우다왕은 비누 거품도 제대로 헹궈내지 않고 옷을 주워
입고는 다리를 부들부들거리며 위층으로 올라갔다. 옷은
모두 중대에 있었기 때문에 사단장 사택의 부엌 옷장에는
우다왕이 급할 때 갈아입는 셔츠와 속옷이 전부였다. 그는
흰색 셔츠와 합성섬유로 만든 황토색 바지를 입으며 오른
쪽 발을 왼쪽 바지통에 잘못 끼워 넣었다. 우다왕은 자신
이 이렇게 급하게 서두르는 이유를 알지 못했다. 단지 머
리 위로 혈류가 솟구친다는 사실을 느낄 뿐이었다. 희미한
어둠 속에서 마치 자신을 사로잡을 올가미처럼 류렌이 위
층에서 기다리고 있다는 것만 알 수 있었다. 그러나 함정
속으로 달려가는 자신의 욕망과 열정을 통제할 수 없었다.
그녀의 하얀 피부가 국수 가락처럼 굶주린 거지 하나를 유
혹하고 있었다. 갸름하고 불그스레한 그녀의 얼굴은 농익
은 참외처럼 그의 갈증난 목과 초조한 손을 끌어당기고 있
었다. 목욕할 때부터 이미 그는 피부 깊숙한 곳에서 풍겨
나오는 그녀의 물푸레나무 향기를 맡았다. 그 달콤함에 유
혹되어 타오르는 욕망을 향해 뛰어드는 나방의 충동은 이
미 사랑을 위해 기꺼이 목숨을 바치겠다는 용기로 변해 있

었다. 그때부터 취약하고 부실했던 그의 내면 가장 깊은 곳의 진지와 보루는 완전히 점령당했다. 그 순간 우다왕은 옷만 입으면 곧장 위층으로 뛰어 올라가 그녀가 도대체 자신이 어떤 일을 해주기를 바라는지, '인민을 위해 복무하라'라는 나무팻말에 적힌 문구의 감춰진 의미와 비밀이 무엇인지 분명히 확인하고 싶었다. 신비한 동굴을 발견한 아이처럼 동굴 안이 어떤 모습인지 끝까지 들어가 보고 싶은 다급한 심정이었다. 서둘러 위층으로 올라가 그녀의 침실 문을 열어젖히고 모든 걸 분명하게 확인하고 싶었다.

우다왕은 옷을 입으며 위층으로 걸음을 옮겼다. 계단을 다 올라왔을 때까지 단추도 다 채우지 못한 상태였다. 창밖의 세상은 어둠 속에 완전히 잠겨 있고 위층 창문을 통해 한 줄 한 줄 늘어선 군영 숙소의 등불만 눈에 들어왔다. 창문마다 전기를 절약하기 위해 사용하는 노랗고 희미한 전구에서 유백색 불빛이 새어나오고 있었다. 가끔씩 연병장에서 야간 훈련을 하는 사병들의 구령소리가 들려왔다. 활시위를 떠난 돌멩이가 긴 거리를 날아와 힘없이 사단장 사택의 창틀에 부딪혀 떨어지는 것만 같았다. 오늘은, 이미 그때 그가 계단 위에서 느꼈던 긴장과 불안을 묘사하기 어렵다. 세월이 그때의 격정을 삼켜버리고 희미한 재와 먼지의 잔영만 남겨 놓았기 때문이다. 다급해진 우다왕이 참지 못하고 꽃무늬가 새겨진 침실 문 앞에 이르렀을 때, 때맞춰 방 안에서 부드러우면서도 뜨거운 발자국 소리가 문 바로 뒤에 숨어 있다가 문틈으로 새어나와 그가 기대해 마지않은 방식으로 그를 습격했다. 우다왕의 머릿속은 완전히 텅 비어버렸다. 그녀가 바로 문 뒤에서 그를 기다리고 있었던 것이다.

우다왕은 문 앞에서 몸이 완전히 굳어버린 채 꼼짝도 못하고 서 있었다. 바로 이때 자신의 옷에 단추가 하나 잘못 끼워져 있는 것을 발견했다. 그는 황급히 단추를 풀었다가 다시 채운 다음 옷섶을 잡아당겨 옷매무새를 단정하게 하고 바지도 손으로 툭툭 쳐서 보기 좋게 가다듬으며 애써 두근거리는 마음을 가라앉혔다. 그런 다음 곧장 꽃무늬가 아로새겨진 문 앞으로 바짝 다가섰다. 다급하고 혼란했던 상태에서 평정을 회복하자 그는 위대한 연극이라도 시작하는 것처럼 목소리를 가다듬고 평소와 다름없이 문 안쪽을 향해 당당하게 한마디를 외쳤다.

"보고합니다!"

우다왕은 방금 자신이 외친 소리가 더 이상 단전에서 나오는 것처럼 힘과 절도를 갖춘 소리가 아니라 약간 거칠고 두 입술이 주저하는 사이에 흘러나와 연약하고 모호하게 들렸다는 것을 알아차렸다. 마치 평소에 친한 사람들끼리 주고받는 "이봐!", "어이!" 하는 소리와 다를 바 없었다. 평소처럼 안에서 "들어와" 또는 "들어와요"라는 대답이 들려오기를 기다렸지만 대답은 돌아오지 않았다. 단지 류렌이 사뿐사뿐 침대로 돌아가는 발걸음 소리와 그가 문 밖에서 목소리를 가다듬을 때 그녀가 침대 귀퉁이에 앉아 냈던 마른 복숭아꽃과 국화를 찢는 듯한 기침소리만 들려왔다. 들어오라는 소리였다. 우다왕은 이 기침소리가 들어오라는 소리라는 걸 잘 알고 있었지만 시간을 끌기 위해 문틈에 머리를 바싹 갖다 대고 말했다.

"저 목욕 다 했어요, 누님. 무슨 일 있으세요?"

이때 방 안에서 대답이 흘러나왔다.

"샤오우, 어서 들어와."

사건의 전모가 이처럼 간단하고 두루뭉술했다. 너무 많은 과정과 부분이 생략되어 있었다. 사실 이 사랑이야기의 발생과 결말도 이처럼 간단하고 직접적이어서 반드시 있어야 할 수많은 과정과 부분을 결여하고 있었다. 하지만 과정과 디테일이 언제나 힘 있고 위대한 것은 아니다. 때로는 생략이 더 힘 있고 확실하여 사물의 발전과 변화를 더욱 가속할 수 있었다. 이야기 속 현재처럼 우다왕은 생략 속에서 문을 밀고 방 안으로 들어갔다. 그제야 그는 방 안에 불이 켜져 있지 않다는 사실을 깨달았다. 창문을 통해 새어 들어오는 밤기운이 창문 바로 밑을 더욱 신비하고 흐릿하게 비춰주고 있었다. 방 안의 다른 모든 곳이 무거운 어둠 속에 잠겨 있었다. 손을 뻗어도 손가락이 보이지 않았다. 마치 입대하기 전에 살았던 시골에서 무수히 보았던 가장 깊은 골목과 우물 같았다. 방 한가운데 선 우다왕은 갑자기 강력한 불빛 아래 있는 땅굴 속으로 빨려 들어가는 듯한 기분을 느꼈다. 이 신비한 어둠에 완전히 흡수된 그는 떨리는 목소리로 구원을 요청하듯 시험 삼아 매력과 마력을 동시에 지닌 한마디를 내뱉었다.

"누님!"

"문 좀 닫아줘."

그는 그녀의 목소리가 방 안 침대 쪽에서 들려오고 있음을 알아챘다. 그는 그녀가 침대 귀퉁이에 앉아 있는 것이 아니라 탁자 앞에 놓인 의자에 앉아 있는 것이고, 평소처럼 문을 닫으라고 하는 것이라고 생각했다. 곧이어 들어오라는 지시가 또 한 번 들렸다. 그는 그녀의 말에 이끌리듯 앞을 향해 걸음을 옮겼다. 침대 앞까지 이르렀을 때 침대 위에서 삐거덕하면서 그녀가 몸을 뒤척이는 소리가 들렸다. 이 소리에 우다왕은 그녀가 침대 귀퉁이에 앉아 있는 것도 아니고 탁자 앞에 있는 의자 위에 앉아 있는 것도 아니라 침대 한가운데 누워 있다는 것을 알아챘다. 사실을 말하자면 눈앞에 펼쳐지는 두 사람의 사랑 장면에서 그녀가 침대 한가운데 누워 있든, 귀퉁이에 앉아 있든 본질적으로 상관 없었다. 그러나 우다왕이 그녀가 침대 귀퉁이에 앉아 있는 것이 아니라 침대 한가운데 누워 있다는 것을 의식하는 순간, 방 한가운데 선 채 몸을 한 치도 움직일 수 없었다. 이 순간 우다왕의 머릿속이 얼마나 복잡하고 혼란스러웠는지 그가 머릿속으로 무엇을 생각했고 무엇을 상상했으며 무엇을 사고했는지 기술할 수 있는 사람은 아무도 없었다. 어둠 속에서 그는 비에 젖은 나무기둥처럼 멍하니 서서 온몸에 땀을 흘리고 있었다.

갑자기 창문을 열고 문을 활짝 열어 바깥 밤바람이 방안으로 들어오게 하고 싶었다. 우다왕은 류렌의 숨소리가 실을 자아내는 것처럼 부드럽고 매끄러운 데 자신의 숨소리는 몹시 메마르고 거칠게 느껴졌다. 어린 시절 집에서 불을 피워 밥을 지으며 끊임없이 아궁이에 땔감과 나뭇가지를 집어넣을 때 나는 소리 같았다. 이야기는 이쯤에서 이미 산꼭대기에 이르렀다. 석탄을 때서 달리는 기관차가 산 허리까지 올라와 앞으로 조금씩 전진할 때마다 궤도에 모래를 조금씩 뿌려야 하는 것처럼 힘이 들었다. 물론 한걸음만 더 앞으로 나아가면 찬란한 햇빛이 쏟아져 천지가 온통 환해질 것이고, 사랑이 저녁노을처럼 모든 것을 비춰줄 것이었다. 하지만 바로 이런 순간에 우다왕은 어둠 속에서 조금도 움직이지 않고 있었다. 머리에서 땀방울이 떨어지자 손으로 얼굴의 땀을 한두 번 훔쳐낸 것을 제외하고는 다급한 숨소리만 낼 뿐이었다. 어리고 경험이 부족한 도둑이 남의 집 방에 들어왔다가 방에도 사람이 있고 밖에도 사람이 있어 진퇴양난에 빠진 꼴이었다. 우다왕은 그녀가 실오라기 하나 걸치지 않은 채 침대 한가운데 누워 있다고 생각하는 순간, 왜 자신이 갑자기 몹시 다급하고 불안해져 몸 둘 바를 모르는 것인지 알 수 없었다. 게다가 실오라기 하나 걸치지 않고 침대 한가운데 누워 있는 류롄의 모습은 그가 목욕을 하고 위층으로 올라오기 전까지 품었던 가장 깊고 은밀한 욕념이었다. 마른 나무에 불을 갖다 대고, 무서운 기세로 타오르는 불에 바람이 불어대는 갈망이었다. 그러나 정말로 그런 상황에 이르자 그는 오히려 알 수 없는 두려움과 침울함으로 욕망의 발걸음을 멈추고 있었다.

그의 사랑의 쾌속열차가 마음속 저항에 부딪히고 있었다. 곧 닥쳐올 성애의 절정이 시작하기도 전에 이미 끝나가고 있었다. 시간은 1분 1초 무정하게 지나가고 있었다. 어둠이 방 안에서 하늘과 땅을 덮고 있었다. 뜨거운 불이 방 안에서 활활 타오르는 것 같았다. 사해四海가 분등하고 구름이 분노하며 다섯 대륙이 진동하는 가운데 바람과 천둥이 울부짖는 것 같았다. 우다왕은 세 번째로 얼굴의 땀을 훔치며 그녀가 침대 위에서 자신을 향해 간절하고 따뜻하게 인사를 건네는 소리를 들었다. 바짝바짝 타들어가는 그의 입에 그녀가 입을 대고 물 한 모금 넣어주는 듯한 느낌이었다. 그녀가 말했다.

"샤오우, 왜 그래, 어디 안 좋아?"

"누님, 불을 좀 켤게요."

"켜지 마. 난 빛이 두렵단 말이야."

"켜는 게 좋겠어요. 누님께 드릴 말씀이 있어요."

그녀는 어둠 속에서 한마디 말도 하지 않고 굳게 침묵을 지켰다. 깊이 생각에 잠겨 있느라 아무 소리도, 아무런 빛도 내지 못하는 것 같았다. 우다왕은 자신의 호흡이 반쯤 허공에 떴다가 바닥으로 떨어지는 소리를 들으며 그녀의 호흡이 침대 위에서 유동하는 모습을 보고 있었다. 당혹감과 곤혹스러움에 당장이라도 숨이 막혀 죽을 것만 같았다. 그게 아니면 그 자리에서 쇼크로 쓰러질 것 같았다. 자신을 구하기 위해 그는 천천히 목소리를 높여 다시 입을 열었다.

"누님, 불 좀 켜주세요."

그러나 그녀는 이 순간, 가장 힘 있고 유리하게 행동했다. 아무런 말도 하지 않고 아무런 움직임도 보이지 않는 것이었다. 어둠 속에 두 사람 사이의 활시위가 팽팽하게 당겨져 있고 시간은 그 어둠 속에서 팽창하며 발효하고 있는 것 같았다. 더 이상 그 상태를 유지할 수 없을 때쯤 우다왕은 절대로 입 밖에 내서는 안 될 한마디를 내뱉었다.

"불을 안 켜시면 전 그만 내려가보겠습니다."

그런 다음 그는 정말 바보처럼 한 걸음 뒤로 물러섰다.

우다왕의 이런 행동에 그녀가 마침내 폭풍이 비를 몰아오듯이 자리에서 일어나더니 침대 밑으로 손을 뻗어 스위치 줄을 찾아 불을 켰다.

사흘 전과 마찬가지로 눈 깜짝할 사이에 방 안 전체가 어둠에서 빛으로 바뀌었고 그의 눈앞에 한줄기 섬광이 지나갔다. 이 섬광에 우다왕의 눈동자는 타는 듯이 딱딱해지면서 아파왔다. 모든 것이 사흘 전의 재연이자 발전이었고, 사흘 전에 시작된 사랑이야기의 한 차례 절정이자 교체였다. 모든 것이 그의 예상 속에서, 그의 갈망 속에서 이루어지긴 했지만 이번 막이 공연될 때는 너무나 모든 것이 뜻밖이라는 생각과 함께 어떻게 손을 써볼 수 없는 당혹감과 불안감이 몰려왔다.

그녀는 침대 머리맡에 걸터앉았다. 몸에는 실오라기 하나 걸치지 않고 있었다. 열려 있는 모기장 안에서 마치 옥을 조각해놓은 것과 같은 몸을 웅크린 채 붉은색 담요 한쪽 끝으로 다리 사이의 중요한 부분만 살짝 가리고 있었다. 너무나 뜻밖에도 그녀는 자신의 적나라한 나신이 불빛과 한 남성의 시선 앞에 완전히 노출되어 있는 상태에서도 여인으로서의 자존심과 사단장 부인으로서의 기세가 완전무결하게 얼굴에 드러나 있었다. 그녀는 그렇게 몸을 다 드러낸 채 그를 마주하고 앉아 있었다. 우다왕은 한 번도 듣지도 보지도 못했지만 그녀가 이미 사용하기 시작한 빨간 실크 브래지어가 침대 머리에 걸려 있었다. 작열하는 두 눈동자가 그를 노려보는 것 같았다. 완전히 솟은 그녀의 젖가슴은 분노로 격앙된 흰토끼처럼 한 떨기 흰 구름 속에 우뚝 모습을 드러내고 있었다. 분노로 돌출된 채 조금도 움직이지 않는 젖가슴은 너무나 엄숙하고 냉담하기만 했다. 푸른빛이 감도는 그녀의 머리카락은 하얀 어깨쯤에 걸쳐 있었다. 미동이 조금도 없다 보니 한 올 한 올 가늘고 검은 망사의 형태로 불빛 속에서 차갑고 생경하게 반쯤 허공에 떠 있었다. 여전히 희고 매끄러운 그녀의 얼굴에는 어깨와 마찬가지로 푸른빛이 감돌고 있었다. 두말할 것도 없이 그녀는 이미 억제할 수 없는 애정의 격앙 속에서 필사적으로 헤어나온 것이 분명했다. 어둠을 걷어내는 불빛뿐 아니라 감히 그녀의 면전에서 아무런 움직임도 없이 냉정함을 고수하는 그의 견고함과 고집이 그녀를 몸부림치게 했다.

우다왕은 자신이 이 사택의 공무원 겸 취사원이고 그녀는 이 집의 주인이자 사단장의 부인이라는 사실을 잊고 있었다. 사단장과 사단장의 가정을 위해 봉사하는 것이 인민을 위해 복무하는 것이라는 가장 중요한 명제를 잊고 있었다. 환하게 밝혀진 불빛 아래서 그녀는 실오라기 하나 걸치지 않은 알몸으로 아무런 움직임도 없이 그를 마주하고 있었다. 영롱하게 빛나는 옥을 깎아놓은 듯한 그녀의 몸과 얼굴에 서려 있는, 얼음처럼 깨끗하고 옥처럼 청아한 분위기는 순결하고 고상했으며 빛나면서도 어지러웠다. 이와 대조적으로 그의 모습은 몹시 비겁하고 치욕스러웠으며,

음탕하고 저속하기만 했다. 이 길지도 짧지도 않은 시간 동안 아주 높은 곳에서 낮은 곳으로 임하는 위엄이 끊임없이 이어지면서 그녀의 날카로운 눈빛과 조소가 넘치는 입에서 차가운 샘물처럼 솟아나와 후텁지근한 방 안을 서늘하게 하고 있었다.

한순간에 우다왕의 얼굴에서 땀방울이 떨어져 내렸다. 그녀가 어둠 속에서 서슬 퍼런 눈빛을 숨긴 채 있었던 것이다. 모든 것이 뜨거운 욕정에서 퇴조하여 원래의 자리로 돌아가고 있었다. 몸에 아무것도 걸치지 않았다 해도 그녀는 여전히 사단장의 아내였다. 아무리 제대로 갖춰 입었다 해도 그는 여전히 사단장 사택의 취사원 겸 공무원이었다. 그녀는 그렇게 우다왕을 흘겨보면서 가벼운 목소리로 말했다.

"말해봐. 할 말이 있으면 어서 해보라고."

그는 고개를 숙인 채 입을 열지 못하다가 한참만에야 벌레 울음소리처럼 기어 들어가는 소리로 나지막하게 말했다.

"누님, 저는 좀 두려워요."

"누가 두렵다는 거야?"

"사단장님도 두렵고, 당 조직도 두려워요."

그녀가 차갑게 웃으며 말을 받았다.

"그럼 나는 두렵지 않다는 얘기로군, 그렇지?"

잠시 뒤 그는 천천히 고개를 들었다. 그녀를 다시 한 번 자세히 바라보고 싶었지만 오히려 그녀가 아무 말도 하지 않고 무슨 물건을 점검하기라도 하듯이 한동안 자신을 뚫어져라 쳐다보는 것이었다. 그녀는 마침내 그 물건이 원래 자신이 원하던 것이 아니었다는 듯이 다소 김빠지고 유감인 듯한 표정으로 길게 탄식하더니 고개를 돌려 침대 위에 놓여 있던 실크드레스를 집어 들고 천천히 자리에서 일어섰다. 문이 닫힌 것처럼 서서히 그녀의 흰 알몸도 그의 눈앞에서 사라졌다. 그는 시종일관 조심스럽게 그녀를 바라보다가 그녀가 팔을 들어올리는 사이에 던진 마지막 한마디를 들었다. 그 한마디는 너무나 뜻밖이었다. 그녀의 신분과는 너무나도 어울리지 않는, 그녀의 입에서 한 번도 나온 적이 없는 정확하면서도 아주 거칠고 저속한 시골 변두리에서나 쓰는 말이었다.

"우다왕, 네가 진흙탕에 빠져서도 담벼락을 짚을 줄 모르는 위인일 줄은 생각지도 못했어."

3장

그다음에 일어난 일들은 대부분 사랑의 궤도를 뛰어넘어 군대의 원칙 안으로 편입되었다. 정말 뜻밖이었던 것은 우다왕이 그날 저녁 사단장 사택에서 돌아오는 길 내내 마음속으로 깊은 갈등과 고통을 느꼈고 자신의 행위가 옳은지 그른지 몰라 곤혹감에 빠져 있었다는 것이다. 사단장 사택에서 경비중대의 숙소까지는 300미터 넘게 걸어야 했고 중간에 사단본부의 대형 연병장을 지나야 했다. 이미 소등 신호가 울렸기 때문에 수많은 중대가 불을 끄고 휴식에 들어간 상태였다. 대형 연병장은 이미 고요하고 적막했다. 7월 한여름이라 하늘에서 달빛이 흩어지며 거대한 연병장을 푸른 물빛으로 물들이고 있었다. 밤바람이 연병장 동쪽에서 불어와 하루의 열기를 날려보냈다. 겁이 없는 일부 고참병들은 자신들의 중대가 조용해지자마자 어디서 기어나왔는지 삼삼오오 무리를 지어 연병장 구석에서 웃고 떠들며 술을 마시고 노래를 불러댔다. 술은 백주白酒라 호방하고 장렬하여 멀리서도 그 독한 냄새를 맡을 수 있었다. 노래 또한 혁명가곡이라 호방하고 장렬하여 이상할 정도로 짜릿하고 자극적이었다. 이 노래를 듣는 사람들마다 몸 안에 피가 끓는 것을 느낄 수 있었다.

우다왕은 중대로 돌아가지 않았다. 잠이 오지 않아 술을 마시던 고참병들을 에돌아 아무도 없는 연병장 남쪽 구석으로 걸어가 땅바닥에 혼자 쭈그리고 앉았다. 달빛에 비춰진 그는 아주 깊은 생각에 잠겼다. 사랑과 성욕, 혁명과 생존의 정의, 그리고 성장의 도덕과 이익의 원칙을 탐구하고 있었다. 등급과 직책, 인성과 본능의 심오하고 복잡한 문제들을 놓고 깊이 고민하고 있었다. 실제로 이런 문제들은 모두 모호하고 분명하지 않은, 더럽고 오염된 구름이 되어 그의 뇌리를 스쳐 지나갔을 뿐이었다. 먹구름이 사라지듯 그의 머릿속는 두 가지뿐이었다. 하나는 류롄의 하얗고 뽀얀 피부와 유혹적인 몸이었고 다른 하나는 자신이 정말로 그녀와 그런 관계를 맺게 되었을 때 사단장이 사실을 알게 된다면 어떤 결과가 초래될까 하는 문제였다. 머릿속에서 모든 복잡한 문제가 단순하고 거칠게 잔가지 치고 나니, 물이 다 빠진 뒤에 바위가 드러나듯이 마지막에 중요한 문제들이 오롯이 모습을 드러냈다. 우다왕은 정확하게 모순을 파악하고 있었다. 모순의 한쪽은 달콤하고 상리를 초월한 현묘함에 빠지게 하며 현실의 모든 이유를 잊게 해주는 반면, 다른 한쪽은 자신을 두려움과 공포로 몰고 가 마치 형장이 기다리고 있는 미래를 떠올리게 했다. 사단장은 전쟁터에서 무수히 사람을 때려죽인 인물이었다. 해방전쟁 1945년 8월부터 1949년 9월까지 마오쩌둥이 이끄는 중국인민해방군과 장제스가 이끄는 국민당 사이의 국공내전 시기에는 총 한 자루로 무수한 적과 맞서 싸우며 적의 머리에 개머리판을 휘둘러 산채로 때려눕혔을 뿐 아니라 발바닥으로 적의 머리를 몇 번씩 짓이기기도 했다. 우다왕은 발로 선혈이 낭자한 머리를 짓밟는 장면을 생각만 해도 몸서리가 쳐졌다. 순간 그는 죽어도 류렌과 그런 관계를 맺지 않고 혁명 전사로서의 제 모습을 지켜야겠다고 마음먹었다.

'피부가 하얀 게 뭐 그리 대수라고! 우리 마누라도 매일 농사를 짓지만 않았어도 당신보다 훨씬 더 하얀 피부를 가졌을 거야. 예쁘게 생긴 게 뭐 그리 대수라고! 우리 마누라도 당신처럼 잘 차려 입고 매일 눈꽃 크림을 바르기만 하면 당신보다 훨씬 더 예쁠 거야. 목소리 좋은 게 뭐 그리 대수라고! 우리 마누라도 도시에서 나고 자랐다면 얼마든지 가늘고 부드러운 목소리를 가졌을 거야. 몸에서 물푸레나무 향기가 나는 게 뭐 그리 대수라고! 우리 마누라도 몸에서 얼마든지 그런 냄새가 난다고. 단지 매일 씻는 걸 귀찮아해서 그런 냄새가 덜한 것뿐이라고. 정말 대단한 게 아무것도 없잖아. 당신의 그 하얀 피부와 매끈한 얼굴, 날씬한 몸매와 가는 허리, 탱탱하게 솟은 가슴과 하얀 치아, 큰 눈, 가는 허벅지와 걸을 때마다 씰룩거리는 엉덩이로 이 혁명 전사를 낚을 수 있다고 생각했단 말인가? 사단장도 마찬가지야. 백전노장의 혁명가이자 영웅이며 고급 간부인 그가 어떻게 이런 여자를 얻을 수 있었단 말인가?'

우다왕은 땅바닥에서 벌떡 일어났다. 사단장에게 한없는 의혹과 유감을 느끼기는 했지만 그는 이미 사병으로서 아주 간단하고 간편한 방식으로 여인의 유혹에서 벗어나 군인으로 돌아와 있었다. 호연지기와 정기가 온몸에 흘렀다. 사단 전체가 가장 아름답고 귀여운 미인이라고 떠받드는 여인을 감히 무시하는, 자신의 호연지기가 자랑스러웠다. 그가 나름대로 자부심을 느끼며 중대로 돌아가 쉬기 위해 연병상을 벗어나려고 할 때 어디서 나타났는지 지도 원이 귀신처럼 눈앞으로 다가왔다.

"자네가 여기 있는 줄도 모르고 힘들게 찾아다녔군."

그는 달빛 덕분에 지도원의 얼굴을 똑똑히 볼 수 있었다.

"무슨 일 있으십니까, 지도원 동지?"

지도원은 코를 쿵쿵거리며 목청을 크게 높여서 말했다.

"우다왕 자네가 날 이렇게 곤란하게 할 줄은 몰랐네. 나를 이렇게 큰 문제에 빠지게 하다니. 사단장 부인이 전화로 내게 몹시 화를 내더군. 도대체 무슨 일인지 모르겠네. 다짜고짜 하는 말이 자네가 애당초 수장의 가정에 봉사하는 것이 바로 인민을 위해 복무하는 것이라는 종지도 모르는 병사라는 거야. 그러면서 내일 무슨 일이 있어도 우다왕 자네를 교체해버릴 생각이니 아주 똑똑하고 눈치 빠른 신병을 소개해달라고 당부하더군."

지도원은 우다왕에게 도대체 사단장 집에서 무슨 잘못을 저지른 것인지 말해보라고 다그쳤다.

"우리 근무중대에서 자네는 고참 소대장으로서 내가 가장 마음 놓고 신임하는 당원이자 기둥이었네. 매년 공적 심사에 따른 표창이 있을 때마다 내가 가장 먼저 표를 던지며 칭찬한 사람이 자네였단 말일세. 그런 자네가 인민을 위해 복무해야 한다는 가장 기본적인 원칙도 모른단 말인가? 어서 말해보게. 도대체 류렌에게 무슨 면목 없는 짓을 한 건가?"

우다왕이 대답하지 않자 지도원은 다시 그를 다그쳤댔다.

"벙어리가 됐나? 자네처럼 똑똑하고 눈치 빠른 친구가 어떻게 눈 깜짝할 사이에 이렇게 곰이 되어버린 건가? 어떻게 이처럼 말도 제대로 못하는 벙어리가 된 거냐고?"

지도원의 추궁은 계속됐다.

"혁명은 사람들에게 밥이나 대접하는 게 아닐세. 혁명은 그림을 그리거나 수를 놓는 게 아니야. 혁명에는 피를 흘리는 희생이 뒤따라야 하네. 세계 인민 가운데 3분의 2가 지금도 고통 속에서 살고 있네. 타이완에서는 국민당 장제스의 통치하에 백성이 추위와 굶주림에 허덕이면서 가난과 질병 속에서 신음하고 있네. 우리 중국인민해방군에게는 아직도 중대한 임무가 남아 있고 갈 길이 먼 상태일세. 미국 제국주의자는 국제무대에서 미친 듯이 소리를 질러대고, 소련 수정주의자는 국경에 100만의 병력을 주둔시키고 있네. 우리 군인은 높은 곳에 우뚝 서서 멀리 내다보며 중국 전체를 품에 안고 전 세계를 주시하며 착실하게 한 걸음 한 걸음 나아가야 하네. 자신의 직책과 업무를 충실히 수행하고 인류를 해방시키는 사업에 자신이 해야 할 노력을 다해야 한단 말일세."

지도원은 점점 더 목소리를 높였다.

"우다왕 자네는 사단장이 집에 없다고 류롄을 제대로 모시지 않은 모양이군. 류롄을 제대로 모시지 못하면 사단장께서는 베이징에서 회의와 학습을 진행하시면서도 마음을 놓을 수 없을 것이고, 사단장께서 마음을 놓지 못하시면 사단 전체의 업무와 학습, 전투준비와 훈련에 영향을 미치게 될걸세. 사단의 전투준비와 훈련이 제대로 이루어지지 못하면 군단의 작전능력에 영향을 미치게 되고, 군단의 작전능력이 약해지면 전군의 전략과 배치에 영향을 미치게 되겠지. 그러다가 정말로 제3차 세계대전이 일어나기라도 한다면 우다왕 자네는 자네 한 사람의 작은 일이 얼마나 거대한 영향을 미치게 되는지 깨닫게 될걸세. 그때는 우다왕 자네를 100번 총살시킨다 해도 충분치 못할 것이고 지도원인 내가 총살당하는 것으로도 부족할 것이며 중대장이 총살당하는 것으로도 모자랄 거야."

지도원의 장황한 연설은 계속되었다.

"지금까지는 전체적인 시각에서 얘기했지만 이제부터는

세부적인 면에서 얘기해주겠네. 우다왕, 자네는 어째서 이렇게 멍청하고 어리석은 건가? 자네는 몇 년 전부터 아내와 아이들을 영내로 데리고 오고 싶다고 하지 않았나? 그리고 언젠가는 장교로 승진하고 싶다고 하지 않았나? 가족들을 영내로 불러들이는 일이나 자네를 승진시키는 것 따위는 사단장에게는 말 한마디면 되는 일일세. 말 한마디면 자네가 평생 해야 할 일이 해결된다 이 말일세. 사단장 입에서 그런 말 한마디가 나올 수 있게 할 수 있는 사람이 누구겠나? 류롄일세. 사단장의 부인이자 애인인 류롄이란 말일세."

지도원은 다소 어투를 누그러뜨리며 말을 이었다.

"이만 돌아가서 자게. 나도 자네가 어쩌다가 사단장 부인에게 잘못 보이게 됐는지 따지고 싶진 않네. 류롄은 내게 내일 아침 당장 자네를 자르고 다른 사람으로 교체해달라고 요구했고, 나도 내일 날이 밝는 대로 그렇게 하겠다고 약속했네. 하지만 나는 어쩔 줄 몰라 이리저리 고민하다가 앞뒤를 자세히 따져본 뒤에 차라리 병을 치료하여 사람을 구하는 원칙에 따르는 것이 낫겠다는 판단을 내렸네. 사람을 몽둥이로 때려죽이는 원칙을 따를 것이 아니라 자네에게 다시 한 번 기회를 주는 것이 바람직하겠다는 결론을 내린 거지. 자네는 내일 아침 다시 사단장 사택으로 가서 아침밥을 짓고 하루 더 공무원 직책을 수행하도록 하게. 내일 자네가 또다시 사단장 부인의 눈 밖에 난다면 나까지 그녀의 미움을 사게 될걸세. 우다왕 자네가 알아서 하게. 모든 것이 내일 자네가 사단장 사택에 가서 어떻게 행동하느냐에 달려 있네."

지도원은 사뭇 시적인 말로 자신의 장황한 당부를 마무리했다.

"운명은 자네 손 안에 있네. 우수한 사병이라면 항상 혁명의 등대가 자신의 앞길을 비추게 할 것이 아니라 자신의 에너지로 혁명의 등대를 더욱 밝게 빛내고 천 년의 긴 세월과 대지를 환히 비출 수 있게 해야 할걸세."

지도원은 천부적인 군대 사상정치공작 전문가인 데다 말주변을 타고난 사람이라 한 번 입을 열었다 하면 쉽게 그칠 줄 몰랐다. 그가 양쯔강처럼 길고 황허강처럼 지루하게 한마디 또 한마디 이야기를 이어가는 동안, 우다왕은 그의 얼굴을 쳐다보며 마음속으로 류롄에 대한 분노와 원한을 서서히 싹 틔우고 있었다. 이런 분노와 원한은 너무나 빨리 뿌리가 깊어지고 잎이 무성해져 금세 커다란 고목이 되어 하늘을 찔렀다. 우다왕은 여러 차례 류롄이 자신을 침대로 유인하려 했던, 부패하고 타락한 자산계급의 추태를 하마터면 입 밖에 낼 뻔했지만 입 밖으로 말이 튀어오를 때마다 애써 목구멍에 힘주어 배 속으로 밀어넣었다. 그가 사건의 진상을 발설하지 않은 것과 관련하여 우리는 군인이자 남성으로서 자신이 굴욕을 당하는 한이 있더라도 여인의 자존심을 존중하고 보호해주며, 다른 사람이 치욕당하는 것을 원치 않는 그의 인격과 정신에 탄복하고 경의를 표해야 할 것이다. 하지만 다른 한 편으로 생각해보면 설마 그가 자신의 비밀을 다른 사람들이 알기를 원하지 않는 이기심이 없었던 것일까 하는 의구심을 갖게 된다. 이제 막 애정의 서막이 열렸는데 무대에 올라 공연을 시작하지도 않은 상태에서 연극의 줄거리를 관중에게 알려줄 수는 없는 일이다. 설사 관중이 자신의 상관인 지도원이자 자신의 입당을 중개한 사람이라 해도 어쩔 수 없었다.

우다왕은 지도원의 훈계를 듣는 동안 사단장이 일찍이 총 개머리판으로 적군의 머리통을 깨뜨린 다음 군홧발로 깨진 머리를 짓이겼던 일을 상상하면서, 자신의 오른발 앞꿈치와 다섯 발가락에 힘주어 연병장에 자라나 있는 풀포기를 짓이기고 있었다. 지도원이 무슨 일로 류롄의 미움을 사게 되었느냐고 캐묻는 동안, 그는 땅바닥을 짓이기며 자신이 짓밟는 것이 류렌의 얼굴이라고 생각했다. 류렌의 입과 입술, 그리고 하얀 치아라고 생각하며 한 번 짓이기고, 류렌의 매끄러운 이마와 오뚝하게 솟은 콧날이라고 생각하며 또 한 번 짓이겼다. 지도원이 얘기하는 내내 그는 발밑을 짓밟고 있었다. 그녀의 머리카락과 이마에서 시작하여 탱탱하게 솟은 유방에 이르렀을 때쯤 그는 자신도 모르는 사이에 깊게 패인 구덩이에서 발을 떼고 있었다. 류렌의 풍만하고 탱탱한 유방이 우다왕의 야만적인 무력을 제압한 것이다. 그 순간 그녀에 대한 분노와 원한은 극도로 공허하고 무의미해졌다.

달빛은 이미 머리 위를 지나 서남쪽으로 넘어갔다. 평원의 고요함은 군영에 가득 스며들어 영내 전체가 깊은 호수에 잠긴 것 같았다. 술을 마시며 떠들던 사병들은 언제인지 모르게 이미 흩어져 각자의 중대로 돌아갔다. 연병장에는 물이 흐르는 것처럼 바람이 흘러 가늘고 부드러운 소리가 맴돌았다. 우다왕은 자신의 오른쪽 발밑을 내려다보았다. 밥그릇처럼 움푹 구덩이가 패어 있고 핏빛 황토가 밖으로 속살을 드러내면서 청량한 공기 속에서 생생한 흙냄새가 선명하고 생동감 있게 다가왔다. 지렁이를 잡기 위해 베지 않고 놔둔 들풀 몇 포기가 구덩이 안에서 처참하게 뭉개져 푸른 줄기를 드러낸 채 흩어져 있었다.

달빛 속에서 극심한 고통을 느끼던 그는 짓밟힌 들풀을 내려다보다가 발을 떼면서 발꿈치로 황토를 밀어 구덩이를 덮어주었다. 지도원이 말했다.

"이만 돌아가서 자게. 날이 너무 늦었네. 내 말을 잘 기억해두게. 기회는 놓쳐선 안 되고 때는 한 번 가면 다시 오지 않는 법일세. 사단장 집에서 정말로 자네에게 밥을 짓지 못하게 한다면, 정말로 공무원 겸 취사원의 직무를 수행하지 못하게 한다면, 그것으로 자네의 인생은 끝일세."

"감사합니다, 지도원 동지. 제가 군복을 입지만 않았다면 정말 이 자리에 엎드려 무릎을 꿇고 개두蓋頭, 머리를 땅에 대고 세 번 절하는 중국 고대의 예법라도 올렸을 겁니다."

지도원은 주먹으로 자신의 가슴팍을 치며 그런 말은 혁명 군인이 입에 담을 만한 말이 아니라고 지적하고는 발길을 돌렸다. 지도원을 따라 중대로 돌아온 우다왕은 곧장 잠자리에 들었다.

4장

우리가 알다시피 모든 과거는 미래가 되고 미래는 다시 과거가 된다. 우다왕의 미래는 바로 그의 과거가 지렛대 작용을 한 결과였다. 아주 가볍게 한 번 비틀어주자 운명의 지구는 새로운 방향을 갖게 되었다.

침대에 눕긴 했지만 우다왕은 도통 잠을 이룰 수 없었다. 지난 일이 떠올라 머릿속에서 마구 뒤엉키며 변화를 거듭했다. 하지만 결국 기억의 최전방에 뿌리내린 것은 그의 혼사였다. 5, 6년 전 이미 만 스물두 살이었던 그는 위시豫西, 허난성 서부 지방 푸뉴샹伏牛山 산구山區에 있는 우자거우吳家溝 마을에서 해가 뜨면 밭에 나가 일하고 해가 지면 집에 돌아와 쉬는 생활을 하고 있었다. 사실 생명은 마치 햇빛이 부족한 들풀 같고 봄비가 부족한 들판의 홰나무나 버드나무 같아 신록이 언제 싹을 틔우는지 그는 전혀 알지 못했다. 부친이 병으로 세상을 떠난 지 여러 해가 지났고 남겨진 자식들과 과부는 외지고 척박한 우자거우에서 세월을 지키며 고단한 삶을 살고 있었다.

다행히도 그의 모친은 우다왕이 중학교를 마칠 수 있도록 온갖 고생을 참고 견디며 버텨주었고 덕분에 그는 생산대에서 회계로 일할 수 있었다. 성인이 되어 아내를 얻어야 할 때, 매파가 여러 차례 아무런 성과 없이 돌아가고 혼사에 대해 절망에 가까운 마음을 품게 되었을 무렵이었다. 인민공사에서 수확과 파종을 서두르기 위한 회의를 열었고, 공교롭게도 우자거우의 늙은 생산대장이 열병으로 참석할 수 없어 우다왕이 대신 회의에 참석하게 된 것이었다. 회의가 열리자 인민공사의 회계 담당자였던 자오趙 씨는 자신을 도와 회의 참석자 명단을 기록해줄 사람을 찾았다. 회의에 참석한 생산대장들에게는 각각 만터우 세 개와 보조금 일 위안이 추가로 지급되었다.

우다왕은 자오 씨를 도와 회의 참가자 명단을 기록하게 됐다. 맑은 하늘에 벼락이 치며 만수천산萬水千山이 옷을 바꿔 입었다. 그가 자오 씨에게 명단을 전달하기 위해 인민공사 사무실을 찾아갔을 때 뜻밖의 운명이 그를 찾아왔다. 자오 씨가 비록 회계 담당자라는 직책에 불과하고 아내와 아이들도 모두 농민이긴 하지만 국가의 녹을 먹고 사는 사람으로서 편제상 국가 간부였으며 인민공사의 서기와도 친분이 두터운 사이였다. 그는 꽉 찬 마흔다섯으로, 보통 키에 각진 얼굴을 하고 있었고 눈썹은 없는 것이나 마찬가지로 성글었다.

사무실 책상의 등받이 의자에 앉은 자오 씨는 우다왕이 건넨 참가자 명단을 대충 훑어보고는 다시 고개를 들어 우다왕을 한 번 쳐다보았다.

"어느 마을 소속인가?"

"우자거우입니다."

"이렇게 젊은 자네가 생산대장을 맡고 있나?"

"대장님은 병환중이십니다. 저는 소대小隊에서 회계를 맡고 있지요. 대장님을 대신해 회의에 참석했습니다."

"회계라. 올해 나이가 몇이나 됐나?"

"스물둘입니다."

"문화수준은 중졸인가 고졸인가?"

"중졸입니다."

"애인은 있나?"

"아직 없습니다."

자신이 평생 회계 담당자라는 직책을 지켜왔기에 갖게 된 호감 때문인지, 아니면 간부로서 인재에 대한 애착 때문인지 자오 씨는 계속 우다왕의 얼굴과 그가 건넨 명단 위 글씨를 쳐다보았다. 그러고는 얼굴에 미소를 띠며 말했다.

"자네 펜글씨를 아주 잘 쓰는구먼. 붓글씨로 쓴 거와 다름없어. 아주 훌륭해. 한 획 한 획이 마치 유공권柳公權, 당나라의 유명 서예가의 필치를 본뜬 것 같군."

우다왕의 바로 그 단정한 펜글씨가 그의 인생과 운명을 결정하게 되었다. 수확과 파종이 다 끝나고 옥팔찌 보리 싹이 한 자 정도 자랐을 무렵, 어느 날 늙은 생산대장은 진鎭, 한국의 면에 해당하는 행정구역에 나갔다가 서둘러 돌아오더니 잔뜩 흥분한 얼굴로 우다왕에게 달려와 말했다.

"인민공사의 자오 씨가 자네를 마음에 들어 했나 봐. 나와 함께 자오 씨 집을 한 번 찾아가봐야 할 것 같네."

우다왕은 늙은 생산대장을 따라 몇 십 리 밖에 있는 자오 씨의 마을에 갔다. 물론 혼사의 성공을 위해 늙은 생산대장은 우다왕에게 새로 지은 남색 제복 상의와 사문직으로 짠 검정색 새 바지를 갈아입혔다. 상의와 바지 모두 마을 사람에게서 빌린 것이었지만 이렇게 제복을 갖춰 입혀 놓으니 전보다 훨씬 활기 넘치고 의젓해 보였다. 자오 씨는 그의 이런 모습을 보고 자신의 외동딸을 우다왕과 결혼시키기로 마음먹었다.

세 칸짜리 근사한 기와집 안에서 자오 씨가 말했다.

"우다왕, 내가 말일세, 연말에 사람들에게 부탁해서 자네를 입대시켜줄 생각이네. 군에 들어가면 여러 가지로 식견을 넓힐 수 있을 뿐 아니라 당에 입당해 공을 세우고, 간부로 발탁되기만 하면 내 딸 자오어즈趙娥子도 도시의 호구를 얻을 수 있을 테니 자네와 행복한 세월을 보낼 수 있을 것이네."

모든 것이 이미 예정된 인생 궤적에 따라 우다왕의 삶을 밀어댔다. 그는 연말에 군에 입대함으로써 인생의 두 번째 단계로 접어들었다. 이 해방군이라는 대학에서 그의 소박함과 근면함, 인내의 미덕은 잠재의식 속에서 군영 내에서의 생존과 투쟁을 위한 총명함과 지혜로 변해갔다. 다른 사람들에게는 강도 높은 체력훈련이 재난이나 다를 바 없었지만 그에게는 작물을 수확하고 파종하는 일이나 다름없었다. 단조롭고 무미건조한 정치 학습이 일부 병사들에게는 정신적 고통이었지만 그에게는 오히려 바쁜 농사일 뒤에 누리는 휴식처럼 느껴졌다. 신문을 읽을 수 있고 사론(社論)과 문서를 공부할 수 있었으며 식사 때에는 만터우를 마음껏 먹을 수 있는 데다 많든 적든 고기 반찬이 있었다. 그는 국가에서 지급해주는 옷을 입고 국가에서 지급해준 이불을 덮고 잤으며 국가에서 배급해준 식량을 먹고 매일 우자거우에서 설을 쇨 때처럼 넉넉한 생활을 만끽했다. 이런 생활을 누리다 보니 매일 남들보다 일찍 일어나 청소하고 늦게까지 사론을 공부하지 않을 이유가 없었다. 그는 일기를 쓰고 생활과 학습에서 얻은 체험과 깨달음을 기록했으며 지도자에게 사상 보고를 하기도 했다. 그에게는 일요일 특별훈련에 참가하지 않거나 고참 사병과 분대장, 소대장 등을 대신해 군복과 양말을 빨지 않을 이유가 없었다.

말은 적게 하고 일은 많이 하는 것이 우다왕의 처세원칙이었다. 근면하고 성실하게 일하고 어떤 노동도 마다하지 않으며 어떤 불만도 기꺼이 받아들이는 것이 우다왕의 행동 규범이었다. 생각하기를 좋아했던 그는 항상 학습하고 경험한 것을 종합하고 분석했다. 총명함을 행동으로 실천하고 지혜를 드러나지 않는 무기로 삼는다는 것이 수많은 고참 병사가 우다왕에게 남긴 좌우명이었다. 한마디로 말해 우다왕은 나아가되 지나치지 말고 물러나되 움츠러들지 말아야 한다는 격언의 진의를 체득하지는 않았지만 이미 신병 시절의 실천을 통해 충분히 실현하고 있었다.

입대한 지 한 해가 지나갈 무렵 우다왕의 운명에 심연 같은 블랙홀이 나타났다. 모친이 간경화로 갑자기 위독해졌으니 우자거우로 돌아오라는 전보가 온 것이다. 모친은 우다왕의 손을 부여잡고 어미에게 효도하고 싶으면 결혼하여 어미가 죽은 뒤 며느리가 상복을 입고 무덤 앞에서 곡을 하는 모습을 보게 해달라고 당부했다.

우다왕은 곧장 자오 씨를 찾아갔다.

자오 씨는 이리저리 생각에 생각을 거듭하고 나서야 그에게 말했다.

"부대에서 공을 세웠나?"

"아직 세우지 못했습니다."

"입당도 못했지?"

"그렇습니다."

"간부로 발탁될 가능성은 있나?"

"아직은 잘 모르겠습니다."

자오 씨는 한참을 생각하고 다시 한참을 침묵하다가 마침내 길게 한숨을 내쉬며 말했다.

"다왕, 내가 야박한 것이 아니라 모름지기, 사람은 높은 곳을 향해 올라가고 물은 낮은 곳을 향해 흘러가는 법일세. 누구든 자기 딸을 좋은 집으로 시집보내고 싶은 마음은 마찬가지일걸세. 한데 자네는 아직 입당도 못하고 공도 세우지 못했네. 게다가 간부로 발탁될 가능성도 희박한데, 이렇게 장래가 불투명해서야 어떻게 내 딸을 자네에게 시집보낼 수 있겠나."

우다왕은 쿵 소리를 내며 높은 담장이 무너지듯이 자오 씨 앞에 무릎을 꿇고 눈물과 콧물로 범벅된 얼굴로 그를 아버님이라고 불렀다.

"아버님이라고 부르게 해주십시오. 반드시 공을 세우고 입당하여 간부가 되겠습니다. 반드시 자오어즈에게 도시 호구를 얻어주고 좋은 직장을 구해 행복하게 잘 살 수 있도록 하겠습니다. 그렇지 못할 경우, 부대에서 죽는 한이 있어도 고향에 돌아오지 않겠습니다."

자오 씨는 또다시 한참 생각에 잠기더니 마침내 입을 열었다.

"그렇게 할 수 있겠나?"

"서약서를 써드리겠습니다."

우다왕은 백지에 서약서를 썼다.

나 우다왕은 자오어즈를 아내로 맞이한 뒤 부대로 돌아가면 배전의 노력을 경주하여 올해 안에 공을 세우고 내년에 입당하며 3년 뒤에 간부로 발탁될 것이다. 만약 평생 간부에 발탁되지 못하고 자오어즈에게 도시 호구를 얻어 매일 찐빵을 배불리 먹는 넉넉한 생활을 할 수 있게 해주지 못한다면, 나 우다왕은 부대에서 죽는 한이 있더라도 고향에 돌아오지 않을 것이다. 약속을 지키지 못하고 고향으로 돌아온다면 나는 자오어즈가 시키는 일이라면 무엇이든지 다 할 것이고 평생 자오어즈의 소와 말이 된다 해도 결코 원망하지 않을 것이며 군소리 한마디 하지 않을 것이다. 한마디라도 불만을 입 밖에 내뱉을 경우 제 명에 죽지 못할 것이다.

서약서에 서명한 뒤 우다왕은 자오어즈와 결혼했다. 우다왕의 어머니는 아들이 아내를 맞이한 지 보름이 지나 입가에 미소를 띤 채 세상을 떠났다. 이날부터 우다왕의 사랑과 결혼, 미래와 운명도 실질적인 불가항력 속으로 성큼 넘어 들어갔다.

부대로 돌아온 해에 그는 열심히 노력했지만 다른 사람들도 그만큼 노력했기 때문에 결국 공을 세우지 못했다.

이듬해에도 분투했지만 다른 사람들 역시 그만큼 분투했기 때문에 결국 입당하지 못했다.

꼬박 2년이라는 시간이 이렇게 두려움과 절망 속에서 아무런 소득도 없이 지나가버렸다. 아내와 장인이 편지를 보내 부대에서 일과 승진에 관해 물을 때마다 그는 절망감을 느꼈다. 심지어 매년 입당한 사람과 공을 세운 사람들의 명단이 공개되고 자신의 이름이 그 안에 없는 것을 확인할 때마다 목숨을 끊을 생각을 하기도 했다. 이런 생각이 그의 머릿속에서 뿌리내리고 꽃을 피울 때쯤 취사분대장이 다른 곳으로 전출되었다. 취사분대의 일이 더럽고 힘들다는 것은 누구나 알고 있었지만, 그 때문에 오히려 승진은 매우 빠른 편이었다. 취사분대에 자리가 하나 나면 중대 안의 세 개 소대, 아홉 개 분대에서 무려 여덟 명이나 되는 고참 병사들이 취사분대로 전보되기를 희망했다. 그들은 하나같이 우다왕처럼 시골에서 온 사람들이었다.

당시 중대장은 교육을 위해 집체훈련대에 가 있는 상태라 지도원이 중대에서 황제와 같은 권력을 행사했고, 누가 취사분대로 배치될 것인지도 지도원의 말 한마디로 결정되었다. 이때 마침 지도원의 아내가 부대로 왔다. 취사분대에 배치되기를 원하는 고참 병사 아내 일고여덟은 쉴 새

없이 지도원의 숙소를 드나들었다. 어떤 사람은 지도원의 숙소를 청소하고 어떤 사람은 지도원 아내의 옷을 빨며 지도원이 누구를 취사분대에 배치해야 할지 결정하기 어려울 정도로 모두 열심히 일했다. 진퇴양난이던 어느 주말, 지도원이 숙소로 돌아와 보니 자신의 아들이 우다왕의 어깨 위에 올라타 마치 말에게 채찍질하듯 그의 머리를 두드리며 소리치고 있었다.

"빨리! 더 빨리 달려! 이랴!"

우다왕은 정말로 개나 말이라도 된 듯 바닥에 엎드려 미친 듯이 기어다니며 개 짖는 소리와 말 우는 소리를 내고 있었다.

화가 난 지도원은 우다왕의 어깨에서 아들을 끌어내리더니 아들의 뺨을 한 대 후려갈긴 다음 바닥을 기던 우다왕에게 버럭 소리 질렀다.

"자네가 말인가 개인가. 바닥을 기어다니다니!"

우다왕은 얼른 바닥에서 일어나 손바닥과 무릎에 묻은 흙과 먼지를 털어내며 말했다.

"지도원 동지, 저는 천성이 남을 섬기는 것을 좋아합니다. 인민을 위해 복무하라는 말을 실천하는 것이지요."

지도원은 넋이 나간 표정으로 그를 빤히 쳐다보더니 한

동안 입을 굳게 다물고 있다가 이내 의혹이 가득한 눈초리로 물었다.

"자네는 남을 섬기는 것이 정말 인민을 위한 복무라고 생각하나?"

"남을 섬기는 마음이 없다면 어떻게 인민을 위해 복무할 수 있겠습니까?"

취사분대에 배치되기를 희망하는 사병들은 그 뒤로도 보름 동안 훈련이 끝나자마자 지도원의 숙소로 달려가 물을 길어오고 마당을 쓸었다. 지도원의 아내를 대신해 채소를 따거나 양파를 깠으며 지도원의 아들에게 사탕을 사주거나 그의 아내에게 붉은 대추 세 근, 호두 두 근 따위를 선물했다. 반면에 우다왕은 이런 것들 말고도 다른 사람들이 하지 않는 일을 즐겨했다. 지도원의 아들을 데리고 이곳저곳 놀러 다니는 것이었다. 지도원의 아들이 말을 타고 싶다고 하면 아이를 목에 태운 채 바닥을 기어다녔고 개 짖는 소리가 듣고 싶다고 하면 허공을 향해 왕왕 개 짖는 소리를 냈다. 지도원의 아들은 하루 종일 얼굴에 웃음이 걸려 있을 정도로 즐거워했고 한밤중에는 잠꼬대로 울면서 우다왕 아저씨를 불러대기도 했다.

마침내 지도원은 우다왕을 불러 그에게 의미심장한 이

야기를 했다.

"인민을 위해 복무하기 위해 필요한 조건이 무엇인지 아나?"

"다른 사람을 자기 자신처럼 섬기는 것입니다."

"사람이 살아가는 의미가 뭐라고 생각하나?"

"인민을 위해 복무하는 사업 가운데 매일 빛을 발하는 것입니다. 자신의 모든 빛과 열정을 봉사가 필요한 사람들에게 베푸는 것이지요. 자신의 효심을 모두 부모님께 드리는 것과 같은 것입니다."

"좋아. 아주 훌륭하군. 대단히 구체적이고 실질적이야. 게다가 깊은 깨달음과 이상까지 담겨 있어. 이론과 실천을 하나로 결합한 점이 가장 훌륭하네. 단지 어휘 선택에서 남을 섬기는 것과 효도하는 것은 잘 어울리지 않는 것 같네."

그 뒤로도 지도장은 심사숙고하여 우다왕을 정식으로 취사분대 부분대장으로 임명했다. 우다왕은 분대장을 대신해 중대의 식사와 물, 기름과 채소를 주관하게 되었다. 이때부터 그의 앞길에 미묘한 변화가 일었다. 마치 불 꺼진 등대에 사람들을 비춰줄 수 있는 빛이 조금 남아 있는 것 같았다. 그리고 1년 반이 지나 취사분대에서 사단장의 사택으로 전출되었을 때, 우다왕은 이미 부분대장에서 분대장으로 승진했을 뿐 아니라 정식 당원이 되어 있었다. 지도원의 도움으로 공을 세우고 상을 받는 것도 어느새 일상적인 일이 되었다. 혼인 서약서에 맹세했던 간부로의 발탁은 여러 이유 때문에 이루어지지 않고 있었다. 한 번은 신체검사에서 혈압이 조금 높게 나오는 바람에 탈락했고 또 한 번은 윗선의 간부 발탁 인원배정이 중대까지 분배되지 않아 대대와 연대의 사병들이 발 빠르게 자리를 차지해 버리는 바람에 그에게까지 자리가 돌아오지 않았다. 이처럼 갖가지 착오와 한계로 인해 결국 우다왕은 성긴 대바구니로 물을 긷듯이 아무런 수확도 얻지 못했다. 간부 자리는 항상 기대할 수는 있어도 손에 잡을 수 없는 그런 것이었다.

사단장의 사택으로 전출된 것은 의심할 여지없이 우다왕이 간부로 발탁되기 위해 겪어야 할 힘든 과정이 한순간에 절반으로 줄어든 것이었다. 하지만 그의 인생에서 가장 아름다운 꿈이 실현될 것 같은 희망이 어슴푸레하게 느껴지기 시작했을 때, 뜻밖에도 운명 깊은 곳에서 한 번도 본적 없는 태양의 광원이 사랑으로 점화했다. 우다왕과 류렌의 잘못된 만남은 이처럼 잘못된 애정이 내뿜는 밝은 빛의 강렬한 섬광과 열기 같았다. 단지 너무도 급작스럽고 전혀 인지하지 못한 상태에서 화상을 입을 정도로 뜨거워진 사랑을 그로서는 적절하게 받아들이기 어려웠을 뿐이다. 이는 마치 담배에 중독되는 것과도 같았다. 그에게 담배를 주지 않고 아편을 한 봉지 주었다면 그는 단숨에 금연의 기갈 속에서 정도를 넘어선 심연 속으로 빠져들었을 것이다. 그 심연 속에는 백화가 만발해 있고 그윽한 향기가 가득 차 있지만 그에게 정말로 그 깊은 바닥으로 내려가라고 한다면 그가 과격한 반응과 행동을 보이지 않을 리 없었다.

우다왕이 실오라기 하나 걸치지 않은 류렌 앞에서 실로 어리석게 말한 것은 마치 무모하고 과격하게 아편을 다루는 것과 다를 것이 없었다. 나중에야 정신을 차리고 후회한 것은 너무도 당연했다. 그는 지도원을 따라 연병장에서 중대로 돌아와 옷을 갈아입고 침대에 누웠지만 잠을 이루지 못하고 몸을 뒤척였다. 자신이 류렌의 면전에서 경솔하게 행동했던 것을 반성하며 꼬박 날을 지새워 물이 흘러 도랑이 생기는 이치를 깨달았다. 물이 흐르는 대로 자연스럽게 두지 않고 오히려 막아 역행시키려 했다가는 결과를 예측하기도 어려울 뿐 아니라 나중에 메우기도 어렵다는 말을 어렴풋하게나마 이해하게 되었던 것이다.

오늘의 경험으로 당시를 돌이켜보면 그때의 생활이 뭔가 깊이 있는 갈등과 의미를 지니지 못한 아주 경박한 것이었음을 발견하게 된다. 복잡함이란 대부분 인물의 머릿속이 아니라 작가의 펜 아래에 존재한다. 더구나 희극喜劇이 표현하는 것은 심오함이 아니라 평범함이다. 그날 밤, 우다왕은 날이 밝을 때가 되어서야 간신히 선잠이 들었고 아주 야무진 꿈을 꾸었다. 꿈속에서 그는 류렌과 한 베개를 베고 누워 다양한 형태의 애무를 즐겼다. 꿈에서 깨어나 보니 이불에 정액이 약간 묻어 있었다. 말할 수 없는 수치심을 느낀 그는 스스로를 용서할 수 없었는지 시퍼렇게 멍이 들 정도로 자신의 허벅지를 매섭게 꼬집었다. 그런 다음 사흘 전에 아내에게서 온 편지 한 통을 꺼내 머리맡에서 전우들이 아직 깨지 않은 틈을 타 침낭 속에서 손전등을 비추어가며 처음부터 끝까지 자세히 읽었다. 아내에게서 온 편지였다. 아내는 편지에 다른 말은 하지 않고 보리를 베었으며 가을 농작물 파종도 마쳤는데, 보리를 벨 때 실수로 손을 베어 피를 많이 흘렸지만 지금은 다 나았다고 했다. 보리를 베고 김맬 때 아이를 봐줄 사람이 없어 밧줄로 아이를 묶어 밭두렁 시원한 나무그늘 아래 매어두고 기와조각 몇 개와 메뚜기 몇 마리를 잡아주면서 놀게 했는데 아이가 메뚜기를 삼키는 바람에 하마터면 기도가 막혀 죽을 뻔했고 눈물을 뚝뚝 흘리며 괴로워했다고 전했다.

우다왕은 하마터면 아이가 죽을 뻔했다는 소식에 눈물을 흘렸다. 그런 다음 잠시 말없이 누워 있다가 편지를 집어넣고 자리에서 일어나 여전히 꿈속에 빠져 있는 중대를 벗어나 사단장 사택으로 향했다. 그 순간 그가 어떤 생각을 하고 있었는지, 하룻밤 새 어떤 궁리를 했는지 아무도 모른다. 하지만 확실한 한 가지는 편지를 읽고 난 뒤 그의 마음속에서 계산이 다시 섰다는 사실이다. 그 이후로 우다왕은 능동적으로 행동하기 시작했다. 달리 말하면 그가 자신을 삶의 주인공이자 이야기의 주인공으로, 그리고 사랑의 황제로 만들기 위해 노력했다고 말할 수도 있을 것이다. 좀 더 폭넓게 이야기하자면 여기에는 이른바 도덕이나 윤리의 투쟁은 없었고 단지 운명을 향해 도전하는 용기와 힘만 있을 뿐이었다. 지난밤 지도원의 장황한 훈계와 충고는 길이 꺾어지는 복선이자 포석에 지나지 않았다. 그의 인생을 채우고 있는 무수한 지난 일은 운명의 전환을 알리는 예고였고, 아내에게서 온 편지는 이러한 전환의 가장 직접적이고 확실한 근거이자 기초였다.

알고 보니 머리가 잘려 땅에 떨어지는 재난 같은 것은

없었다. 단지 류렌이 중대에 통고하여 더 이상 사단장 사택에서 우다왕이 밥을 짓지 못하게 하고, 대신 좀 더 총명하고 영리한 사병을 보내라고 단호하게 지시한 것뿐이었다. 우다왕은 자신이 이 일을 잘 처리하여 류렌을 만족시킬 수 있다고 생각했다. 한편으로는 류렌이 원망스럽기도 하고 자신이 한심하기도 했다. 스스로 일을 망쳤기 때문이다. 스스로 경주敬酒, 중국의 주도에서 존경과 흠모의 의미를 담아 술을 권하는 습속를 거부하고 벌주를 자초했기 때문이다. 까짓 것, 벌주를 마셔야 한다면 마셔버리자. 그녀가 이렇게 하라고 하면 이렇게 하고 저렇게 하라면 저렇게 하자. 어차피 이 벌주가 처벌이나 모욕이 아니라 사랑이자 미래일 바에야 기꺼이 받아들이지 않을 이유가 없다. 그는 류렌과의 심각한 관계를 이제 대수롭지 않은 마음으로 덮어버리려 했다. 사실 과거든 현재든 아니면 미래든, 수많은 문제에 있어 단순함이 항상 복잡함을 지배하는 법이었다. 단순함은 언제나 황제였고 복잡함은 신하에 불과했다. 수없이 복잡한 일도 표면을 벗겨내면 하나 더하기 하나는 둘과 같은 너무나도 간단한 문제들만 남았다. 우다왕이 사단장 사택으로 다시 돌아온 것도 바로 이런 단순함 때문이었다. 영웅이 되살아나 그의 운명을 구해준 것 같은 바로 이런 단순함이었다.

깊은 잠에 빠져 꿈속을 헤매는 중대를 빠져나오자 동쪽 하늘에서 흰빛과 붉은빛이 희미하게 뿜어져나오며 온통 황금빛으로 차올랐다. 군영 안에는 하루 중에서 가장 먼저 나타난 푸른빛이 넓게 깔리고 있었다. 우다왕은 이른 새벽의 여명을 밟으며 이전처럼 사단장 사택을 향해 가는 길에 초소를 순찰하고 돌아오는 중대장과 마주쳤다. 중대장은 아직 잠에서 덜 깬 몽롱한 표정이었지만 머리는 아주 맑아 보였다. 중대장은 중대본부 입구에서 그를 막아섰다.

"출근하는 길인가?"

"네, 그렇습니다. 안녕히 주무셨습니까?"

중대장도 군례로 답한 뒤 다시 가던 길을 가다 말고 뭔가 생각난 듯 우다왕에게 불쑥 한마디 했다.

"한 가지 묻겠네. 사단장 사택에 근무하면서 반드시 잊지 말아야 할 원칙이 뭔가?"

"하지 말아야 할 말은 하지 않고, 하지 말아야 할 일은 하지 않는 것입니다."

"틀렸네."

"사단장님 사택에서 일하는 것이 바로 인민을 위해 복무하는 것입니다."

"맞아. 그런데 목소리가 너무 작군. 다시 한 번 대답해보게."

그는 고개를 돌려 중대장의 숙소를 향해 한껏 목청을 돋운 다음 크게 외쳤다.

"사단장님 사택에서 일하는 것이 바로 인민을 위해 복무하는 것입니다."

중대장은 확실함 속에 망연함이 드러나고 망연함 속에 확실함이 드러나는 그의 얼굴을 말없이 바라보다가 금세 생기가 도는 모습으로 소리 높여 명령했다.

"더 크게 말해보란 말이야."

우다왕은 머뭇거리며 고개를 돌려 중대 숙소를 바라보고는 말했다.

"중대원들이 아직 자고 있습니다."

"내가 크게 말하라면 해야지. 자네가 잠든 중대원들을 깨울 수 있다면 자네에게 상을 내리겠네."

중대장은 뒤로 반걸음 물러서더니 마치 신병을 훈련하듯 큰소리로 구령을 붙였다.

"하나, 둘, 셋!"

우다왕은 신병처럼 목에 잔뜩 힘주어 피 터져라 소리쳤다.

"사단장님을 위해 일하는 것이 바로 인민을 위해 복무하는 것입니다."

그의 고함은 힘이 넘치면서도 절도 있었다. 사병들이 연병장에서 훈련할 때 일제히 외치는 구호나 구령의 복창 소리 같았다. 그가 중대장을 바라보자 중대장은 만족럽게 웃으며 말했다.

"그럭저럭 비슷한 것 같군. 어서 출근하게. 난 숙소로 돌아가봐야겠네."

묘한 기분에 젖은 우다왕은 그 자리에 서서 한참 중대장의 뒷모습을 바라보았다. 중대장이 시선에서 완전히 사라지고 나서야 다시 사단장 사택을 향해 걸음을 옮겼다. 그의 등 뒤에서는 고함에 놀라 잠이 깬 사병들이 창문에 기대어 밖을 내다보다가 아무 일도 없는 것을 확인하고는 다시 잠자리로 돌아갔다.

5장

원자에 사는 수장들은 이미 대부분 기상하여 각자 자기 집 작은 마당에서 연병장이나 신체 단련을 할 만한 길가의 영지로 갈 채비를 하며 군영 전체에 기상나팔이 울리기를 기다리고 있었다. 우다왕은 수장 사택의 작은 마당으로 들어가 초병과 서로 고개 숙여 인사한 뒤 일찍 일어난 부사단장을 향해 경례했다. 그러고는 주머니에서 열쇠를 꺼내 1호 원자의 큰 철문에 딸린 작은 철문을 열고 허리를 굽혀 안으로 들어선 다음 다시 철문을 닫았다. 곧바로 몸을 돌려 아래층을 빙 돌아 건물 뒤로 간 그는 류렌이 아침에 가장 즐겨 먹는 연자미탕蓮子米湯을 만들기 위해 부엌으로 들어섰다.

　항상 체조 시간을 알리는 신호가 울린 뒤에야 잠자리에서 일어나던 류렌이 오늘은 기상나팔이 울리기도 전에 일어나 아래층 마당에 앉아 있었다. 우다왕은 꿈에도 생각지 못했다. 게다가 그녀는 거의 5년 동안이나 옷장에 처박아 두었던 군복을 입고 있었다. 옷깃에 단 붉은 휘장이 턱 밑에 매단 두 개의 홍기紅旗처럼 잠을 제대로 자지 못해 창백해진 그녀의 얼굴을 비추고 있었다. 불면 탓인지 그녀의 얼굴은 방금 병원에서 퇴원한 환자 같았다. 여성 군복은 약간 헐렁했지만 남성 군복과 똑같은 모양이었다. 젊은 사람이 입으면 조금 늙어 보이고 늙은 사람이 입으면 다소 젊어 보이며, 잘생긴 사람이 입으면 대중 한가운데로 떨어진 평범한 사람처럼 보이고 못생긴 사람이 입으면 오히려 약간 멋있어 보였다. 우다왕은 류렌이 군복을 입은 모습을 한 번도 본 적이 없었다. 그런데 그날 이른 아침 그녀는 군복을 입고 원자 문 앞에 앉아 있었던 것이다. 얼굴이 푸석하고 피로가 역력했다. 마치 방금 2만 5천 리에 달하는 대장정大長征, 마오쩌둥이 이끄는 홍군이 장제스의 공산당 소탕을 피해 게릴라전을 펼치면서 중국 전역을 돈 과정을 마치고 쉬는 듯한 모습이었다.

그녀가 원자의 마당에 앉아 있으리라고는, 게다가 군복을 단정하게 차려 입고 엄숙하고 숙연한 모습으로 원자 마당에 앉아 있으리라고는 꿈에도 생각지 못했다. 우다왕은 황급히 얼굴에 미소를 띠며 그녀에게 말했다.

"사모님, 일찍 일어나셨군요."

류렌은 우다왕이 나타난 것이 다소 뜻밖이었는지 아무런 대꾸도 하지 않고 우다왕의 얼굴만 두 번 곁눈질하며 차가운 어투로 물었다.

"지도원이 아무 말도 하지 않던가?"

그는 또다시 고개를 숙이며 말했다.

"말했습니다. 하지만 제게 다시 한 번 기회를 주겠다고 하시더군요. 제 행동에 또다시 부족한 점이 보이시면 중대에 교체를 요구하실 필요 없이 제 스스로 돌아가겠습니다."

우다왕은 다시 한 번 얼음서리처럼 차가운 그녀의 얼굴을 쳐다보았다. 하룻밤 사이에 그녀는 얼굴 한구석에 가는 주름이 잔뜩 생겨 많이 늙어 보였다. 정말로 서른이 넘은 여인의 모습이었다. 물론 서른 살이 좀 넘었다 해도 얼마든지 우다왕이 누님이라고 부를 수 있는 나이였다. 남달리 아름다운 용모를 지닌 성숙한 여인으로서 여전히 사람들의 마음을 아찔하게 움직일 수 있는 나이였다. 어쩌면 잠이 문제였는지도 모른다. 어쩌면 그녀는 밤새 자지 못했을지도 모른다. 얼빠진 사람처럼 마당에서 밤을 꼴딱 새워 갑자기 몇 살 더 나이를 먹은 것처럼 보였을지도 모른다. 우다왕은 그녀를 누님이라고 불러보고 싶었다. 그녀가 몹시 지친 모습을 보니 어서 방으로 돌아가 눈을 좀 붙이라고 말해주고 싶었다. 하지만 감히 입을 열 수가 없었다. 어젯밤에 그는 기회를 놓쳐버렸다. 두 사람 사이에 남매 관계가 맺어질 수도, 남매 관계를 초월하는 애정의 관계가 맺어질 수도 있었지만 해가 서산에 기울면서 빛으로 가득하던 세상이 온통 어둠으로 변해버렸다. 감히 그녀를 누님이라 부르지 못하고 그렇게 고개를 숙인 채 얼굴만 바라보고 있는 것은 그녀의 판결을 기다리는 것이나 다름없었다.

류렌은 조용히 그를 바라보다가 의자에서 일어나 차갑지도 따스하지도 않은 어투로 말했다.

"아침에는 연자미탕을 끓일 필요 없어. 계란 두 개 넣어서 계란탕이나 끓여주고 곧장 중대로 돌아가도록 해."

우다왕이 다시 한 번 간청하기도 전에 류렌은 혼자 위층으로 돌아가버렸다. 그녀의 등 뒤로 하늘에서 갑자기 거대한 우박이 떨어지듯 후두둑 문 닫는 소리와 발자국 소리가 그의 눈앞에 떨어져내렸다.

모든 것이 우다왕이 생각했던 그대로였다. 모든 것이 그의 상상과 일치했다. 기상 나팔 소리가 아주 맑고 쟁쟁하게 확성기에서 울려퍼졌다. 구름을 가르듯 나팔소리는 새로운 하루를 맞은 군영을 새로운 불꽃 속으로 밀어넣었다. 우다왕은 필경 5년째 군 생활을 하는 고참 사병으로, 인민을 위해 복무해온 경험이 풍부한 공무원 겸 취사원이었으며 중대에서 가장 의식이 투철한 모범 당원이었다. 인민을 위해 복무해야 한다는 원칙에 대한 세속적이면서도 깊이 있는 이해와 여러 해에 걸쳐 인민을 위해 복무한 경험이 누적되어 이제 그가 눈앞의 어려움과 운명을 이겨내기 위한 유리한 무기가 될 수 있었다.

우다왕은 류렌의 발자국 소리가 완전히 사라지자 그녀의 분부에 따라 재빨리 부엌으로 들어갔다. 그리고는 주전자에 물을 올려놓고 그릇에 계란 두 개를 풀어 흰자와 노른자를 완전히 섞은 다음, 백설탕 두 스푼을 넣고 가느다란 줄 모양으로 뜨거운 물을 따라 천천히 그릇 안으로 흘러들게 했다. 그런 다음 젓가락으로 재빨리 앞뒤로 계란을 휘저었다. 잠시 후 뜨거운 물이 계란에 스며들면서 황금빛 계란탕이 완성되었다. 계란탕은 몹시 뜨겁게 끓었다. 바로 그때 기지를 발휘하여 우다왕은 틈에 바늘을 찔러넣듯이 종이와 펜을 가져다 부엌에 있는 탁자에 엎드려 정성껏 자아검사서를 한 장 작성했다. 마치 학습을 통해 터득한 내용을 정성껏 공책에 적는 것 같았다. 자신이 인민을 위해 복무하라는 명제를 잘못 이해했다는 반성문을 적어 류렌에게 계란탕과 함께 제출하려는 것이었다.

그러나 사태는 그가 생각하지 못한 방향으로 흘러갔다. 우다왕은 방 문 앞에 서서 가볍게 문을 두 번 두드린 다음 과감하게 그녀를 누님이라는 칭호로 두 번 부르고 나서 말했다.

"계란탕이 다 돼서 가져왔습니다."

방 안에서는 께느른하고 무정한 대답이 흘러나왔다.

"식탁 위에 올려놓고 중대로 돌아가 봐. 그리고 중대장이랑 지도원에게 교체할 신병을 빨리 보내달라고 전해."

그녀의 이 한마디가 그에게는 너무도 뜻밖이었다. 완전히 감정적인 반응으로 느껴졌다. 그는 정신을 가다듬고 자신이 미리 생각해둔 바에 따라 다시 입을 열었다.

"누님, 정말로 제가 사단에 남아 있지 못하더라도 계란탕이 식고 있으니 마지막으로 이 계란탕만은 누님께 바칠 수 있도록 기회를 주시면 안 되겠습니까?"

그녀가 아무 대답이 없자 우다왕은 곧장 문을 밀고 방 안으로 들어갔다. 그녀는 이미 군복 대신 당시에 유행하던 작은 깃이 달린 분홍색 블라우스에 옅은 남색 일자 통바지를 입고 있었다. 이런 옷차림만으로도 나이가 훨씬 덜 들어 보였고 정신도 훨씬 맑아 보였다. 그러나 얼굴에 남아 있던 노기는 조금 전보다 훨씬 더 짙어져 있었다. 그는 조심스럽게 탁자 위에 계란탕을 내려놓고 곁눈질로 그녀의 표정을 살피며 미지근한 목소리로 말했다.

"누님, 어서 드세요."

그런 다음 손에 들고 있던 자아검사서를 그녀에게 내밀었다.

"누님을 위해 쓴 저의 자아검사서입니다. 보시고 충분하지 않다고 생각되시면 다시 쓰겠습니다."

그녀는 자아검사서를 받아주지 않았다. 대신 우다왕을 매섭게 노려보며 차가운 어투로 말했다.

"잘못한 건 알아?"

"네, 알고 있습니다. 누님, 제게 한 번만 더 기회를 주십시오."

"이런 일은 개선의 기회가 없는 법이야. 어서 중대로 돌아가. 내가 이미 자네 지도원에게 말해두었어. 연말이면 전역해서 집으로 돌아갈 수 있을 테니 매일 아내 곁에나 붙어 있으라고."

류롄의 목소리는 그다지 높지 않았지만 충분히 냉담함을 읽어낼 수 있었다. 우다왕은 겨울날 군영 안에서 연병장 밖으로 줄줄이 내던져진 철갑 유탄이 머리 위로 쾅쾅 떨어진 것처럼 어찌해야 좋을지 몰라 난감하기만 했다. 자아검사서를 제출하기만 하면 동쪽으로 해가 떠올라 강 위에 덮인 박빙을 녹이듯이 모든 문제가 해결될 줄 알았다. 눈과 얼음이 녹는 것은 필연적인 일이라고 생각했다. 하지만 뜻밖에도 그녀의 태도는 너무나 강경했다. 바람도 스며들지 못하고 물도 새어나올 수 없을 정도로 강하고 단단한 철벽이었다. 그제야 우다왕은 어제 황혼 무렵에 펼쳐졌던 장면을 떠올리며 생각을 정리하기 시작했다. 그녀는 몸에 실오라기 하나 걸치지 않은 채 침대 위에 누워 그가 어서 옷을 벗고 올라와 침대 위에서 유희를 벌이기를 기다리고 있었다. 사단장이 없는 틈을 탄 일시적인 충동이 아니라 나름대로 오랫동안 심사숙고한 대담한 행동이었다. 물론 그는 겁이 많은 성격이라 두려운 마음이 앞섰고 그녀의 감정을 상하게 하고 싶지 않았다. 또한 그녀가 자신에 대해 만회할 수 없는 멸시의 감정을 갖게 되는 것도 원치 않았다.

우나왕은 어제 저녁에 자신이 보여준 호연지기와 올바른 행동을 진정 뼈아프게 후회하기 시작했다. 지나가버린 남녀의 환락을 아쉬워하는 것이 아니라 잃어버린 환락으로 인해 이제 막 빛으로 가득해진 자신의 삶이 갑자기 한 줄기 빛 없는 캄캄한 암흑으로 바뀌어, 하루아침에 끝 모를 심연으로 떨어지지 않을까 두려웠던 것이다. 이 순간 우다왕의 갈등하는 마음을 이해할 수 있는 사람은 아무도 없었다. 빛으로 가득 찬 환한 운명이 완전한 어둠으로 바뀔지도 모른다는 진정한 두려움을 몸으로 느낄 수 있는 사람은 아무도 없었다. 그는 고개를 들어 류렌을 쳐다보았다. 손에 들려 있는 자아검사서가 허공에 뜬 것처럼 파르르 떨렸다. 밖에서 체조가 끝나는 신호가 창문 틈을 비집고 들어와 물 흐르듯 방 안을 채웠다. 신호 소리가 지나가자 또다시 두 배는 더 무거운 정적이 그의 머리를 짓눌렀다. 한 근 한 냥의 무게가 천근이 넘는 것처럼 느껴졌고 그것이 우다왕의 머리를 집채 같은 무게로, 장성長城 같은 무게로, 산맥 같은 무게로 내리눌렀다.

무겁게 고개 숙인 그의 눈가에 물안개처럼 눈물이 맺혔다. 우다왕은 눈물이 바닥에 떨어지기 전 그녀 앞에 쿵 하고 무릎을 꿇었다. 170미터의 건장한 사병이 160미터의 가냘픈 여인의 면전에서 진흙더미처럼 연약하고 무력하게 사지가 마비된 것처럼 무릎을 꿇은 것이다. 이는 류렌은 물론이고 우다왕 자신도 예기치 못한 것이었다. 무릎을 꿇고 나니 그는 자신이 어떤 말을 해야 할지 알 것 같았다. 그러다가 이내 또 할 말을 잊어버렸다. 눈물이 재촉하는 가운데 다급한 마음으로 자신과 류렌 사이에 말로는 다할 수 없고 마음으로만 통할 수 있는 한마디를 힘겹게 내뱉었다.

"제게 한 번만 더 기회를 주세요. 제가 또다시 인민을 위해 제대로 복무하지 못한다면 문 밖에 나가자마자 차에 치여 죽을 것이고 어느 중대의 총에 맞든지 총탄이 제 머리를 찾아 뚫고 말 것입니다."

바로 이 한마디가 결정적으로 류렌의 마음을 움직였는지도 모른다. 어쩌면 그가 그녀를 향해 무릎을 꿇은 것이 얼음서리처럼 차가운 그녀의 마음을 보통 사람들의 따스한 살과 피로 바꿔놓았는지도 모른다. 그녀는 즉시 일어나라는 말 따위는 하지 않았다. 단지 침대 위에서 천천히 몸을 움직이며 그에게 물었다.

"인민을 위해 어떻게 복무하겠다는 거지?"

"누님이 시키시는 대로 다 하겠습니다."

"그럼 옷을 완전히 다 벗고 연병장을 세 바퀴 뛸 수 있겠어?"

그는 고개를 들어 그녀를 바라보았다. 그녀가 입에서 나오는 대로 아무 생각 없이 던진 말인지 아니면 정말로 자신을 시험해보기 위한 진지한 명령인지 확인하고 싶은 듯한 눈빛이었다. 그는 자아검사서를 방바닥 무릎 바로 앞에 내려놓고 군복 상의 단추를 풀려고 했다. 마치 엄숙한 자세로 화살을 활시위에 얹어 놓고 시위를 당긴 상태에서 발사 명령이 떨어지기만을 기다리는 병사 같았다. 우다왕은 다른 생각은 다 접어두고 군복을 벗은 다음 군영을 미친 듯이 달릴 생각이었다.

사건의 결말은 이미 엄숙함에서 황당함으로 미끄러져 들어가고 있었다. 그 황당함의 정도는 우리의 상상을 초월했고 우다왕의 상상도 넘어섰지만 여전히 질탕한 이야기 한가운데 있었다. 그때 두 사람은 자신들의 행위가 터무니없다는 것을 의식하지 못했다. 어쩌면 특수한 정경 속에서 바로 그 황당함 때문에 한 가지 진실을 실증해낼 수 있었던 것인지도 모른다. 황당하지 않고서는 오히려 허위를 만들어낼 수도 있기 때문이다. 어쩌면 인간의 감정세계에서 황당함은 모든 일의 귀착점인지도 모른다. 황당한 결말이 있어야만 과정의 가치를 경험적으로 실증해낼 수 있다. 결말이 황당하지 않으면 그 핍진한 과정들은 아무리 그럴듯하다고 해도 결국에는 유희 같은 허상과 무의미를 드러낼수 있기 때문이다.

우다왕은 엄숙하게 배꼽 위 단추로 손을 가져갔다. 류렌이 말했다.

"인민을 위해 복무해야지. 어서 벗어."

그는 획획 소리를 내며 단추를 풀기 시작했다. 상의를 벗어던지자 가슴에 인민을 위해 복무하라는 문구가 새겨진 러닝셔츠가 드러났다. 그녀가 말했다.

"인민을 위해 복무해야지. 어서 벗어."

그는 러닝셔츠도 벗어버렸다.

"어서 벗어. 인민을 위해 복무할 마음이 없는 거야?"

그는 잠시 주저하다가 군복 바지를 벗었다. 그러자 사병 특유의 탄탄한 근육이 드러났다. 온몸의 건장한 근육 하나하나가 그녀의 눈앞에 펼쳐졌다. 어제저녁에 펼쳐졌던 것과 똑같은 광경이었다. 갑자기 공기가 희박해지면서 팽팽한 긴장이 감돌았다. 두 사람은 서로의 눈을 바라보았다. 폭염을 쏟아내는 하늘의 짙은 구름이 한바탕 뜨거운 비를 뿌리듯, 원한과 열정의 폭풍이 그들의 모든 것을 휘감아버렸다. 두 사람은 초조함과 애정의 목마름, 원한의 욕념을 품고 서로를 바라보았다. 그들의 눈동자에는 마른 땔나무 한 무더기가 불붙고 있었다. 두 사람의 호흡이 잠시 힘겨워졌다. 거대한 불길에 사방이 온통 짙은 연기로 뒤덮인 것 같았다. 마른 나뭇가지에서 불꽃이 명멸하면서 짙은 연기가 하늘을 덮을 기세로 피어올랐다. 그때 류렌이 상황에 가장 잘 어울리는 한마디를 내뱉었다.

"정말 인민을 위해 복무하는군. 잘했어. 아주 잘했어."

6장

    이 이야기의 시작과 전개, 절정은 모두 독자들의 총명한 상상과 예측 안에 존재하게 되어 이미 뜻밖의 즐거움을 찾을 수 없게 되었다. 애정의 서막이 이미 시작되었고 정통 연극이든 저속한 코미디이든, 아니면 비극이나 부조리극이든 모두 이 이야기가 지닌 고유의 줄거리에 따라 한 막 한 막의 정경 속으로 들어가게 된다. 단지 이러한 정경 속에서 우다왕은 항상 다른 장면에 대한 기억과 비교에 빠져들어 사랑이라는 이 숭고한 가치에 대해 알 수 없는 두려움과 불안을 느껴야 했다. 이로 인해 성性의 진흙탕 속에서 스스로 헤어나오지 못하고 기꺼이 빠져버리려 했다.

그는 자신이 아내 자오어즈와 함께 있을 때는 어떻게 그처럼 냉랭하고 무미할 수 있었는지, 커다란 코끼리가 오래된 우물에 빠진 것처럼 어쩌면 그렇게 자유롭지 못하고 꼼짝달싹 할 수 없었는지, 사랑과 정사가 오이를 심어 콩을, 그것도 쪼글쪼글 말라비틀어진 콩을 거두듯 콩을 심고 참깨를, 그것도 말라비틀어져 유즙이라고는 조금도 얻을 수 없는 참깨를 거두듯 이해할 수가 없었다.

우다왕과 자오어즈의 신혼 첫날밤, 혼사를 주재한 생산대장이 마을 사람들을 데리고 떠나버리고 신방을 소란스럽게 하던 아이들도 다 사라진 뒤에 그가 동방화촉을 밝히게 된다는 격정을 안고 아내 자오어즈에게 다가가 몸을 더듬기 시작했을 때, 그녀는 뜻밖에도 격정에 찬물을 끼얹듯 한마디 물었다.

"당신은 부대의 훌륭한 병사가 아니던가요?"

"그렇소. 중대장이나 지도원도 모두 날 그렇게 생각하고 있지."

"그런데 어째서 체면 따위는 생각지도 않는 불량배처럼 제 몸을 여기저기 더듬는 거예요?"

이 한마디로 인해 우다왕은 자신의 결혼에 확실히 뭔가가 빠졌다는 생각이 들었다. 그것은 다름 아닌 이 책에서 말하는 위대한 사랑이었다. 그는 신혼의 침대 위에서 아내를 잠시 내려다보았다. 혼인의 내부 혹은 혼인의 심층에서 감수할 수는 있으나 마무리 지을 수 없는 서늘함이 붉은 칠을 한 신혼의 침대에서 솟아나와 그의 몸을 천천히 휘감았다. 그는 남모르게 이런 사랑의 슬픔과 고통이 자신과 자오어즈 사이에 왕성하게 자라나는 것을 감지했다. 더욱 슬프고 고통스러운 것은 그가 이런 슬픔과 고통을 느끼는데도 그녀는 아무렇지 않았다는 것이다.

우다왕은 옷을 주워 입고 신혼의 동방에서 나와버렸다.

그녀가 말했다.

"한밤중인데 어딜 가시는 거예요?"

그가 말했다.

"먼저 자구려. 변소에 좀 다녀올 테니까."

그는 마당에 앉아 고독과 적막 속에서 혼인의 슬픔과 처량함을 삭이다가 문득 고개를 들어 구름 사이를 떠가는 밝은 달을 바라보며 달이 하늘에서 떨어져버리면 어쩌나 하는 두려움을 갖게 되었다.

말하자면 그와 자오어즈의 혼인에서 끝내 성적 시달림을 견디지 못한 쪽은 우다왕이었다. 초가집 세 칸이 들어선 초라한 마당에는 한밤중에도 밝은 달이 발밑까지 환하게 빛을 뿌리고 있었다. 고요한 밤의 달빛은 하늘에서 적막한 풀 비린내를 뿌려댔다. 풀이 한창 싹을 틔우는 사월 봄날이라 마당에는 귀뚜라미 우는 소리가 마치 몇몇이 연이어 끊임없이 불어대는 피리소리처럼 울려퍼졌다. 그는 쟁반 같은 달을 바라보며 마당 한가운데 앉아 달빛을 향해 멍하니 고개를 쳐든 채 고요한 밤을 지켰다. 백지 상태에서 그는 자신과 자오어즈의 혼인과 사랑에 관해 깊이 생각했다.

달빛이 희미해진 뒤에야 그는 신방으로 돌아와 다시 자오어즈 옆에 앉았다. 동방은 이미 잘 정리되어 있었고 쌍희자쩷 위 풀 냄새도 아직 방 안에 은은히 남아 있었다. 그녀는 침대 위에서 잠들지 않고 있었다. 이불 속에 들어가 있었지만 그가 한 번도 맡아보지 못했던 시골 여인의 혼탁한 향기를 완전히 감추진 못했다. 그녀가 말했다.

"곧 날이 밝을 텐데 아직도 안 주무세요?"

그는 아무 말 없이 옷을 벗고 이불 속으로 파고 들어갔다. 그녀의 체온으로 따스하게 데워진 이불을 들추는 순간, 혼탁한 여인의 향기에 숨이 막힐 지경이었다. 어둠 속에서 코를 벌름거리자 그의 얼굴은 향기에 굳어버렸다. 방 안에는 불이 꺼져 있었고 희미한 창가의 빛은 하얀 비단

결 같았다. 그는 굳은 얼굴을 천천히 피며 숨을 두 번 들이마셨다. 창가에 쏟아지는 밤 냄새뿐 아니라 그녀의 몸에서 나는 여인의 냄새를 맡기 위해서였다. 그는 애써 마음을 가라앉히고 이불 속으로 파고 들어가 1년간 군 생활을 하며 기른 의지로 그녀에 대한 욕망을 억눌렀다. 하지만 침대 위에서, 이불 속에서 그의 손은 더 신중하지 못하게 비단 위를 미끄러져 내려가듯 그녀의 어깨에서 몸 아래쪽으로 미끄러져 내려갔다. 순간의 욕념이 자신의 의지를 뛰어넘어 그녀의 몸을 덮치고 만 것이다.

그녀는 몸이 달아 온통 불덩이 같았다. 그와 마찬가지로 원초적인 욕망이 있으면서도 애써 그의 품에서 빠져나오더니 바늘에 찔린 것처럼 황급히 몸을 뒤로 움츠렸다. 그러고는 자신의 어깨를 받치던 그의 팔을 한쪽으로 밀쳐냈다. 고요한 밤중에 두 사람 사이에 또 한 차례 대치가 이어졌다.

"자오어즈, 당신은 내 아내야. 계속 이렇게 내 몸을 움직이지 못하게 하면 억지로 하는 수밖에 없어."

"몸을 움직이는 건 좋아요. 그전에 세 가지만 약속해줘요."

"세 가지가 뭔데?"

"첫째, 내년 휴가에 집에 돌아올 때 당신 부대의 군복을 한 벌 갖다줘요."

"알았어. 당신에게 군복을 갖다 주지 않으면 난 사람이 아니야."

"둘째, 앞으로 매년 공을 세워 제게 희소식을 전해주세요. 그런 희소식을 들으면 제 얼굴이 환하게 빛나게 될 거예요. 그뿐 아니라 생산대와 생산대대에서 장려금 10위안을 받을 수 있거든요."

"그것도 문제없어. 내 노력하리다. 마지막 세 번째는 뭐요?"

"지금 내 앞에서 무릎을 꿇고 부대로 돌아가면 열심히 일하면서 상관들의 말을 잘 듣고 고생을 달게 여겨 반드시 승진하여 저를 행복하게 해주겠다고 약속하세요."

"그건 장인어른께 드리는 서약서에 다 쓰지 않았어?"

"그건 저와는 상관없는 일이에요. 서약서에 썼다 하더라도 제 앞에서 다시 맹세해야 돼요. 맹세하면 제 몸을 드리겠어요."

우다왕은 정말로 침대 위에서 무릎을 꿇고 아내를 마주 보며 말했다.

"나 우다왕은 부대로 돌아가 당의 지시에 철저히 복종하지 않고 열심히 일하지 않는다면 하늘에서 벼락을 다섯 번 내릴 것이오. 내가 평생 장교가 되기 위해 노력하여 당신과 내가 함께 행복한 나날을 보내도록 하지 않는다면 하늘이 노하여 자식을 못 낳고 후손이 끊어지게 하실 것이오."

우다왕이 자신의 앞길을 위해 이런 약속을 한 것인지 아니면 아내의 통통하고 매끄러운 몸을 위해 한 것인지는 알 수 없었다. 어쨌든 그는 그녀의 면전에 무릎 꿇고 크지 않지만 매우 다급하고 빠르게, 엄숙하면서도 장엄하고 신성하게 힘이 들어간 목소리로 맹세했다. 말을 마친 그는 그녀의 얼굴을 뚫어지게 쳐다보다가 낮은 목소리로 물었다.

"됐지?"

"전 우다왕 당신을 믿어요."

동방을 밝히자마자 우다왕은 원래 자신의 것이었던 그녀에게 달려들려 했지만 그녀는 세월과 미래를 바쳐야 할 신혼의 몸을 자신의 품에 먼저 안으려 했다.

이때부터 성性이 시작되었고 사랑은 사라지기 시작했다.

그 뒤로 매일 밤마다 두 사람은 극한의 광란과 끝없는 격정의 밤을 보냈다. 하지만 그가 절정에 이를 때마다 그녀는 그에게 약속을 상기시켰다.

"다왕, 부대로 돌아가면 정말 열심히 일해야 해요."

평상시에 이런 말이 나왔다면 아주 친근한 부탁이자 충고가 되었겠지만 정사 도중에는 뜨거워진 몸에 찬물을 끼얹는 것이었다. 절정에 다다르던 그의 욕정은 순식간에 싸늘해지고 위축될 수밖에 없었다. 이렇게 두 사람 사이의 애욕은 물에 젖은 종이처럼 되었고 접촉과 주시를 견디지 못하는, 의미를 견디지 못하는 고증이자 질의가 되고 말았다.

7장

물에 젖은 혼인서약서와 같은 자오어즈와의 혼인과 사랑이 어쩌면 그와 류렌의 성애의 탄탄한 기초가 되었는지도 모른다. 우다왕은 류렌의 모기장을 넘어 들어간 뒤로 사랑의 위대한 빛을 발견하고 기꺼이 성의 늪에 급격히 빠져들었다. 류렌과의 잦은 정사가 사랑의 절정을 증명하는 동시에 진정한 사랑과 인생을 재현한다고 생각했다.

두 달에 가까운 시간 동안 그는 밤이면 밤마다 류렌과 성性과 정情의 깊은 호수에 빠져들었다. 사랑은 호수 면에 잔잔한 물결을 일으키며 눈부신 빛을 발산했다. 매 순간의 짧은 섬광은 아주 작은 물보라를 일으키는 데 그쳤지만 여전히 위대한 사랑의 은은한 시정詩情과 화의畵意를 담고 있었다. 하지만 안타깝게도 두 사람은 이 아름다운 호수면 아래에 모든 것을 파괴할 만한 소용돌이가 끓어오르고 있다는 사실을 알지 못했다.

류렌은 중대장과 지도원에게 전화를 걸어 우다왕이 경고를 받은 뒤로 업무 태도가 상당히 섬세하고 철저해져 만족스럽다고 이야기하며 사단장이 집에 없어 밤마다 너무 무서워 우다왕을 저녁마다 중대로 돌려보내지 않고 1호 원자에 남게 하여 사단장이 베이징에서 돌아올 때까지 자신과 함께 있게 하겠다고 알렸다. 중대장과 지도원은 그 자리에서 머리를 끄덕이며 흔쾌히 그녀의 요구를 받아들였다.

"우다왕의 업무 태도가 좋지 못하다는 건 바로 저희 중대의 업무 태도가 나쁘다는 뜻이지요. 그러니 더 이상은 함부로 굴지 못할 겁니다. 앞으로는 직접 야단치셔도 좋고 저희 중대장이나 지도원을 야단치셔도 좋습니다. 아니면 저희 경비중대나 당 지부를 나무라셔도 되고요."

간단하고 순조롭게 일이 풀렸다. 사랑은 이처럼 신기하고 미묘했다. 주인공인 류렌과 우다왕 본인들조차도 배역에 몰입해서 연기와 생활을 동일시했다. 배우 같은 두 사람의 연기가 그들의 삶이 되어버린 것이다.

우다왕은 여전히 매일 뒤뜰에서 채소를 심고 앞뜰에서 화초를 가꾸었다. 이전에는 채소를 심고 화초를 가꾸는 일이 그의 본연의 업무였지만 이제는 지나가는 사람들에게 보이기 위한 연기가 되어버렸다. 1호 원자 앞을 지나는 모든 장교와 사병이 그를 바라볼 때에도 모든 것은 이전과 다를 바 없었다. 그들의 눈에는 류렌이 여전히 사단장의 부인이었고 우다왕은 여전히 사단장 사택의 취사원 겸 공무원이라고 믿어 의심치 않았다. 그 이면에 벌어지는 변화는 우다왕과 류렌만이 알고 있었다.

채소를 심고 화초를 가꾸다가도 때가 되면 부엌으로 돌아와 밥을 짓고 채소를 볶던 우다왕이 이제는 채마밭에서 한참 시간을 보내다가 밥 할 시간이 되어 류렌이 문 앞에서 손짓하면 원자로 들어갔다. 류렌이 우다왕을 부르는 것은 자신에게 밥을 지어 올리게 하려는 것이 아니라 그에게 밥을 지어주기 위해서였다. 수많은 일이 전도되면서 근본적인 변화가 일어나기 시작했다. 류렌이 우다왕에게 처음 밥을 지어준 행위는 우다왕이 류렌에게 계란탕을 끓여준 행위와 같은 뜻을 품고 있었다. 우다왕이 하룻밤 힘든 일을 마치고 깊은 잠에 빠져 있다가 해가 창문을 기어올라 침대 맡을 비출 때쯤 간신히 눈을 떠보니 어젯밤 자신과 함께 베개를 베고 잤던 류렌이 옆에 없었다. 황급히 일어나보니 류렌이 침대 옆에 앉아 자신을 빤히 쳐다보고 있었다. 그녀의 얼굴은 온통 고독의 적막에 젖어 있었다.

"맙소사! 누님, 제가 아직 밥도 안 해드렸군요."

류렌이 갑자기 달콤한 미소를 지어 보였다. 그가 잠에서 깨자마자 한순간에 적막감이 달아난 듯 그녀는 손으로 그의 얼굴을 어루만지더니 이제는 자신이 인민을 위해 복무할 차례라고 말했다. 그런 다음 자신이 직접 끓인 계란탕을 손에 받쳐들고 와서는 진짜 누나가 동생에게 국을 떠먹여주듯이 한 입 한 입 숟가락으로 그의 입에 떠 넣어주었다. 국물이 마지막 한 모금만 남게 되자 그녀는 숟가락을 옆에 내려놓고 단숨에 자신의 입에 털어 넣은 다음 그것을 천천히 그의 입으로 넣었다. 그러자 우다왕은 그녀에 대한 충성과 감격을 표현하기 위해, 자신의 사랑을 눈빛으로라도 확인해달라는 듯 그녀가 걸치고 있던 옷을 한 겹 한 겹 천천히 벗겨주었다. 그녀의 알몸이 옥기둥처럼 침대 앞에 우뚝 서자 몸에서 풍기는 맑고 진한 여인의 향기가 방 안을 가득 메우기 시작했다. 두 사람이 이미 여러 날을 부부처럼 지내왔고 침대 위에서의 일도 몇 번째인지 모를 정도였

지만 우다왕이 진정 그렇게 조용한 마음으로 그림을 감상
하듯 그녀의 옥체를 바라보는 것은 처음이었다. 완전히 당
겨지지 않은 커튼 틈새로 햇빛이 새어 들어와 한 줄기 하
얀 빛을 드리웠다. 이 빛 한 줄기만으로도 그녀의 환한 몸
을 살피는 데는 어려움이 없었다. 그녀의 머리칼과 약간
발그스레하면서 하얀 얼굴, 그리고 달빛처럼 깨끗하고 빛
나며 검은 점 하나, 작은 종기 하나 없는 몸, 서른둘에도
여전히 스무 살 처녀처럼 탱탱하게 솟은 젖가슴이 선명하
게 드러났다. 그녀의 배에는 주름 하나 없었고 보통 여인
들에게서 흔히 볼 수 있는 붉은 반점이나 멍 자국조차 없
었다. 그는 손을 뻗어 그녀의 몸을 어루만졌다. 달처럼 하
얀 젖가슴 아래의 연한 피부를 쓰다듬자 물푸레나무 분말
이 하얗게 날리는 것 같았다. 그녀의 몸에서 발산되는 살
의 향기는 방금 짜낸 우유처럼 진하고 감미로웠다. 그리고
그녀의 가장 은밀하고 고혹적인, 깊고 신비하며 그윽한 그
곳은 화초가 만발한 오솔길을 따라 가다가 깊은 숲에서 만
나는, 물이 흐르고 꽃이 피고 해와 달이 빛나는 화려한 절
경과 같았다. 바로 그때 커튼 사이로 새어 들어온 한 줄기
빛이 소리 없이 그녀의 몸 위로 타고 올라와 한 번도 햇빛
을 받아보지 못한 화초 위를 비스듬히 비추었다. 마치 황

금빛 가죽 띠가 그녀의 두 다리에 묶여 있어 그곳의 모든 꽃과 풀을 옅은 황금빛과 노란빛으로 물들이면서 미세하고 여린 빛줄기가 맑고 비릿한 향기로 외부를 향해 멀리 발산되는 것 같았다.

그녀는 그렇게 한 줄기 햇빛 속에 서 있었다. 그의 애무와 손길에 완전히 자신을 내맡긴 것 같았다. 자신이 마치 살아 있는 조각상인 것처럼 애써 수줍음을 참는 듯한 표정으로 모든 것을 장인의 손에 내맡겼다. 처음에는 축 늘어져 있던 손이 점점 올라가 우다왕의 머리를 감쌌다. 후들후들해져 금방이라도 바닥에 주저앉을 것 같은 다리는 이미 더 이상 그녀의 부름에 따르지 않았다. 그렇게 그의 시선과 애무에 자신을 내맡긴 채 천천히 1분 1초를 미끄러져 가게 놔두고 싶었다. 그녀는 현기증에 팔다리를 더욱 심하게 떨었다. 온몸에서 현기증이 났다. 그녀를 바라보는 그의 눈빛과 그녀를 애무하는 그의 손가락이 더욱 그녀를 현기증나게 했다. 우다왕의 두 손이 그녀의 유방을 대장정하듯 천천히 그녀의 깊은 숲, 꽃이 피어 있는 곳으로 옮겨갔다. 류렌의 눈에서 걷잡을 수 없는 격정과 희열의 눈물이 쏟아져 나와 금방이라도 아랫눈썹에 떨어질 듯 대롱대롱 매달렸다. 바로 그때 그녀의 흐느끼는 소리가 거대한 댐의 갈

라진 틈으로 물이 흘러나오듯 빠르게 흐르며 솟아올랐다.
그 소리에 깜짝 놀란 우다왕은 그녀의 몸을 훑던 눈길을
멈췄다. 뜨겁게 탐색하던 시선뿐 아니라 피곤을 모르고 미
친 듯이 움직이던 손도 멈춰버렸다.

"누님, 왜 그래요?"

"샤오우, 너무 어지러워."

그가 놀란 표정으로 말을 받았다.

"어서 옷을 입으세요. 제가 전화해서 사단 병원 의사를
불러올게요."

"그럴 필요 없어. 어서 나를 안아서 침대에 눕혀줘. 손은
멈추지 마. 입술도 멈추지 말고. 내 거기를 만져줘. 내 거기
를 빨아줘. 내 거기를 만지고 빨아달란 말이야. 지금 난 사
단장의 아내가 아니야. 나는 우다왕의 아내란 말이야. 난
이미 날 송두리째 샤오우한테 맡겼어. 죽이든 살리든 네
맘대로 하란 말이야."

우다왕은 진흙처럼 부드러워진 그녀의 몸을 어린 아이
잠재우듯 자연스럽게 안아 침대에 눕힌 다음 바라보며 다
시 애무하기 시작했다. 그녀의 머리칼과 이마, 콧등, 입술,
아래턱에서 시작하여 위에서 아래로 내려가면서 한 군데
도 빠뜨리지 않고 입 맞추며 핥아 내려갔다. 어떤 곳에서

는 마치 잠자리가 수면 위를 살짝 건드리고 스쳐가는 것처럼 입술만 살짝 댔지만, 또 어떤 곳에서는 스스로 입을 뗄수 없는 것처럼 미친 듯이 핥다가 빨다가 또 핥아댔다. 마치 입술이 그곳에 장기간 주둔하면서 뿌리를 내리고 싹을 틔우려는 것 같았다. 그러다가 그녀의 두 손이 그의 머리를 매만지면 그제야 정신을 차리고 아쉬운 듯 마지못해 다른 곳으로 입술을 옮겼다. 하늘과 땅처럼 영원하고 열광적인 그날의 키스와 애무로 인해 두 사람의 분명했던 관계는 복잡하고 모호해지기 시작했다. 마치 곧게 쭉 뻗은 길이 원시의 숲으로 접어들면서 서서히 구부러져 종잡을 수 없이 보였다 안 보였다를 반복하는 것 같았다. 그의 입술이 그녀의 입술 깊은 곳에 오래 머물자 그녀의 두 눈에 맺혀 있던 눈물이 마침내 처연하게 쏟아져 내렸다. 한 방울한 방울 뚝뚝 떨어져 침대 위에 깔려 있던 짙은 녹색 침대보와 붉은색 융으로 된 베갯잇을 적셨다. 그가 굶주린 아이처럼 그녀의 두 젖가슴을 번갈아 빨아대는 동안 그녀의 울음소리는 또 한 번 낮아졌다가 높아졌고 느려졌다가 빨라졌으며 담담해졌다가 격렬해졌다. 그녀의 울음소리에는 가늘게 중얼거리는 소리가 섞여 있었지만 분명하게 들리지는 않았다. 마치 새끼 제비가 배고픔을 견디다 못해 먹이를 물어다주는 어미를 향해 다급하게 울어대는 것 같았다. 그녀는 울음소리를 내며 몸을 가볍게 떨더니 이내 계속 돌아가는 기계처럼 행동했다. 침대 위에서, 그의 격렬한 애무에 몸을 부들부들 떨며 온갖 비명과 신음을 내뱉었다. 우다왕은 아직 폭풍우 같은 입맞춤을 멈출 생각이 없었다. 그녀도 그의 거친 호흡을 멈추게 하고 싶지 않았다.

방 안은 이상할 정도로 후텁지근했다. 공기 중에는 그의 뜨거운 땀과 침, 그리고 욕정의 액체가 뒤섞여 사람을 더욱 격정으로 몰아가는 냄새로 가득했다. 거기에는 그녀가 지나친 흥분과 격동으로 내뱉는 선홍빛 뜨거운 비명이 있었고, 그의 축축한 땀과 거친 호흡 소리가 있었으며, 햇빛이 침대 밑에서 침대 위로 사람을 따라오면서 비추는 소리가 있었다. 그는 그렇게 그녀의 몸 위에서 미친 듯이 몸부림쳤다. 혀끝과 혓바닥을 한순간도 멈추지 않고 남성으로서의 본능에 따라 그녀의 몸 위를 미친 듯이 헤집었다. 마치 미친 말이 마음대로 마장을 뛰어다니는 것 같았다. 그가 온 힘을 다해 그녀의 두 다리 사이 꽃이 피어 있는 곳에 도달했을 때, 혀끝을 깊은 곳으로 집어넣기도 전에 줄곧 그의 머리를 움켜쥐고 있던 그녀의 두 손이 아래로 미끄러져 떨어졌다. 아무런 힘도 없는 두 갈래 밧줄이 침대 위에 떨어져 내린 것 같았다. 끝없이 이어지던 그녀의 비명도 갑자기 뚝 멈춰버렸다. 미친 듯한 입맞춤과 애무도 마치 전원이 끊어져 동력을 상실한 것처럼 냉정하게 멈췄다. 고개를 든 우다왕은 창백해진 류롄을 발견했다. 온몸이 누렇게 뜬 채 아무 말도 하지 않아 꼭 죽은 사람 같았다. 그녀가 혼절한 것이다. 격정에 사로잡혀 혼절했다는 것을 우다왕도 알고 있었다. 그와의 불타는 정사가 갑자기 광풍과 폭우가 몰아치듯 그녀에게 경험하기 힘든 숨막힘과 활력을 가져다준 것이다.

한순간 방 안이 무덤처럼 조용해졌다. 우다왕은 이리저리 몸을 돌리며 그녀를 지켰다. 연달아 "누님, 누님" 하고 그녀를 불러봤지만 아무런 반응이 없었다. 다급하고 혼란한 마음에 어찌해야 좋을지 모르던 그의 머리에서 땀이 비오듯 흘러내렸다. 류롄의 벌거벗은 몸과 어질러진 침대 위로 뚝뚝 땀이 떨어졌다. 몇 초가 지나 우다왕은 정신을 차리고 애써 마음을 가라앉혔다. 정신을 집중하니 군대에서 했던 응급조치 상식이 떠올랐다. 공황상태 속에서도 자신의 손발을 진정시키고 두려움과 흥분을 가라앉히기 위해 군복 바지를 두세 차례 입었다가 다시 벗었다. 먼저 창가로 다가가 창문을 연 다음 다시 방 입구로 가서 문을 열고 타월 천으로 된 이불을 바닥에 깔았다. 그런 다음 침대로 돌아와 류렌을 번쩍 안아다가 이불 위에 내려놓았다. 그녀는 뱅어처럼 방 입구에 조용히 누워 있었다.

창문으로 불어온 바람이 방문을 통해 빠져나갔다. 집 안에 청량한 기운이 가득 스며들었다. 언제 날씨가 그렇게 변했는지 창문 밖에는 방금 전까지 환하던 햇빛이 어느새 사라지고 없었다. 하늘에서 거대한 구름이 몰려오더니 우산을 쓴 것처럼 사단장의 사택을 음산하게 뒤덮었다. 류렌은 그렇게 조용히 누워 있었고 우다왕도 그렇게 조용히 그녀를 지키고 있었다. 시간이 모래 위를 흐르는 물처럼 째깍째깍 방 안을 적셨다. 그는 여러 차례 그녀의 인중을 눌러 인공호흡을 해볼까 생각도 해보았지만 끝내 그녀 곁에서 조금도 몸을 움직이지 않았다. 바로 그때, 갑자기 그의 편협한 소농小農 의식이 고개를 들었다. 고향집에 있는 아내 자오어즈가 생각난 것이다. 보리밭에서 아내가 김을 매는 동안 밭머리에 있는 나무에 밧줄로 묶어둔 아이가 메뚜기를 삼켜 하마터면 기도가 막혀 죽을 뻔했다던 이야기가 떠올랐다. 그러자 자신이 가질 수 없는 도시와 문명, 아름다움과 사랑에 대해 강렬한 질투와 분노가 느껴지기 시작했다. 누워 있는 류렌을 멍하니 바라보는 사이에 뜻밖에도 마음속에서 아주 무서운 생각이 떠올랐다. 그녀가 이대로 죽어버린다면 얼마나 좋을까 하는 생각이 어떤 이유에서 인지 그의 머릿속에 단단히 자리 잡혔다. 그녀의 희고 가 냘픈 알몸과 주름 하나 없는 목을 응시하는 순간, 갑자기 그의 손에 힘이 솟았다. 그리고 그녀의 목을 조르고 싶은 충동이 일어났다. 이때 다행히도 그녀가 깨어났다.

그녀는 먼저 자신의 머리를 어루만지더니 방 안을 두리 번거리며 옆에 앉아 있는 우다왕을 쳐다보았다. 무슨 일이 일어났었는지 알 것 같다는 표정이었다. 바닥에서 천천히 몸을 일으키던 그녀는 그가 한 번도 생각해보지 못한 말을 던졌다.

"이만하면 됐어. 여태까지 살아온 보람이 있었어. 이제 나 류렌은 죽어도 여한이 없을 것 같아."

우다왕은 그녀가 죽음에 관해 이야기하는 소리에 온몸 을 떨었다. 방금 무섭고도 황당한 생각을 품었던 것을 그 녀에게 들켜버린 것 같았다. 생각을 감추기 위해 그녀에게 가까이 다가가 손을 잡아끌며 말했다.

"누님, 어떻게 된 거예요? 정말 놀랐잖아요. 방금 기절하 셨던 것이 전부 제 책임이 된단 말이에요."

그러나 그녀는 감격에 젖은 표정으로 그를 바라보았다.

눈가에는 눈물이 맺혀 있었다. 그녀가 그의 얼굴을 쓰다듬
으며 말했다.

"내 옷 좀 가져다줘."

우다왕은 탁자로 가서 그녀의 옷을 가져다가 입혀주었
다. 두 사람은 누나와 남동생처럼 바닥의 타월 이불 위에
손을 맞잡고 앉아 쉴 새 없이 이야기를 주고받았다.

"샤오우, 당신이 내 남편이라면 얼마나 좋을까."

"이 세상 모든 여자가 사단장과 결혼한 누님을 부러워하
고 있다고요."

"그건 그래."

그러고는 다른 곳을 쳐다보다가 갑자기 다시 고개를 돌
려 우다왕의 얼굴을 뚫어져라 쳐다보았다.

"자네도 알지? 사단장의 전 부인이 왜 그와 이혼했는지
말이야."

그는 아무 말도 하지 않고 그저 다시 살짝 붉어지는 잘
익은 과일 같은 그녀의 얼굴을 놀란 표정으로 바라보았다.

그녀가 말했다.

"사단장은 사단장일 뿐이야. 남자는 아니라고."

그는 더욱 놀란 얼굴로 그녀를 쳐다보면서 굳은 채 아무
말도 하지 않았다.

그녀도 더는 푸념을 늘어놓지 않고 긴 한숨과 탄식을 내뱉었다. 그윽하면서도 서글픈 모습이었다. 그녀의 마음속 깊은 곳에 무한한 슬픔과 상처가 있는 것 같았다. 이런 슬픔과 상처가 탄식으로 터져 나와 연기 같은 구름으로 흩어졌다. 그녀는 이내 화제를 돌려 그를 힐끗 쳐다보면서 물었다.

"간부가 되고 싶지 않아?"

그는 그렇다고 대답하면서 한마디 덧붙였다.

"군대에 있는 사병 치고 간부가 되고 싶지 않은 사람이 어디 있겠어요?"

그녀가 다그치듯 되물었다.

"무엇 때문에 간부가 되려는 거지?"

그러면서 재빨리 한마디 보탰다.

"인민을 위해 복무하기 위해서라고 말하지는 마. 마음속에 있는 솔직한 생각을 이 누나한테 들려달란 말이야."

그는 잠시 주저하다가 마지못해 입을 열었다.

"누님이 화 내실지도 몰라요."

"화 안 낼 테니 걱정 마. 나는 당신이 아내를 도시로 데려오기 위해 간부가 되고 싶어 한다는 걸 알고 있거든."

이렇게 말하며 그녀는 푸근한 미소를 지어보였다.

"다 이해해. 걱정하지 마. 이 누나가 도와줄 테니까. 지금은 사단 전체의 간부 선발 인원이 동결되어 있어. 그게 풀리는 대로 이 누나가 간부로 승진시켜줄게. 아내와 아이를 농촌에서 데려다가 도시 호구를 가질 수 있도록 해주겠단 말이야."

여기까지 얘기했을 때 어떤 이유에서인지 그녀의 얼굴에 또다시 눈물이 흘렀다. 그에게 뭔가 할 말이 있는데 아직 때가 되지 않은 것 같았다. 그녀는 자리에서 천천히 일어나 머리를 빗으며 우다왕에게 물었다.

"샤오우, 먹고 싶은 것 없어?"

"누님, 뭐 드시고 싶은 것 없으세요? 제가 가서 만들어올게요."

그녀가 웃으면서 말을 받았다.

"자네는 내 남자야. 내가 아내라고. 그러니 뭘 먹고 싶은지 말해봐. 내가 만들어줄 테니까."

그날 점심, 두 사람은 서로 손을 잡고 아래층으로 내려와 한 사람은 채소를 썰고 한 사람은 썬 채소를 기름에 볶았다. 한 사람은 접시를 꺼내고 한 사람은 상을 차렸다. 각자 일을 분담하여 사채일탕四菜一湯, 요리 네 가지에 국 한 가지를 함께 준비했다. 부엌으로 들어서면서 '인민을 위해 복무하라'

라는 문구가 새겨진 나무팻말을 보는 순간, 두 사람은 서로 얼굴을 쳐다보며 웃음을 주고받았다. 그가 먼저 말했다.

"인민을 위해 복무해야지요. 저기 앉아서 좀 쉬세요."

"사사로운 목표를 비판하고 수정주의를 타도해야 돼. 나보다 더 피곤할 테니까 저기 앉아서 쉬도록 해."

"우리는 모두 오호사해五湖四海에서 모인 사람들이니, 혁명의 공동목표를 위해 어디든 함께 가야지요. 같이 식사를 준비하도록 해요."

"그래 인민, 인민만이 역사의 동력을 창조해낼 수 있지. 빨리 준비하되 누가 더 맛있게 만드는지 한번 겨뤄보자고."

두 사람은 손을 나누어 요리를 시작하더니 각자 분주하게 돌아쳤다. 그녀는 오이계란볶음과 피망완자를 만들고 우다왕은 닭고기조림과 가지볶음을 만들었다. 음식을 다 만든 뒤 두 사람은 서로의 솜씨를 품평하며 각자 본인이 만든 음식이 맛있다고 말했다. 그녀가 말했다.

"나는 남방 사람이라 내가 한 음식이 당연히 더 맛있을 거야."

"저는 요리경연대회에서 준우승을 한 적도 있다고요. 그렇지 않았다면 사단에서 저를 사단장 사택 취사원으로 발탁하지도 않았을 거예요. 하늘이 무너진다 해도 누님은 저보다 더 맛있는 음식은 만들지 못해요."

우다왕의 말이 끝나자 류렌은 신비한 눈빛으로 그를 향해 가볍게 미소를 짓더니 한 발 물러서며 말했다.

"겸손은 사람을 진보하게 하지만 오만은 사람을 퇴보하게 만드는 법이야. 자네가 만든 음식이 더 맛있다고 쳐. 그래도 난 직접 탕을 끓여서 자네에게 맛보게 하고 말 거야."

우다왕은 그녀가 새우에 쌀가루를 입혀 끓인 동과탕을 맛보고는 말했다.

"민중의 눈이 빛날 수밖에 없겠군요. 과연 누님이 끓인 탕은 천하일품이에요. 저는 때려죽여도 이처럼 신선하고 아름다운 맛은 내지 못할 거예요."

식사를 하면서도 두 사람은 얼굴을 마주하고 앉아 식탁 밑으로 서로의 발을 더듬다가 어느새 허벅지를 비벼대기 시작했다. 식탁 위에서는 서로 한 숟가락씩 음식을 입에 떠 넣어주었다. 유희가 음식이 되고 음식이 유희가 되면서 두 사람은 희희낙락 웃고 떠들어댔다. 식사가 중간쯤 이르렀을 때 류렌이 갑자기 뭔가 생각난 듯 손바닥으로 이마를 탁 쳤다. 그러더니 우다왕에게 마오타이주茅台酒, 마오타이 현에서 생산되는 명주로 중국의 국빈 연회에 사용됨를 마셔봤느냐고 물었다. 그는 수장들이 마시는 걸 본 적이 있다고 대답했다. 바로 이 자리에서 사단장과 정치위원, 부사단장 등이 중국의 수소폭탄 실험 성공을 경축하기 위해 자신에게 여덟 가지 열채와 네 가지 냉채를 준비하게 하여 식탁 가득 차리게 한 다음 국주國酒인 마오타이주를 마셨다는 것이다. 그녀가 말했다.

"자, 우리도 마오타이주를 마시자. 우리도 축하하자고."

"뭘 축하한다는 거죠?"

"내가 여태까지 헛살지 않았다는 것을 축하하는 거지."

그러고는 위층으로 올라가 어디선가 마오타이주와 술잔을 가져와서는 잔에 술을 가득 따른 다음 한 잔은 자신의 손에 들고 다른 한 잔을 우다왕에게 내밀며 마시라고 했다. 그녀는 잔을 부딪쳤다. 그는 잔을 약간 들어올린 채 그녀를 바라보며 말했다.

"제가 이 술을 마시고 나면 누님이 어떻게 사단장님과 결혼하게 되셨는지 말씀해주셔야 해요."

그녀가 의아한 표정으로 말을 받았다.

"정말 알고 싶어? 마셔. 마시고 나서 뭐든지 궁금한 게 있으면 다 물어봐. 다 대답해줄 테니까."

그가 정말이냐고 되묻자 그녀는 정말이라고 확실하게

대답했다.

그는 잔을 단숨에 비우고 물었다.

"류렌 누님, 고향이 남방 어디라고 하셨죠?"

그녀도 잔을 비우고 나서 대답했다.

"양저우揚州야. 가봤어? 북방 사람들은 흔히 하늘에는 천당이 있고 땅에는 쑤저우蘇州와 항저우杭州가 있다고 말하지만 사실 쑤저우나 항저우는 양저우만 못해. 양저우의 아가씨들은 아무나 골라도 쑤저우나 항저우 아가씨들보다 낫다니까. 누군가 린林 부총수에게 첩을 두 명 골라주었는데 쑤저우 아가씨나 항저우 아가씨는 하나도 뽑히지 못하고 양저우 아가씨만 둘이나 뽑혔다고 하더라고."

이렇게 말하면서 그녀는 다시 잔에 술을 가득 따라 그에게 내밀었다.

"또 물어보고 싶은 것 없어?"

"그럼 누님도 사단장님이 선택하신 건가요?"

그녀는 술을 재빨리 입에 털어 넣고 웃으면서 말했다.

"그야 물론이지. 사단장님이 병원에 검사를 받으러 왔다가 단번에 나를 찍은 거야."

그녀는 사단장이 자신을 선택한 것에 대해 대단한 자부심이 있었다. 미소와 함께 얼굴이 찬란한 영광의 빛으로 물

들었다. 그러나 그녀의 웃음 속에서 또 한 번 눈물이 흘러
내렸다. 수정처럼 영롱하고 옥구슬처럼 아름다운 눈물방울
이 그녀가 들고 있는 잔 속으로 떨어졌다. 그가 물었다.

"누님, 왜 그래요?"

"기뻐서 그래. 사단장에게 시집온 게 너무 기뻐서 그래."

"사단장이 누님보다 나이가 얼마나 더 많은지 몰라요?"

"알아."

"알면서도 그에게 시집온 거예요?"

"나이 차이가 많이 나면 어때? 그는 사단장이잖아."

"그럼 그가 남자가 아니라 사단장이기 때문에 좋다는 건
가요?"

"물어야 할 것만 묻고 묻지 말아야 할 건 묻지 마."

"전 누님의 남자예요. 제가 묻지 못할 말이 뭐가 있겠어
요?"

"넌 사단장 사택의 공무원이야. 나는 사단장의 부인이고.
알았어?"

우다왕은 멍하니 그녀의 얼굴을 쳐다보더니 술잔을 식
탁 위에 탕 하고 내려놓고는 갑자기 엄숙하고 진지한 태도
로 말했다.

"류렌 누님, 저는 누님이 즐거운 마음으로 사단장에게

시집온 거라고 생각했어요. 그런데 왜 누님이 자신을 꺾어 죽이려 하는지 모르겠습니다."

그녀는 술을 한 잔 더 따라 마셨다.

"나를 죽이는 거라고 해도 좋아. 우리는 죽어도 같이 죽을 거니까."

류렌은 술을 또 한 잔 따라 마시고는 반쯤 취한 눈으로 우다왕을 뚫어지게 쳐다보며 말했다.

"너도 알지? 난 마오 주석의 저작을 공부한 적극분자라는 걸 말이야. 마오 주석의 어록을 외우는 데는 병원 사단 전체에서 내가 최고였다니까. 한 번은 사단장 앞에서 백 개가 넘는 항목을 글자 하나 안 틀리고 단숨에 암송한 적이 있지. 구두점이나 쉼표 하나 빠뜨리지 않았어. 사단장이 그 자리에서 말하더군. 난 류렌이 정말 마음에 든다고 말이야. 그래서 사단장에게 시집오게 된 거야. 나는 진심으로 사단장에게 시집오고 싶었거든. 사단장은 나를 위협할 생각은 조금도 없었어. 하지만 그가 사단장일 뿐, 남자가 아닐 줄은 꿈에도 생각하지 못했지. 사단장과 그의 아내가 이 문제 때문에 이혼한 것도 전혀 몰랐어. 내가 말은 안 했지만 사단장은 내게 무릎까지 꿇었어. 너도 생각해 봐. 사단장은 나이가 많은 데다 고위 간부잖아. 그가 신사

군新四軍에 입대할 때는 겨우 열네 살이었어. 항일전쟁 때는 네 번이나 부상을 당했지. 해방전쟁 때는 탄환이 그의 허벅지 사이를 관통했고. 지금도 그의 몸에는 해방전쟁 때 박힌 탄환이 두 개나 남아 있어. 하나는 등에, 하나는 다리에 박혀 있지. 그의 무공 훈장이 들어 있는 상자가 옷장 안에 몇 개나 있어. 우다왕, 너는 내가 사단장이랑 이혼할 수 있을 것 같아? 혁명을 위해 싸우다가 머리가 다 센 사람이야. 그런 그가 내 앞에서 무릎을 꿇고 아이처럼 우는데 어떻게 그와 결혼하지 않을 수 있겠어?"

그녀는 계속 말을 이었다.

"자, 우리 한 잔 더 하자. 네가 이 잔을 마시면 내가 마오 주석 어록 백 항목을 암송해주고, 마시지 못하면 네가 내게 마오 주석 어록 백 항목을 암송해주는 거야."

우다왕은 마오 주석 어록을 외울 필요 없이 주석 어록가를 불러달라고 말했다. 그녀가 그러겠다고 답하자 그는 술잔을 비웠다. 그녀는 약속대로 〈아침, 여덟아홉 시의 태양〉을 불렀다. 그가 한 잔을 더 마시자 이번에는 〈장정長征: 칠언율시〉를 불렀고, 그가 또 한 잔을 마시자 다시 〈자력갱생가〉를 불렀다. 그는 술을 몇 잔이나 마셨는지 몰랐고 그녀는 노래를 몇 곡이나 불렀는지 알지 못했다. 결국 두 사람 모두 취하고 말았다. 두 사람이 깨어났을 때는 1호 원지 안으로 어김없이 황혼이 내리고 있었다. 석양은 뒤뜰 채마밭을 비추더니 서서히 부엌 안으로 밀려 들어왔다. 식탁 위의 난장판도 마치 황혼 때문인 것처럼 보였다. 막 바빠지기 시작한 소 먹이통과 말구유 같았다. 빈 술병과 술잔은 식탁 위에, 두 사람이 입고 있던 옷은 전부 의자에 널려 있었다. 두 사람이 사용했던 젓가락도 두 짝은 식탁 밑에, 두 짝은 어떻게 날아갔는지 부엌 뒷문 쪽에 떨어져 있었다.

두 사람은 실오라기 하나 걸치지 않은 채 부엌 시멘트 바닥 위에서 뒤엉켜 잠들어 있었다. 털이 뽑힌 돼지 두 마리가 죽어서 '도마 밑에 던져져 있는 것 같았다. '인민을 위해 복무하라'라는 글귀가 적힌 팻말이 어떻게 상점의 가격표처럼 두 사람 몸 위에 올려져 있는지 알 수 없었다.

8장

인생이 원래 유희인지 아니면 유희가 인생을 대신한 것인지 알 수 없다. 어쩌면 유희와 인생이 서로 구별할 수 없이 한데 뒤섞여 하나로 합쳐진 것인지도 모른다. 사회가 부여해준 배역이 인간인지 아니면 사회가 인간의 무대인지 알 수 없었다. 어쩌면 사회가 바로 무대이기 때문에 인간은 필연적으로 배우가 될 수밖에 없는 건지도 모른다.

사랑의 아름다움 때문에 필연적으로 광기가 도출되는 것인지 아니면 성적 본질이 아름답기 때문에 사랑이 무에서 유를 창조해내는 것인지 알 수 없었다. 강물이 흐르며 그 수원이 어디인지 알 필요가 없고 물이 흐르며 어떻게 강이 되는지 알 필요가 없다. 물이 존재하기 때문에 강은 비로소 무에서 유로 완성될 수 있을 뿐이다. 전후의 인과 관계를 따질 필요가 없는 일이 있다. 발생했으면 그냥 발생한 것이다. 어디서 왔는지 알 수 없이 와서 어디로 가는지 알 수 없이 가는 것이다. 우다왕과 류렌의 정욕도 항상 이런 식으로 이루어졌다. 그는 1호 원자 뒤뜰에 채소를 심고 있었고 그녀는 문 앞 채마밭 가장자리에서 채소를 심는 그의 모습을 바라보고 있었다. 나비 한 쌍이 사랑의 유희를 벌이듯 이리저리 날아다녔지만 우다왕은 조금도 신경 쓰지 않았다. 그러나 그녀는 그의 모습을 한참이나 바라보다가 얼굴이 빨개지더니 뭐라고 중얼거리면서 '인민을 위해 복무하라'라는 문구가 새겨진 팻말이 있는 곳으로 가서는 이를 집어 들어 슬쩍 몸 뒤로 감췄다. 그러다가 그가 김을 매고 밭에 물을 대는 사이에 슬그머니 팻말을 그곳에 내려놓고는 몸을 돌려 건물 안으로 돌아왔다.

그런 모습을 본 그가 큰 소리로 물었다.

"누님, 지금 뭐 하시는 거예요?"

그녀가 대답했다.

"목이 말라서 물 좀 마셔야겠어."

그는 그녀가 정말로 물을 마시고 싶어 한다고 생각하

고 말없이 채소에 호미질하며 물을 주었다. 그러다가 문득 '인민을 위해 복무하라'라는 팻말이 채마밭 가장사리에 놓인 것을 발견했다. 사방을 한번 둘러본 다음 조용히 호미를 던져놓고 팻말을 집어들고는 손을 씻거나 세수할 겨를도 없이 도로 식탁 위에 팻말을 내려놓고 곧장 위층 침실로 뛰어 올라갔다. 그녀는 이미 옷을 거의 입지 않은 채 애타게 우다왕을 기다리고 있었다. 두 사람은 한눈에 서로의 마음을 알아차리고 또 한 차례 남녀의 일을 시작했다. 일이 만족스러웠는지 그녀가 말했다.

"오늘은 내가 밥상을 차릴 테니까 먹고 싶은 게 있으면 말해봐. 뭐든지 다 만들어줄 테니까."

사랑의 행위가 만족스럽지 못할 경우 류롄은 우다왕에게 벌을 내려 빨래를 시켰다. 하지만 그녀가 밥을 하면 사단장이 편안한 마음으로 먹었던 것과 똑같이 그도 편안하게 받아먹었다. 그는 사단장의 취사원 겸 공무원이었으며 사랑의 개국공신이었기 때문이다. 류롄이 그에게 빨래를 시키고 귀를 파주고 손톱을 깎아주는 벌을 내릴 때마다 그는 처벌을 기꺼이 받아들였다. 그가 사랑의 봉사를 하면서 성실하게 하지 못한 것은 사사로운 이익을 추구한 것이고 대부분 자기 자신을 위한 것이었기 때문에 처벌받는다 해

도 할 말이 없었다. 사랑은 유희가 아니었다. 하지만 또한
사랑은 유희가 아니라고 말할 수도 없었다. 유희가 없다면
어떻게 사랑이 있겠는가. 나비와 벌이 꽃밭을 날아다니는
것처럼 유희 같은 사랑이 두 사람 사이로 날아왔다 또 날
아가버렸다. 한번은 우다왕이 채소를 썰고 있는데 갑자기
'인민을 위해 복무하라'는 팻말이 채소 써는 칼 위로 떨어
졌다. 그는 곧장 부엌칼을 내려놓고 손에 묻은 매운 기운
을 씻어내지 않고 그대로 위층으로 올라가 그녀와 사랑을
나누었다. 그녀는 뜻밖에도 만족스러워 하며 곧 부엌칼을
들었고, 곧이어 아직 썰지 않은 가지와 오이를 전부 썬 다
음 그를 위해 사흘간 아홉 끼의 식사를 준비했다. 식사를
마친 뒤에는 설거지까지 했다.

　'인민을 위해 복무하라'라는 문구가 새겨진 팻말이 두
사람의 애정 사이에 다리를 벌리고 있었다. 그녀가 그를
생각하기만 하면 설사 그가 화단에 있더라도 갑자기 나무
팻말이 눈에 가장 잘 띄는 나뭇가지 사이에 나타났다. 그
가 포도넝쿨 아래 있으면 갑자기 나무팻말이 등 뒤에 있
는 포도넝쿨 위에 얹혀 있기도 했다. 몸만 돌렸다 하면 머
리든 어깨든 언제든지 나무팻말에 부딪혔다. 그 역시 밖에
나가 생선을 사고 고기를 사다가 거리에서 어떤 광경을 보

다가도 머릿속이 온통 그녀의 생각으로 가득 차곤 했다. 그러다가 사택 문을 들어서면 문 뒤에 나무팻말이 놓여 있어 밟을 뻔한 적도 있었다. 그럴 때면 머릿속을 가득 메우던 생각은 눈 깜짝할 사이에 현실이 되었다. 류렌이 아닌 아내와 아이의 모습이 머릿속을 가득 메울 때에도 조금만 몸을 돌리면 나무팻말이 눈에 들어왔다. 그럴 때는 류렌과의 사랑을 거부해야 했지만 그렇게 하지 못했다. 잠시만 나무팻말을 바라보고 있어도 아내와 아이의 모습은 곧 뇌리에서 사라지고 매끄럽고 고혹적인 류렌의 육체가 떠올랐다. 곧이어 온몸에 피가 솟구치고 격정이 몰려오면서 곧장 그녀에게 달려가야 했다. 이런 일은 때와 장소를 가리지 않았다. 1호 원자 안이기만 하면 응접실이든 부엌이든 화장실이든 서재든, 아니면 사단장의 패도실이든 상관없었다. 깊은 밤 사람들이 없을 때면 포도넝쿨 아래서도 사랑을 나눌 수 있었다. 어디든지 두 사람의 사랑을 위한 침대가 되어주고 두 사람의 유희 같은 찬란한 애정의 증인이 되어주었다.

그 짧은 한 달 동안 두 사람은 본능의 주인이 되었고 동시에 본능의 노예가 되었다. 성의 유희가 두 사람의 삶에 거의 전부이자 인생의 목표가 되었다. 두 사람은 성을 아주 얇고 속이 훤히 들여다보이는 것으로 만들었고, 아주 깊어 속을 알 수 없는 것으로 만들기도 했다. 한 푼의 가치도 없는 것으로 만들었다가 천금을 주고도 살 수 없는 것으로 만들기도 했다. 수천 년간 휘황한 광채로 반짝이게 했다가 또 수천 년간 타락을 대표하는 것으로 만들기도 했다. 두 사람은 사랑의 행위를 할 때마다 섬세하고 진지한 자세로 몸과 마음을 다했다. 그리하여 진정한 의미에서의 정욕은 이미 뼛속 깊은 곳, 영원히 잊을 수 없는 지경에 이르렀다. 그렇게 한 달이 조금 넘는 시간이 흘러 마지막 일주일을 남겨 두었다.

그때, 부대는 외지로 훈련을 떠날 예정이었다.

영내 각 중대본부 문 앞에는 땔나무와 석탄, 식량 등을 실은 트럭이 한 대씩 서 있었다. 원래 각종 시와 산문 등 병사들의 사기를 북돋우는 문구가 쓰인 중대의 칠판신문에도 이제는 전투준비를 철저히 하여 인민을 위해 방공호를 파고 식량을 확충하며 패권을 주장하지 말자는 말들과 미 제국주의와 소련 수정주의 반동파를 타도하여 제3차 세계대전에서 반드시 승리하자는 구호와 표어들이 가득했다. 또한 장삼張三이 이사李四에게 보내는 도전장과 1대대가 2대대에 보내는 제안서, 3중대가 2중대에 보내는 응전의 편지도 있었다. 온갖 성어_{成語}와 전투의 혁명적 격정을 담지 않은 것이 없었다. 세상과 완전히 격리된 듯 애정생활 속에서 우다왕은 이미 자신이 사병이라는 사실과 군영 안에서 생활하고 있다는 사실을 잊었다. 성냥 한 개비가 군영 전체를 태울 수도 있다는 군인 정신도 이미 잊은 지 오래였다. 그는 며칠째 1호 원자 밖으로 나오지 않은 상태였다.

그날은 어쩔 수 없이 시내에 나가 기름과 소금, 간장 등을 사야 했다. 우다왕은 자전거를 끌고 문을 나섰다가 사단 직속 부대 3개 대대, 8개 중대의 장사병 전체가 연병장으로 집합하는 모습을 보게 되었다. 그는 갑자기 뭔가 생각났는지 온몸에 병사로서의 격정과 긴장이 넘쳐나기 시작했다.

우다왕이 초병에게 물었다.

"부대에 무슨 일이 있나?"

초병이 말했다.

"훈련입니다. 모르셨습니까?"

그는 대답하지 않고 황급히 자전거를 몰고 중대로 돌아갔다. 그제야 자신의 중대가 어제저녁에 이미 돼지를 키우거나 채소를 심는 사병 몇 명만 남겨두고 모두 떠나버렸다는 사실을 알게 되었다.

"중대원들은 다 어디 갔지?"

사병들이 말했다.

"먼저 떠났습니다. 고참 소대장과 중대장, 지도원 동지가
중대본부에 편지를 남겨 놓으셨습니다."

우다왕이 중대본부에 가서 편지를 찾아 뜯어보니 편지
에는 단 한마디만 쓰여 있었다. 수장의 사택에서 열심히
봉사하는 것이 바로 인민에게 복무하는 것임을 잊지 않는
것이 그의 임무라는 것이었다. 편지를 읽고 나니 마치 하
늘에서 세숫대야로 차가운 물이 쏟아져내리는 것 같은 기
분이었다. 마음속에서 조직과 집단으로부터 유기당하는
듯한 느낌이 꿈틀거리더니 옅게 괴로운 표정이 일었다.

이미 한여름을 지났지만 더위는 여전했다. 그 무더위 속
에도 그나마 찌는 듯한 느낌은 확실히 덜했고 가을이 오는
것처럼 서늘함마저 느껴졌다. 우다왕은 씩씩거리며 자전
거를 타고 시내로 들어가 사야 할 물건들을 잔뜩 샀다. 닭
고기와 생선도 사고 땅콩기름과 참기름, 농축조미료와 후
춧가루도 샀다. 그는 자전거 뒷자리에 물건을 싣고 다시
우체국으로 가서 집에 30위안을 부쳤다.

이전에는 매달 월말이 되면 집으로 생활비와 아이 양육

비 7, 8위안을 부쳤다. 그러나 이번에는 월말이 되지도 않았는데도 급히 집에 돈을 부쳤나. 송금 액수도 몇 배나 됐다. 집에 돈을 부치는 일은 우다왕에게 그다지 빛나지 않는 일이었다. 어쩌면 그의 인생에 하나의 오점일 수도 있었다. 집으로 돈을 부치는 일은 류롄과의 타락보다 훨씬 구차하고 어두운 일이었다. 따지고 보면 그가 스물두 살에 입대하여 신병으로 첫해를 보낼 때는 월급이 간신히 6위안을 넘었다. 두 번째 해에는 매달 7위안을, 세 번째 해에는 매달 8위안을 받았다. 군대 경력이 한 해씩 쌓일 때마다 월급이 1위안씩 오른 셈이었다. 5년이 지난 지금도 그는 한 달 월급이 10위안에 불과해서, 매달 사서 쓰는 치약과 비누에 1, 2위안을 지출하고 나머지 7, 8위안을 전부 우편으로 집에 보냈다. 자신의 수입 전부를 집에 보내는 셈이었다. 이런 상황에서 그가 어떻게 30위안이라는 돈을 모을 수 있었을까? 이 은밀한 비밀은 홍두문건紅頭文件, 중국 최고 당정기관에서 발행한 공식서류. 맨 위에 붉은색으로 '모모 부서 서류'라는 글씨가 인쇄되어 있음의 갑급甲級 비밀에 속했다.

사실대로 말하면 이 돈의 출처는 매번 거리에 나가 사단장 사택을 위해 채소를 비롯해 갖가지 물건을 살 때, 남은 돈 가운데 큰돈은 반납하고 잔돈 몇 마오毛, 몇 펀分을 챙기는 방법으로 모은 것이었다. 우다왕은 크진 않지만 이것이 부정이라는 사실을 알고 있었다. 그 때문에 물건을 살 때마다 반드시 명세를 기록했고 물건 가격을 1, 2편씩 올려 장부 액수가 하늘 높은 줄 모르고 올라갔다. 품목도 자세히 정리해 사단장과 류렌으로부터 자주 칭찬받았다. 이제 그의 처지는 한결 좋아졌다. 마음도 훨씬 편안해졌고 모아둔 돈 30위안도 전부 아내에게 부친 상태라 그녀에게 미안해할 필요도 없었다. 이리하여 그는 정신적 부담을 줄였고 안심하고 편안하게 류렌과 타락한 애정을 즐기며 성애의 강물 속에서 신나게 헤엄치고 인생에 없어서는 안 될 욕구와 갈망을 만족시켰다.

우체국을 나설 때쯤 하늘에 구름이 옅어지고 해가 노랗게 물들었다. 거리에는 가두 행진하는 일군의 혁명 대오가 깃발을 높이 들어 흔들며 남쪽에서 북쪽으로 행진했다. 사람들은 고개를 빳빳이 쳐들고 누구누구를 타도하자는 구호를 크게 외치며 지나갔다. 한 달 동안 류렌과 마치 지하 공작원식 전투로 세월을 보내다가 거리에서 혁명의 광경을 목격하니 다소 낯설고 두렵기까지 했다. 길가에 선 그는 마치 혁명이란 것이 자신이나 류렌과 어떤 관계가 있는지를 생각해내려는 듯 한참이나 그들을 바라보았다. 가두 행진 대오가 완전히 시야에서 사라진 뒤에야 우다왕은 자전거를 몰고 교외에 있는 군영으로 돌아왔다.

그가 영내에 도착했을 때는 훈련에 나서는 병사들과 차량이 전부 떠난 뒤였다. 갑자기 거대한 영내가 텅 비어버렸다. 보초를 서는 사병들의 적막한 발걸음 소리만 외롭게 영내에 울려 퍼졌다. 참새소리와 매미 울음소리가 예전처럼, 아니 예전보다 더 요란하게 귀를 자극했다. 마치 하늘 전체가 참새와 매미의 무대가 된 것 같았다. 영내에 남은 사병들이 어깨에 총을 메고 이리저리 오가는 모습이 마치 무대 위에서 깃발과 팻말을 치켜든 용투龍套, 중국 전통극에서 시종이나 병사가 입는 의상 또는 그 배역의 배우들 같았다. 우다왕이 1호 원자에 도착하기 직전 공교롭게도 날아가던 참새 한 마리가 그의 군모 위에 똥을 쌌다. 수장의 원문을 지키던 신병 하나가 높이가 두 자쯤 되는 초소에 서서 아래를 내려다보다가 그 광경을 보고 말했다.

"보십시오, 머리에 똥이 묻었습니다."

우다왕이 불쾌한 듯 걸음을 멈추고 자전거를 밀면서 말을 받았다.

"야, 이 풋내기 녀석, 너 내가 누군지 알아? 너희 중대장도 멀리서 날 보면 미소 짓고, 너희 지도원도 날 보면 자발적으로 경례를 올린단 말이야. 그런데 네 녀석이 감히 내게 함부로 그 따위 입을 놀려?"

신병이 말했다.

"압니다. 성이 우인 모범사병이시지요. 한데 우 분대장님, 정말로 모자에 똥이 묻었습니다."

모자를 벗어보니 과연 신병의 말이 사실이었다. 그는 웃는 낯으로 모자를 툭툭 털면서 말했다.

"난 1호 원자에서 근무하고 있으니까 앞으로 부탁할 일이 있으면 언제든지 찾아와."

이렇게 말하고 나니 우다왕은 말할 수 없이 속이 시원했다. 신병은 그에게 크게 은혜를 받기라도 한 것처럼 고마워하며 그를 1호 원자의 주인처럼 대했다. 사실 우다왕은 류렌과 처음 관계를 가진 뒤부터 마음속에 미묘한 변화가 일고 있었다. 일종의 주인의식이 생기면서 자신도 모르게 마치 자신이 정말 류렌의 남편인 듯한 기분에 젖었던 것이다. 그는 류렌과 자신은 실질적인 부부관계이며 사랑과 은혜를 주고받는 사이라고 여기저기 말하고 다니고 싶었다. 단지 혁명의 기율 때문에 남들에게 믿을 수 없는 사실을 말할 수 없었고, 또 이런 얘기를 듣는 사람이 다른 사람에게 말을 옮겨 문제를 일으킬까 말하지 못하고 아무 일 없는 듯 병마개처럼 입을 굳게 다물었다.

자진거를 끌고 1호 원사로 놀아오자 우다왕은 무의식중에 또다시 우월감에 빠지기 시작했다. 이로 인해 류렌과의 사랑에도 두 사람 모두 뼛속 깊이 새겨 평생 잊지 못할 심각한 일이 하나하나 일어나기 시작했다. 그가 부엌 뒷문에 자전거를 밀어넣고 사 온 물건들을 하나하나 정리하고 있을 때 대문 밖으로 류렌이 걸어오는 모습이 눈에 들어왔다. 그녀의 손에는 방금 밖에 나가 사온 치약과 비누가 들려 있었다. 그녀가 항상 사용하는 분과 크림도 있었다. 류렌은 이 물건들을 들고 정문을 거쳐 부엌으로 들어섰다. 그녀가 식당 입구에서 식탁 위에 놓인 나무팻말을 힐끗 쳐다보며 우다왕에게 뭐라고 말하려는 순간, 갑자기 우다왕이 입고 있던 땀투성이 군복을 그녀에게 벗어 건네며 말했다.

"이봐요, 이 옷 좀 빨아줘요."

그녀는 넋이 나간 표정으로 그를 쳐다보면서 한참 미동도 하지 않다가 물었다.

"뭐라고?"

그가 다시 말했다.

"더워 죽겠어요. 가서 내 옷 좀 빨아달라고요."

우다왕은 휴가 때 집에 돌아가 보리를 베고 난 뒤 수레 가득 보리를 싣고 집으로 돌아와 아내에게 옷을 벗어 주면서 옷을 빨고 밥을 차리라고 말할 때와 똑같이 행동했다. 하지만 그의 앞에 서 있는 사람은 아내가 아니라 사단장의 부인이었다. 류롄은 잠시 멍하니 낯선 사람 바라보듯 그를 쳐다보았다. 그녀의 얼굴에는 옅은 구름과 안개가 일었다가 금세 걷혔다. 그녀는 아무 말도 하지 않았고 그가 건네주는 땀투성이 군복도 받지 않았다. 대신 반쯤 조롱 섞인 미소를 짓더니 '인민을 위해 복무하라'라는 문구가 새겨진 팻말을 가리켰다. 그러고는 들고 있던 물건들을 품에 안고 욕실로 가버렸다.

이는 그리 심각한 일이 아니었다. 하지만 이 하찮은 일이 장차 뼛속 깊이 새겨질 성애를 유발하고 말았다. 그가 부엌에서 '인민을 위해 복무하라'라는 나무팻말을 보았을 때, 팻말 위에 새겨진 붉은 글씨는 세월의 흔적이 흐릿해지고 부엌의 연기로 인해 선명하게 들어오지 않았다. 다섯 개의 별과 보리 이삭, 그리고 장총에도 오랜 세월의 흔적이 역력했고 역사의 깊이와 무게가 드러났다. 그러나 약간 칠이 벗겨지기 시작한 나무팻말과 그 위의 글자와 도안은 경종처럼 우다왕의 가슴을 울렸다. 우다왕은 다시 자신이 1호 원자 안에서 맡은 역할을 생각했고, 시골 출신 사병의 벗어날 수 없는 무겁고도 두터운 비천함을 생각했다.

그는 바람 빠진 풍선이 땅 위로 천천히 내려오듯 젖은 군복을 든 채 허공으로 뻗은 팔을 천천히 내렸다. 그 순간 그가 속으로 무슨 생각을 했는지, 어떤 사상 투쟁과 의식 전쟁을 치렀는지는 알 수 없다. 단지 몸을 웅크린 채 힘없이 군복을 땅에 내려놓고 멀리 눈길을 던졌을 뿐이다. 그는 부엌을 지나 다시 뒷문을 넘어 사단장의 정원을 바라보았다. 사단장의 정원에는 백양나무가 가득했다. 백양나무 줄기의 흉터들은 하나하나 커다란 눈처럼 나무의 몸 위에서 오랜 세월 잠을 이루지 못하다가 누군가 바라보면 시선을 맞받아 노려보는 듯했다. 우다왕은 백양나무의 가장 큰 흉터를 바라보았다. 원자의 채마밭을 사이에 두고 있긴 했지만 서로 이상할 정도로 집요하게 바라보고 있었다. 마치 벗겨지기 시작한 흉터의 껍질이 모두 자신의 단단한 속눈썹이라도 한 것처럼 선명하기만 했다. 이렇게 바라보는 사이에 그의 얼굴에는 희미하게 푸른빛이 일었다. 그는 다시 고개를 돌려 '인민을 위해 복무하라'라는 팻말을 힐끗 쳐다보고는 잠시 멍하니 있다가 귀신에 홀린 듯 벌떡 일어나 1층에 있는 욕실로 달려갔다. 그곳에 류롄의 모습은 보이지 않았다. 우다왕은 다시 쿵쾅거리며 위층으로 올라갔다. 욕실 문 앞에서 바라본 류롄은 방금 사온 흰 분을 둥그런 스펀지에 찍어 얼굴에 바르고 있었다. 하지만 우다왕은 앞뒤 가리지 않고 무모하게 달려 들어가 그녀를 품에 안고는 침실로 들어갔다. 너무나 다급하고 무모한 행동에 그녀는 그의 품에 안긴 채 발버둥 치다가 방 문 입구 벽에 걸려 있는 거울액자를 떨어뜨리고 말았다. 거울이 바닥에 완전히 닿기도 전에 우다왕의 큰 발이 거울을 밟았다. 유리가 산산조각 나는 순간, 인민의 군대는 사라지고 인민의 모든 것이 담긴 붉은 종이에는 그의 발도장이 회토로 커다랗게 찍혔다. 누런 글씨로 쓰인 두 줄의 철리哲理 구호 위로 거대한 전각篆刻 인장이 붉은 종이 전체를 덮고 있었다.

일순간 방 안이 이상할 정도로 고요해졌다.

그가 그녀를 내려놓자 두 사람은 놀란 눈으로 바닥에 나뒹구는 어록을 바라보다가 한참 차가운 눈길로 서로를 쳐다보았다.

그녀가 말했다.

"무슨 짓이야?"

그가 말했다.

"누님이 팔로 거울을 떨어뜨린 거예요."

붉은 종이 위에 찍힌 우다왕의 신발 자국을 바라보며 류렌이 말했다.

"내가 보위과도 선화 한 통만 하면 네 인생은 끝장이야."

"그렇게 하실 수 있겠어요?"

그녀는 반쯤 질린 우다왕의 얼굴을 바라보며 알쏭달쏭한 표정을 지었다.

"할 수도 있고 하지 않을 수도 있지."

그가 갑자기 부드러운 태도로 말했다.

"류렌 누님, 하지만 누님이 올라오라고 하신 거잖아요. 누님이 절 올라오라고 하지 않았다면 거울이 벽에서 떨어지지도 않았을 거예요."

류렌이 항변하는 눈빛으로 엄마의 따귀를 갈긴 불효자를 쳐다보듯 우다왕을 노려보았다. 의아해 하던 그녀는 서서히 얼굴이 창백하게 변하며 빨갛고 윤기가 흐르던 입술마저 파르스름해졌다. 우다왕이 그녀에게 몹시 무정하게 말했을 뿐 아니라 그녀의 명예마저 더럽혔기 때문이다. 그를 노려보던 그녀의 시선이 다시 얼음처럼 딱딱하게 변해갔다.

그녀가 말을 꺼냈다.

"샤오우, 자네 방금 뭐라고 했지?"

"누님이 절 위층으로 올라오게 했다고 말했습니다."

"내가 언제 자네더러 위층으로 올라오라고 했어?"

"방금 부엌에서 팻말을 가리키셨잖아요."

류렌은 잠시 멍한 표정으로 자신이 팻말을 가리켰던 것을 기억해내고는 아연실색하며 미소를 지었다. 파르스름하던 얼굴에 그의 말을 이해한다는 듯한 표정이 선명했다. 손가락질 한 번이 이처럼 희극적인 결과를 빚게 되리라고는 전혀 생각지 못했다. 그의 신분을 다시 한 번 일깨워주려 했던 손짓이 뜻밖에도 육체 복무를 강요한 꼴이 된 것이다. 그녀는 우다왕이 아래층에 있을 때 속으로 무슨 생각을 했는지, 얼굴에 어떤 변화가 일어났는지 알지 못했다. 그의 마음속에서 계급에 대한 반감이 아주 오랜 잠복기를 거쳐 서서히 자라났으리라고는 꿈에도 생각지 못했다. 류렌은 차가운 미소를 지은 뒤 우다왕의 순박하면서도 두터운 얼굴을 바라보았다. 그에게 미안함과 동정심이 일었다. 그녀는 그의 손을 들어 한쪽 젖가슴에 갖다 댔다. 그의 잘못을 위무하려는 것이었다. 자신의 젖가슴에 우다왕의 손을 올려놓고 가늘고 섬세한 손가락으로 그의 손등을 애무했다. 이미 익숙해진 이런 행동은 사실 우다왕의 무모한 행동에 대한 묵인이자 격려였다. 류렌의 이런 행동이 우다왕의 내면에 정체를 알 수 없는 원한과 증오를 심어주었고, 감정을 분출할 수 있는 구멍을 열어주었다. 그는 류렌이 부드러우면서도 댕댕하게 솟은 젖가슴을 자신의 손으로 애무하도록 내버려두었다. 그녀가 이리저리 위아래로 한참을 애무한 뒤 또 한참을 어루만지는 동안 그는 어린아이처럼 눈물을 흘리며 이를 악물고 입술을 깨물었다. 그러다가 갑자기 아무것도 보이지 않는 사람처럼 그녀를 품에 안아 일으키더니 바닥에 흩어진 유리조각과 마오 주석의 어록을 밟으며 침대 앞으로 다가가 밀가루 포대를 던지듯 그녀를 내던졌다. 그런 다음 거칠게 그녀의 옷 단추를 풀기 시작했다.

그녀도 그의 거칠고 분방한 행동에 몸을 내맡긴 채 자신의 옷을 완전히 벗기는 동안 모든 지령에 순순히 따랐다. 류렌이 천장을 바라보고 침대에 누워 두 다리를 허공을 향해 벌리자 우다왕이 침대 앞에 선 채 거칠고 맹렬하게 자신의 성물을 삽입한 뒤 미친 듯이 몸을 움직이기 시작했다. 진퇴를 반복하는 동작마다 보복의 심리가 가득했고 복수의 쾌감이 묻어 있었다. 그리고 바로 이런 심리와 쾌감 때문에 그의 내면 깊은 곳에 숨어 한 번도 드러나지 않았던 정복의 욕망이, 총도 쏠 줄 모르면서 천군만마를 호령할 수 있기를 바라는 황당한 병사의 갈망처럼 솟아났다. 그는 짐승처럼 즉흥적으로 생각해낸 이런 정사의 자세와 광기가 그녀에 대한 모욕이라고 생각했다. 이러한 거친 태도가 오히려 두 사람에게 이때까지 한 번도 느끼지 못한 미묘한 감정을 가져다주리라고는 생각지 못했다. 정사 막바지에 그녀는 전처럼 참을 수 없는 쾌락의 신음을 내는 대신에 갑자기 목 놓아 울기 시작했다. 그녀의 울음에는 핏빛이 가득했고 맑고 부드럽지만 어두운 까마귀 울음이 섞여 있었다. 그때까지 그녀가 보여줬던 남방 여인의 부드러움과 섬세함은 없었다. 그는 갑작스럽게 폭발한 그녀의 울음소리에 차갑게 몸이 굳어 멍하게 있었다. 그러나 점차 그녀의 울음에서 어린아이가 대장부를 이긴 듯한 승리의 기쁨을 느끼기 시작했다. 그녀를 정복하려는 욕념을 마침내 실현했다는 만족감이었다. 그는 더욱 광폭하고 거칠어졌으며 더욱 욕망과 감정에 충실해졌고 모든 규정과 법규를 어기며 더욱 제멋대로 굴었다. 아무것도 거리낄 것 없이 정사의 막바지에는 온몸 가득 땀을 흘리며 전에 없던 피로감마저 느꼈다. 두 다리가 후들후들해진 그는 일말의 부끄럼도 없이 자신의 성물을 창문을 통해 들어오는 밝은 빛 아래 노출시킨 채 바닥에 완전히 널브러지고 말았다. 언제인지 모르게 울음을 멈춘 그녀는 손이 닿는 대로 베개를 집어 두 다리 사이의 은밀한 곳을 가린 다음 그와 똑같이 완전히 벌거벗은 채 누워 있었다.

　한 사람은 침대 위에, 한 사람은 침대 아래 쓰러져 있었다. 주변에는 짓밟힌 마오 주석의 어록과 어지럽게 흩어진 유리조각들이 마치 일부러 흩뜨려 놓은 쓰레기들처럼 널려 있었다. 그는 사지를 쫙 벌린 채 그녀에게 눈길 한번 주지 않고 천장만 바라보며 미동도 하지 않았다. 그녀도 천장만 바라보며 미동도 하지 않고, 그에게 눈길 한번 주지 않았다. 두 사람 머릿속에는 정사를 끝낸 뒤 망연함이 모든 도시와 마을 구석구석을 완전히 뒤덮고 있었다. 갑자기 의지할 데 없는 공허함과 우울함이 찾아와 보이지 않는 흰머리처럼 집 안의 모든 공간에 가득 쌓여 두 사람을 한꺼번에 질식시키려 했다.

　때는 이미 오후였고, 창밖에서 비쳐 들어오는 햇빛 속에서 황금빛 먼지 알갱이들이 별처럼 춤을 추며 윙윙 소리를 내고 있었다. 마치 모기들의 노랫소리 같았다. 영내에서 들려오는 참새와 얼룩 비둘기 소리가 창문틀을 울려대는 가운데 지친 매미들이 한 번씩 울다가 멈추곤 했다. 아이들이 요란하게 울어대다가 갑자기 그치는 것과 같았다. 두 사람이 그렇게 조용히 누워 있는 사이에 천천히 시간이 흘

러갔다. 그 고요함 속에 좀처럼 보기 힘든 피로와 권태가
모습을 드러냈다.

얼마나 시간이 지났을까, 갑자기 그녀가 그를 쳐다보지
도 않고 물었다.

"지금 몇 시나 됐지?"

그녀가 천장에게 말하는 것 같았다.

"모르겠어요."

그 역시 고개를 돌리지 않고 대답했다. 천장에게 대답하
는 것 같았다. 그러고는 한마디 되물었다.

"배고파요?"

"안 고파. 샤오우, 우린 짐승이 된 것 같아."

"짐승이면 어때요."

"이런 화파희花把戱, 마술이나 잡기를 지칭하지만 여기서는 갖가지
부정한 방법을 의미함는 어디서 배운 거야?"

"화파희라니요?"

"방금 보여준 연극 말이야."

"뱃속에 원한이 가득 차 있어서 풀려다 보니 그런 방법
이 생각난 거예요."

"누가 그렇게 미운데?"

"모르겠어요."

"혹시 날 미워하는 거야?"

"아니에요. 그건 아닌 것 같아요."

"내게도 원한은 있어."

"누가 그렇게 미운데요?"

"누구라고 딱 꼬집어 말할 수 없지만 원한이 있는 건 분명해."

잠시 침묵이 흘렀다. 그녀는 말 없이 자리에 앉아 몸을 추스르더니 옷을 입은 다음 다시 침대에 누웠다.

"영내가 텅 비었어. 우리 둘 다 이 건물에 완전히 벌거벗은 채로 한평생 살았으면 좋겠다."

"누님은 이미 옷을 입었잖아요."

"응, 그래."

"사단장님은 언제 돌아오시나요?"

"신경 쓰지 마. 사단장이 돌아오면 내가 부탁해서 네 문제를 전부 해결해줄 테니까."

"저는 이것으로도 충분해요. 그저 사단장님이 돌아오시기 전까지 둘이서 사흘 밤낮 문 밖에 나가지 않고 먹고 자며 실오라기 하나 걸치지 않은 채 보냈으면 좋겠어요. 그러다가 사단장님이 돌아오시면 지금 이 자리를 그만두고 중대로 돌아가 아무 일이나 했으면 좋겠어요. 제 문제를 해결하는 건 그다지 중요하지 않아요. 그저 이 일을 그만둘 수만 있으면 좋겠어요."

"그건 왜지?"

"제가 감히 사단장님을 뵐 수 있을까요? 제가 어떻게 사단장님 얼굴을 대할 수 있겠어요? 저도 살고 싶어요."

두 사람은 입을 다물었다. 침묵이 쌓이기 시작했다. 그리고 시간이 흐를수록 침묵은 더 깊고 길어졌다. 그녀가 다시 뭔가 말을 하려 했을 때, 그는 그녀가 사단장이 돌아온 뒤에 자신이 해야 할 몇 가지 조치와 주의사항을 알려주려는 것이라 생각했다. 그러나 뜻밖에도 그녀는 그가 시장에 가서 어떤 물건들을 사왔는지 물어볼 뿐이었다.

우다왕이 기름과 소금, 간장, 식초 따위를 사왔다고 대답하자 류렌은 얼마나 오래 먹을 수 있겠느냐고 물었다. 그가 한 달이 지나도 다 먹지 못할 것이라고 대답하자 그녀가 갑자기 침대에서 몸을 일으켜 서서 손으로 흐트러진 머리를 대충 빗고는 그의 벌거벗은 몸을 살펴보다가 허리를 굽혀 잠시 그의 말랑말랑해진 성물을 만지작거리더니 웃으며 아래층으로 내려갔다.

우다왕은 그녀가 아래층에서 무엇을 하려는지 알지 못한 채 그녀의 발짝 소리가 아래층에서 건물 밖으로 향하는 소리를 듣고는 황급히 몸을 일으켜 창문 밖을 내다보았다. 류렌이 손에 자물쇠를 든 채 원자 대문 앞에서 잠시 머뭇거리더니 대로에 왕래하는 사병들이나 수장가족들이 보이지 않자, 대원大院이 완전히 비었다고 확신하고는 안으로 들어와 철문을 굳게 닫아걸었다. 그런 다음 두 손을 다시 철봉 틈새를 통해 문 밖으로 뻗어 밖에서 자물쇠를 잠가버렸다. 그렇게 1호 원자 안에 주인과 공무원마저 남아 있지 않은 것처럼 가장한 다음, 다시 돌아와 건물 앞뒷문을 전부 굳게 닫아걸었다.

건물 앞뒤는 모두 자물쇠로 굳게 채워진 데다 밖에서는 안에 사람이 있는지 없는지조차 구분할 수 없었다. 이로써 사랑의 음모는 준비를 끝냈고, 이제 남은 일은 이 속에 숨어 마음껏 사랑의 쾌락을 즐기는 것뿐이었다. 그는 창가에서 몸을 돌려 옷을 입은 다음, 단추를 채우고 그녀가 들어오기를 기다렸다. 그녀가 아래층에서 올라왔을 때, 그는 옷을 단정하게 입은 상태였으나 그녀는 또다시 실오라기 하나 걸치지 않은 채 그의 면전에 나타났다. 옥처럼 정결하고 빛나는 모습이었다. 두 사람은 문지방을 사이에 두고 서로를 바라보았다. 그녀가 먼저 입을 열었다.

"내가 원자 대문과 건물 현관문을 전부 닫아걸었어."

"부엌에 쌀이 충분하지 않아요."

"살펴보니까 찬장에 국수가 반 포대 정도 남아 있더군."

"그거면 되겠네요."

"어서 옷을 벗어. 뭐하러 입고 있는 거야? 날 보라고."

그는 다시 옷을 벗어 벗은 김에 아예 전부 그녀의 옷장에 집어넣어버렸다. 마치 영원히 높은 누각에 처넣고 다시는 꺼내 입지 않을 것 같았다. 두 사람 모두 벌거벗은 몸으로 대문과 건물에 있는 모든 출입문을 모두 걸어 잠갔다. 마치 세상 밖 또 다른 세상에 와 있는 기분이었다. 한 번도 경험해보지 못한 느긋함이 그동안 전혀 느껴보지 못했던 새로운 즐거움을 그들에게 가져다주었다. 두 사람은 서로 꼭 껴안았다. 엄마가 어린 아기를 마음대로 만질 수 있는 것처럼 류렌은 언제든지 그의 몸을 어디든 만질 수 있었다. 그는 살아 있는 여인의 조각상을 애무하듯 그녀를 어디든지 마음대로 빨고 핥을 수 있었다. 모든 것을 욕망에 따라 행동했고 어떠한 구속이나 제약도 받지 않았다. 피곤할 때면 앉아서 쉬었다. 그녀가 그의 몸 위에 앉지 않으면 그가 피곤한 두 다리를 들어 그녀의 허벅지 위에 올려놓았다. 바닥에 앉기도 했고 마음대로 눕기도 했다. 그녀의 허벅지를 베고 눕기도 했다. 그의 머리카락은 깎은 지 얼마 안 되어 평평하면서 뻣뻣했다. 우다왕이 한 번도 햇빛이 닿지 않은 그녀의 연약한 허벅지 부분을 머리카락으로 비벼대자 그녀는 뭐라 말할 수 없는 야릇한 기분과 짜릿한 간지러움과 쾌감을 느꼈다. 그가 고개를 약간 비틀자 류렌은 더욱 간지럼을 탔다. 그녀는 성숙한 여인이 간드러지게 웃는 소리를 냈다. 이 웃음소리는 작아졌다가 커지고 강해졌다가 약해지기를 반복하면서 결국 감춰져 있던 남자의 본성을 이끌어냈다. 그때마다 그는 그녀의 몸 위에서 마음껏 손발을 움직였다. 그녀는 마치 10대 소녀로 돌아간 것처럼 집안 곳곳을 뛰어다니다가 더 이상 달아날 곳이 없으면 그에게 순순히 붙잡히곤 했다. 그럴 때면 그는 미친 듯이 그녀의 몸 위로 달려들어 사랑의 행위를 벌였다. 그녀의 몸 위에서 운우의 밭을 갈고 씨를 뿌렸으며 난새와 봉황을 거꾸로 세웠고 양치기 소년들처럼 미친 듯이 산언덕 풀밭을 질주했다.

침대는 두 사람에게 더 이상 아무런 의미도 없었다. 그녀가 도망치면 그가 쫓아갔다. 어디든지 그녀가 도망치는 곳이 바로 두 사람의 침대가 되었다. 위층이건 아래층이건 집 안이건 밖이건 욕실이건 화장실이건 그들의 침대가 아닌 곳이 없었다. 붙여 놓은 의자나 부딪쳐 비스듬히 놓인 소파, 심지어 계단조차도 그들의 침대가 되었다. 기쁨에 겨운 두 사람의 사랑 노래와 미소가 넘치지 않는 곳이 없었고, 그 사랑이 머물러 환락의 씨앗이 뿌려지지 않은 곳이 없었다.

9장

류렌과 우다왕은 1호 원자에서 사흘 밤낮을 벌거벗은 채 있었다. 두 사람은 이미 인간의 본질로 돌아와 있었다. 그리고 그 원초적인 즐거움이 극에 달한 뒤 몸과 정신과 영혼이 모두 피로해졌다.

사단장의 사택인 1호 원자는 수장들의 원자 가운데 두 사람이 인간 본성에 따른 원시성을 발휘하기에 가장 적합한 곳에 있었다. 앞쪽으로 도로 건너편에는 사단본부 클럽의 뒷담이 있었다. 사단본부 대원大院이 인적이 전혀 없는 공터였을뿐더러 클럽은 항상 대문이 굳게 잠겨 있었다. 클럽 안에는 나고鑼鼓와 동기銅器, 그리고 마오 주석이 최고 지시를 하거나 베이징에서 중요한 회의가 있을 때, 또는 조국 땅에서 인심을 크게 고무해야 할 일이 있거나 민족 전체가 떨쳐 일어서야 할 중대한 일이 있을 때만 사용하는 일부 고급 악기들이 있었다. 주둥이가 사람 머리보다 큰 호른이나 몸체가 온통 구리로 되어 있어 사죽絲竹, 목재의 흔적을 찾아볼 수 없는 대나무, 어디서 사왔는지 모르는 장적長笛, 그리고 몸체가 새빨갛고 배가 항아리만 한 대고大鼓 등이 마치 죽은 사람들처럼 클럽 안에 조용히 누워 있거나 앉아 있었다. 어느 날 클럽 문이 열리고 사람들이 이 악기들을 연주한다 해도 아주 높고 두터운 붉은 벽돌 담장 때문에 사단장의 사택에서는 그 소리가 아주 미약하고 흐릿하게 들릴 뿐이었다.

이런 정황을 바탕으로 추론하건대 클럽에 사람이 있어 우다왕과 류롄이 있는 사택 내 소리를 들으려 한다 해도 그것은 푸른 하늘에 오르는 것보다 더 어려울 것이 분명했다. 1호 원자 뒤쪽으로는 채소밭과 버드나무 숲이 가로놓여 있고 그 숲 한쪽에는 사단 통신 중대의 본부가 자리 잡고 있었다. 사단장의 사택에서는 한 번도 통신 중대에서 나는 소리가 들린 적이 없었고 그곳에 남아 지키는 병사들도 이곳에서 나는 소리를 전혀 들을 수 없었다. 또한 원자 동쪽으로는 사단장 사택의 화원이 가로놓여 있는 데다 정원 밖에서 대문까지는 길이가 30미터쯤 되는 땅만 있고 건물은 없는 황량한 공터가 이어져 있었다. 원래 전 사단장은 사단의 수장을 위해 이곳에 오락 기능을 갖춘 단독 회의실을 만들어 식사 후에 신문을 보거나 한담을 나누고, 바둑을 두거나 탁구를 칠 수 있는 공간으로 제공할 계획이었다. 물론 회의가 있을 때는 모든 수장이 집을 나서기만 하면 곧장 회의실로 모일 수 있었다. 그러나 부사단장이던 현임 사단장이 진급하면서 어느 날 식사를 마치고 다른 몇 몇 수장과 함께 이곳에 잠시 서 있다가 이리저리 지형을 살피고 정황을 물어본 다음 이렇게 말했다.

"마오 주석께서 말씀하시길 힘들고 어려운 일이란 마치 커다란 짐이 우리 앞에 놓여 있는 것과 같아서 우리가 이를 어떻게 받아들이느냐에 따라 그 무게가 더할 수도 있고 덜할 수도 있다고 하셨소. 어떤 사람은 무거운 것을 두려워하여 짐을 살짝 들어보고는 무거운 것은 남에게 맡기고 자신은 가벼운 것을 어깨에 메기도 하는데, 이는 절대로 좋은 태도가 아니라고 하셨소. 한편, 누릴 만한 것은 전부 다른 사람들에게 주고 자신은 무거운 짐을 어깨에 메는 동지도 있소. 이들은 항상 고통에는 앞장서고 누리는 데는 맨 뒷전에 서는 사람들이오. 이런 동지야말로 훌륭한 동지라 할 수 있을 것이오. 이것이 바로 우리가 배워야 할 진정한 공산주의 정신이오."

사단장은 마오 주석의 어록을 외우고 난 뒤 신혼의 아내 류렌이 타주는 오후차를 마시러 1호 원자로 돌아갔다. 그 뒤로 요란하게 진행되던 공사는 곧 중단되었고 이곳은 황폐해져 풀과 나무들만 잔뜩 자라난 공터가 되었다. 공터 가장자리, 붉은 벽돌로 쌓은 담장 밖 초병은 사실 1호 원자와 수십 미터나 떨어져 있었기 때문에 두 사람이 건물 안에서 있는 힘껏 소리를 지르지만 않는다면 원자 안에서 나는 소리가 초병의 귀에 들릴 리도 없었다. 가장 가까운 서쪽에 사단 정치위원의 사택이 나란히 서 있긴 했지만 마치 하늘이 내린 기회이기라도 한 듯이 정치위원은 부대원들을 이끌고 훈련을 떠난 상태이고, 그의 부인도 말 그대로 대문을 굳게 닫아건 채 공무원들을 데리고 자신의 조상들을 빛내기 위해 친정으로 가족들을 만나러 가고 없었다.

마치 모든 것이 하늘의 뜻인 것 같았다. 우다왕과 류렌이 1호 원자 안에서 굳게 문을 닫아걸고 몸에 실오라기 하나 걸치지 않은 채 아무것도 거리낄 것 없이 대담하게 시간을 보낼 수 있도록 하늘이 조치해놓은 것 같았다. 두 사람은 이처럼 하늘이 내린 기회를 저버리지 않고 사흘 밤낮을 완전한 알몸이 되어 문 밖으로 단 한 발짝도 나가지 않았다. 배가 고프면 먹고 피곤하면 자고 깨어나면 다시 사랑의 행위를 벌이곤 했다. 그러나 이내 이들의 몸이 이들을 저버리기 시작했다. 사흘 밤낮을 이런 식으로 보내다 보니 몸이 피로해져 이전에 맛보았던 야수 같은 사랑의 기묘함과 생기 넘치는 쾌락을 누리지 못하게 되었다. 두 사람은 사흘 전과 똑같은 자세를 취했다. 그녀는 여전히 정면으로 침대에 누워 공중으로 다리를 뻗었다. 우다왕은 침대 아래 서 있었지만 사흘 전과 같은 격정과 야수성을 느낄 수는 없었다. 두 사람은 서로 온갖 생각을 다 짜내고 있는 대로 감정을 쏟으며 다양한 방법과 동작을 시도해봤지만 맨 처음 그 미친 듯했던 열정과 미묘함은 다시 찾아오지 않았다.

실패가 그림자처럼 두 사람의 애정 행위를 뒤쫓아 다녔다. 실패가 피로가 되고 피로는 다시 정신의 피곤을 불러왔다. 하는 수 없이 두 사람이 침대에 누워 잠을 청하게 되었다. 이때 류렌이 말했다.

"왜 그래?"

"피곤해 죽겠어요."

"피곤한 게 아니라 내가 더 이상 새롭지 않은 거 아냐?"

"옷을 입고 싶어요. 밖에 나가서 좀 걷고 싶어요. 건물 뒤에 있는 채마밭에 가서 채소를 좀 심다가 다시 들어오면 안 될까요?"

"그래, 입어. 평생 안 벗어도 돼."

침대에서 기어 내려온 우다왕이 류렌의 종려나무색 옷장으로 가 얼마 전까지 입었던 군복 상의를 꺼내다가 마오 주석의 어록이 새겨진 팻말을 땅바닥에 놓고 짓밟은 것보다 더 심각하고 중대한 사고가 일어났다. 이는 반시대적이고 반역사적이며 반사회적이고 반정치적인 정치 사건이었다. 우다왕이 군복을 꺼내다가 옷장에 있던 마오 주석의 전신 석고상을 떨어뜨린 것이다. 마오 주석의 전신 석고상은 퍽 소리와 함께 바닥에 넘어져 산산조각이 났다. 순식간에 방바닥 전체가 온통 석고 조각으로 가득 차버렸다. 마오 주석의 머리는 목에서 떨어져 나가 탁구공처럼 탁자 옆으로 튕겨져나갔고 눈처럼 흰 코도 떨어져나가 회토가 붙은 채로 콩알처럼 방 한가운데 나뒹굴었다. 방 안이 온통 희뿌연 석고 냄새로 가득 찼다. 그는 얼굴이 파랗게 질려 그 자리에서 몸이 굳어버렸다.

류렌이 놀라서 침대에서 벌떡 일어나 비명을 지르더니 탁자로 달려가 재빨리 전화 수화기를 집어 들었다. "여보세요!"몇 번 교환원을 부르던 그녀는 교환원에게 보위과장이 훈련하러 떠났는지 물었다.

수화기에서 상대방이 대답하는 소리도 제대로 듣지 못했던 우다왕은 갑자기 사태의 심각성을 깨달았는지, 류렌을 매섭게 노려보았다. 속으로는 그녀를 창녀라고 욕을 퍼붓고 있었다. 그리고는 손에 들고 있던 군복을 내던지고 류렌에게 달려들어 그녀에게서 수화기를 빼앗아 내려놓고는 말했다.

"어쩌려고 그래요?"

그녀는 대답하지도 않고 우다왕의 얼굴이 노기로 가득차 새파래진 것도 거들떠보지 않았다. 단지 그를 뿌리치고 수화기를 다시 집으려 발버둥칠 뿐이었다. 우다왕은 그녀가 다시 수화기를 잡지 못하게 하기 위해 알몸으로 탁자 한쪽을 가로막았다. 그러자 류렌이 아무 말 없이 탁자 쪽으로 몸을 거세게 밀어 붙였고 그 바람에 두 사람의 실랑이는 계속되었다. 우다왕은 뭐라고 중얼거리며 류렌의 팔을 잡고 탁자 바깥쪽으로 그녀를 밀어내 그녀가 탁자 가까이 접근하지 못하도록 저지했다. 두 사람의 밀고 당기는 모습은 마치 싸우는 것 같기도 하고 아닌 것 같기도 했다. 우다왕은 류렌이 그렇게 힘이 세리라고는 생각지도 못했다. 그가 류렌을 밀어낼 때마다 그녀는 물고기처럼 우다왕에게서 빠져나와 다시 수화기를 집으려고 탁자로 돌진했다. 결국 우다왕은 그녀를 꼼짝 못하게 하려고 품에 와락 안아버렸다. 마치 날개를 파닥거리며 몸부림치는 커다란 새를 안듯이 그녀를 품에 안고 침대로 데려가서는 알 수 없는 원한을 그녀에게 발설하듯이 쓸모없는 쓰레기 자루처럼 침대 위로 던져버렸다. 그러고는 바닥에 부서져 널려 있는 석고 파편을 발끝으로 힘껏 짓밟으며 연신 지껄였다.

"전화 걸 테면 걸어 봐. 어서 보위과로 찾아가 보라고."

계속 이렇게 말하며 그는 바닥에 널려 있는 석고를 짓뭉개 가루로 만들고는 마지막으로 탁구공만 한 마오 주석의 머리만 남자 어금니를 꽉 깨물고 있는 힘을 다해 발끝에 힘을 주어 오른쪽으로 돌리고 다시 왼쪽으로 돌려 짓이기며 말했다.

"류렌, 이 무정하고 의리 없는 것, 가서 보고해봐. 어서 보위과에 전화를 걸란 말이야."

그는 여전히 발끝으로 석고를 짓이기며 침대 가에 알몸으로 앉아 있는 류렌을 노려보았다. 석고가 전부 가루가 되어 더 이상 남은 것이 없을 즈음에야 문득 자신이 가슴속 분노와 원한을 한참 쏟아내는 동안 류렌은 한마디도 하지 않았다는 사실을 깨달았다. 그는 이상하다는 생각에 마음을 가라앉히며 그녀를 바라보았다. 하지만 류렌의 얼굴에는 놀란 기색이 전혀 없었다. 오히려 그전에 사랑을 나눌 때와 마찬가지로 비할 데 없이 신기하고 미묘한 보물을 바라보듯 그의 성물聖物에 눈길을 모으고 있었다. 우다왕은 침대 가장자리에 조용히 앉아 있는 그녀의 얼굴에 붉고 촉촉한 광택이 가득한 것을 알아차렸다. 새로운 비밀을 발견한 듯, 촉촉하게 젖은 눈동자로 그녀는 우다왕의 그곳을 뚫어지게 쳐다보며 미동도 하지 않고 있었다.

그는 고개를 숙여 자신을 바라본 뒤에야 자신이 실오라기 하나 걸치지 않은 채 서로 밀고 밀리면서 몸을 비벼대는 사이, 사흘 밤낮 동안 한 번도 경험하지 못한 뜨거운 열정을 느끼게 되었다는 사실을 깨달았다. 언제인지 모르게 소리 없이 꼿꼿해진 자신의 성물을 발견했을 때, 마음속에 가득했던 그녀에 대한 원한은 자신에 대한 분노로 변했다. 그녀는 그런 그를 구경꾼처럼 차가운 눈길로 바라보았다. 마치 공원에 있는 원숭이가 화가 나 가산假山을 이리저리 뛰어다니며 알 수 없는 원한과 분노를 거세게 분출하는 모습을 보는 것 같았다. 태연한 듯 앉아 있는 그녀의 얼굴에는 격동적인 붉은 윤기와 흥분이 가득했다. 그는 이런 모습을 바라보며 그녀에 대한 원망을 가라앉히기보다 오히려 마음 깊숙한 곳에서 쌓여 있던 원한을 더욱 증폭시켰다. 이런 상황에서 가장 훌륭한 복수의 방법일 수도 있는 사랑의 방식을 선택했다. 미친 듯한 사랑의 행위를 하기 위해 다시 한 번 숲 속의 야수와 같은 존재가 되어 더욱 강폭한 모습을 드러냈다. 한 마리 작은 새를 잡듯이 그녀를 붙잡아 두 다리를 바닥에 대고 침대에 엎드린 뒤 등 뒤에서 거칠게 들짐승 같은 성애 행위를 했다.

류렌은 우다왕의 몸 아래서 또 한 번 시원하게 목 놓아 울었다. 한바탕 울고 난 뒤에 그녀의 얼굴에 미소가 일었다. 그녀는 몸을 돌려 바닥에 무릎을 꿇고는 입으로 그의 성물을 빨기 시작했다. 그러더니 고개를 들어 촉촉이 젖은 눈빛으로 바라보며 말했다.

"일부러 석고상을 옷 밑에다 놓아두었던 거야. 옷을 꺼낼 때 석고상을 넘어뜨리게 될 줄을 뻔히 알면서 일부러 그걸 놓아두었던 거라고."

이런 그녀의 말에 희롱당했다는 생각이 든 우다왕은 그녀의 머리채를 잡지는 못하더라도 크게 호통치고 싶었다. 하지만 요염하고 매력적인 젊은 유부녀의 얼굴을 한참 쳐다보고 입 맞추다가 격한 목소리로 말했다.

"류렌 누님, 제가 방금 속으로 누님을 창녀라고 욕했어요. 하시만 마음에 두지는 마세요."

류렌은 그를 향해 고개를 가로저었다. 화난 기색이라곤 전혀 없었고 오히려 얼굴에는 찬란한 홍조와 감격의 환희가 가득했다. 밖에는 한 차례 가는 비가 내린 뒤였다. 비온 뒤 하늘은 높고 옅은 구름이 간간이 끼어 있는 가운데 요염한 해가 천지를 비추고 있었다. 건물 안도 찬란한 가을을 앞둔 계절의 빛이 가득했다. 침대 가장자리에 벌거벗은 몸으로 단정하게 앉아 있는 류렌의 얼굴에는 편안한 무언의 미소가 걸려 있었다. 그녀의 얼굴이 황금빛으로 물들어 있었다. 그리고 그 황금빛의 편안한 웃음 뒤로 소녀들만이 갖는 야릇하고 홍조 띤 수줍음과 젊은 유부녀만이 가질 수 있는 득의양양한 만족감이 서려 있었다. 젊고 아름다운 그녀의 타원형 얼굴에 금빛과 은빛이 한데 어우러진 옥 같은 광채가 비쳤다. 마치 보살이 젊은 시절로 되돌아간 것처럼 단아한 얼굴에 약간의 주름살이 보였다. 주름살이 있는 소녀만이 이처럼 사람들의 마음을 사로잡는 표정을 지을 수 있는 법이다. 그것은 마치 하얀 구름 뒤로 언뜻언뜻 드러나는 노을빛 같았다. 한쪽은 구름 한 점 없는 1만 리의 깨끗한 하늘이었고, 다른 한쪽은 1만 리 밖 한 송이 하얀 구름 뒤에 서려 있는 요염한 홍조였다. 이런 모습이 조용하고 단아한 분위기를 더욱 그윽하게 배가시켜주면서 친근하고 다정한 마음과 실오라기 하나 걸치지 않은 알몸의 위대함과 성결함을 실감하게 해주었다. 그녀는 그렇게 조용히 앉아 있었다.

우다왕은 나무처럼 그녀 앞에 서서 어린아이가 벌거벗은 여인의 성상聖像을 바라보듯 그녀를 바라보았다. 방 안은 더할 수 없이 고요했다. 세상이 이미 사라지고 두 사람마저 더 이상 존재하지 않는 것 같았다. 사랑의 행위 뒤에 남은 땀방울마저 아직 완전히 떨어지지 않은 상태였다. 고요함 속에서 천천히 두 사람의 몸을 타고 흐르던 땀방울 소리가 달이 나뭇가지 사이를 지나는 듯 미세하게 났다. 그녀의 몸에서 발산되는 증롱에 쩌낸 듯한 설백의 땀 냄새와, 그의 몸에서 발산되는 강물이 증발된 것 같은 누런 땀 냄새가 한데 섞여 방 안 가득 흰빛이 진하고 누런빛이 약한 소금 향기를 이루었다. 거기다 며칠 동안 창문을 열지 않은 탓에 가구와 벽에서 발산되는 후텁지근하면서도 반쯤 썩은 듯한 냄새가 두 사람 사이를 감돌면서 진부하면서도 신선하고 찰나적이면서도 영원한 분위기를 연출했다.

그 순간 그는 그녀를, 그녀는 그를 바라보았다. 웬일인지 류렌이 눈물을 흘렸고, 그 역시 따라 울었다. 두 사람의 마비되었던 내면 깊은 곳에서 흘러나오는 눈물이었다. 미친 듯한 성애가 그들이 한 번도 의식하지 못했던 위대한 사랑을 깨닫게 해준 것 같았다. 어쩌면 두 사람 모두 이미 마음속 깊이 서로 떨어질 수 없는 사랑을 느꼈지만, 필연적으로 남천지북南天地北으로 하늘과 땅처럼 멀어져야 하는 현실을 인식한 것인지도 모른다. 환락은 끝이 없었지만 고통은 항상 서둘러 찾아왔다. 이는 모든 인간이 공통으로 느끼는 감정이었다. 두 사람 모두 아무 말도 하지 않았고 누구도 먼저 몸을 움직이지도 않았다. 누구든지 먼저 말을 하거나 움직이면, 그 순간 모든 것이 끝날 것만 같았다. 그렇게 두 사람은 말 없이 눈물을 흘리며 한 사람은 앉은 채로, 한 사람은 선 채로 두 자 정도 떨어져 있었다.

눈물방울이 바닥에 떨어져 툭 소리를 냈다. 마치 건물 처마에 매달려 있던 커다란 물방울이 허공을 가르며 땅바닥으로 떨어지는 것 같았다. 그렇게 조용히 한바탕 울고 나서 그는 한 걸음 그녀에게 다가가 아이처럼 무릎을 꿇고 그녀의 다리 사이에 머리를 묻었다. 우다왕의 얼굴에서 뜨거운 눈물이 흘러내려 그녀의 허벅지에 떨어졌다. 눈물은 다시 무릎을 타고 정강이로 흘러내려 바닥으로 떨어졌다. 류렌은 가늘고 여린 손가락으로 하릴없이 우다왕의 짧은 머리카락을 가볍게 쥐어뜯었다. 그러고는 그의 머리와 이마에 눈물을 흘렸다. 그녀의 눈물은 그의 얼굴로 흘러내려 뒤섞인 다음 다시 그녀의 몸 위로 흘러내렸다. 그렇게 한바탕 울고 나서 그녀는 천천히 그의 얼굴을 들어 올려다보며 입을 맞추고는 차가운 어투로 물었다.

"샤오우, 나랑 결혼하고 싶어?"

"네."

"나도 그러고 싶어. 하지만 그건 불가능한 일이야."

그는 고개를 들어 조용히 그녀를 바라보았다. 눈빛으로 이유를 따져묻고 있는 것 같았다.

그녀가 재빨리 대답했다.

"내 남편이 네 사단장이라는 사실을 잊었어?"

이렇게 대답하는 그녀의 태도는 무척이나 평안하고 담담했다. 마치 물건 하나를 어디 두었는지 잊은 듯한 표정이었다. 그 순간 그의 두 눈에 가득했던 눈물이 서서히 멈추었다. 그에게 잊었던 무언가를 일깨워준 것 같았다. 눈물은 마치 줄이 끊어진 연처럼 서서히 바람에 날려 사라지고 빈 실타래만 남았다. 그녀를 바라보던 처연하면서도 따스한 그의 눈길은 서서히 딱딱하고 생경한 표정으로 변해갔다. 그리고 길을 가다 사람의 뒷모습을 잘못 본 것처럼 어색한 표정은 점점 굳어졌다. 그가 말했다.

"누님도 사단장님 곁을 떠나고 싶지 않군요?"

그녀가 말했다.

"떠나고 싶어. 하지만 그게 가능할까?"

"불가능할 것도 없지요."

"그는 사단장이야."

"사단장의 전처도 그와 이혼하지 않았나요?"

"그건 그 여자가 멍청해서 그런 거지."

"누님은 사단장에게 미련이 있군요?"

"그렇다고 쳐. 어차피 이혼할 수 없는 마당이니 네가 나랑 결혼하고 싶어 한다는 생각만으로 만족할거야. 난 한번 말한 건 반드시 실행에 옮기는 사람이야. 무슨 수를 써서라도 사단장이 너를 간부로 승진시키도록 해줄게. 아내와 아이도 산간 농촌에서 도시로 옮겨올 수 있게 하고. 네가 어떤 요구 조건을 말하든 전부 만족시켜줄게."

두 사람은 이미 많은 얘기를 나누었다. 눈물도 다 흘려버린 상태였다. 두 사람 모두 언제 울음을 멈췄는지, 사랑의 파도가 언제 각자의 마음속에서 서서히 퇴조했는지, 위대함과 신성함이 언제 일상성으로 변해버렸는지, 성스럽고 순결한 흰 천이 결국 언제 걸레로 변하는 여정을 밟기 시작했는지 의식하지 못했다. 우다왕은 류렌의 말을 지나치게 두려워하지도, 감히 불신하지도 않았다. 단지 군대에서 일어나는 모든 일이 필연적으로 이렇게 될 수밖에 없다는 것을 깊이 체감할 뿐이었다. 항상 마음속 어느 한순간이 몹시 아름다운 환상을 연출해내고, 이따금 그러한 환상이 미래의 실제적인 구상을 대체하게 되었다. 그러나 이제 두 사람은 눈물을 너무 많이 흘렸다. 누구도 상대방에게 바친 진실에 허위의식이 담겨 있다고 의심할 수 없었다. 단지 둘 다 현실을 직시하고 어쩔 수 없이 낭만에서 일상으로 돌아올 수밖에 없었다. 현실로 돌아오고 나니 모든 것이 구체적이고 명백했다. 눈물을 흘릴 때처럼 귀엽고 감동적이진 않았지만 오히려 더 선명하고 신선했으며, 더 구체적이고 생동감이 넘쳤다. 현실의 무기력함에 방금 전의 감동과 사랑에 대한 진실한 동경을 다시 맛보기 위해 우다왕은 학생 같은 성숙함과 진지함을 보이기 시작했다. 바닥에서 몸을 일으켜 몇 걸음 물러선 그는 탁자 옆 의자로 돌아가 방금 전과 같은 진한 감정으로 여전히 마음을 끌어당기는 류렌을 바라보며 조금 퉁명스러운 어투로 말했다.

"류렌 누님, 저를 어떻게 생각하시든, 누님과 사단장이 이혼을 하시든 말든, 저를 간부로 승진시켜주시고 제 아내와 아이들을 도시로 데려오게 해주시든 말든, 저 우다왕은 평생 마음속으로 누님께 감사하며 살 것이고 항상 누님을 마음속 깊이 간직할 겁니다."

그러나 우다왕의 고백은 그가 기대한 효과를 거두지 못했다. 류렌은 다시 한 번 고개를 들어 그를 쳐다보더니 잠시 침묵하다가 침대 가장자리에서 몸을 일으키며 빙긋이 웃고는 말했다.

"샤오우, 입이 아주 달콤해졌군. 그런 말로 이 류렌을 구워삶을 수 있을 줄 알았어?"

우다왕은 다급한 표정으로 눈을 크게 뜨며 말했다.

"못 믿으시겠어요?"

그녀는 그를 계속 놀리기라도 하듯이 말했다.

"귀신이라면 그런 말을 믿을지도 모르지."

우다왕은 마음이 더욱 다급해졌지만 그녀에게 마음속 충심을 증명할 방법이 없어 이리저리 두리번거리다가 결국 가루가 되도록 짓이겨진 마오 주석의 석고상으로 눈을 돌렸다.

"제 말을 못 믿으시겠다면 언제든지 보위과로 가서 절 신고하세요. 제가 마오 주석님의 석고상을 깨뜨렸을 뿐 아니라 고의로 발로 밟고 짓이겨 완전히 가루로 만들어버렸다고요. 신고만 하시면 저는 총살당하거나 평생을 감옥에서 보내게 될 거예요."

류렌은 너무 다급한 나머지 얼굴에 땀까지 흘려가며 또다시 바닥에 어지럽게 흩어진 석고 조각을 발로 밟고 비벼대는 그를 우두커니 지켜보았다. 그러나 그가 다시 고개를 들었을 때, 그녀의 얼굴은 강경하고 의연하게 변해 있었다.

류렌이 우다왕을 바라보며 말했다.

"샤오우, 네가 나를 잊을 수 없다고 해서 나도 너를 잊지 못할 거라고 생각하는 거야?"

"누님은 사단장 부인이시니까 절 잊는다 해도 저로서는 어쩔 방법이 없지요."

"내가 맹세라도 하길 바라는 거야?"

"입으로 하는 말은 아무리 약속하고 맹세한다 해도 소용없어요."

그녀는 갑자기 침대에서 일어나 탁자 옆 벽에 걸려 있던 마오 주석의 정면 초상화를 힐끗 쳐다보더니 큰 걸음으로 다가가 확 떼어버렸다. 그리고는 손으로 거칠게 구긴 다음 갈기갈기 찢어 바닥에 뿌린 뒤 흩어진 초상화를 발로 밟으며 말했다.

"자, 이젠 믿겠지? 이젠 믿을 수 있겠지? 못 믿겠다면 너도 보위과로 가서 날 고발해. 우리 둘 다 마오 주석의 저작을 학습한 적극분자들이면서 마오 주석의 상을 훼손했잖아. 누가 누구를 고발하든 둘 다 현행 반혁명분자인 셈이야. 하지만 넌 실수로 마오 주석의 석고상을 깨뜨렸지만 나는 고의로 초상화를 찢었으니까 나는 대 반혁명분자고 너는 소 반혁명분자인 셈이야. 이제 나 류롄의 마음속에 우다왕이 평생 살아 있을 거라는 말을 믿을 수 있겠지?"

그녀가 몹시 빠르게 말하며 그를 쳐다보았다. 우다왕은 그녀의 행동에 놀라 어느새 얼굴이 창백해져 있었다. 그는 그녀의 사랑 고백을 믿을 뿐만 아니라 스스로를 대 반혁명분자의 무대에 올려놓는 그녀의 행동에 감동했다. 그녀에 대한 자신의 사랑이 자신에 대한 그녀의 사랑보다 못하지 않다는 것을 증명하기 위해 우다왕은 몸을 돌려 세숫대야 뒤에 걸린 마오 주석의 어록을 끌어내려 구긴 다음, 바닥에 내려놓고 한쪽 발을 올린 채 말했다.

"저는 특대 반혁명분자예요. 총살을 당해도 두 번은 당해야 한다고요."

그녀도 지지 않고 방 안을 이리저리 두리번거리다가 책상 위에 놓여 있는 붉은 표지의 《마오쩌둥 선집》을 발견하고는 그 신성한 보서寶書를 집어들어 표지를 찢고 바닥에 내던졌다. 그런 다음 다시 《마오쩌둥 선집》의 내지를 마구 구겨 찢어버렸다. 마지막으로 마오 주석의 초상화가 인쇄된 보서 첫 장을 찢어내 마구 구겨서 뭉친 다음, 발로 밟으면서 그를 향해 말했다.

"네가 더 반동이야, 아니면 내가 더 반동이야?"

그는 그녀의 물음에 곧장 대답하지 않고 잠시 어지러운 방 안을 둘러보다가 침실 문 밖으로 몇 걸음 나가더니 계단 입구 벽에서 위에는 린뱌오와 마오 주석이 함께 찍은 사진이 인쇄되어 있고 밑에는 큰 글씨로 대해를 항해하는 조타수의 어록이 컬러로 쓰여 있는 거울 액자를 바닥에 내려친 다음, 다시 허리를 굽혀 손톱으로 두 위인의 눈 부위를 매몰차게 그어댔다. 위대한 위인들의 합동 사진 위로 네 개의 검은 구멍이 선명하게 드러났다. 그러고 나서 허리를 펴며 방 안에 있는 그녀를 향해 말했다.

"누님, 누님이 나를 따라올 수 있을 것 같아요?"

방문 밖으로 걸어나온 그녀는 할 수 있다고 답하며 수많은 지도가 걸려 있는 사단장의 집무실로 들어가 씩씩거리며 실물 크기만 한 마오 주석의 도금 조각상을 들고 왔다. 손에는 아주 단단하게 생긴 작은 망치가 하나 들려 있었다. 그녀는 우다왕 앞에 금빛 조각상을 내려놓더니 망치로 조각상의 고를 내려치면서 말했다.

"자네가 나를 이길 수 있을 것 같아?"

그는 대답하지 않았다. 대신 아래층 어디에서 가져왔는지 마오 주석의 얼굴이 새겨진 배지와 못을 하나 들고 들어오더니 그녀의 면전에서 못으로 배지에 새겨진 마오 주석의 코를 내리찍었다. 그런 다음 고개를 들어 그녀를 쳐다보았다. 방금 그녀가 한 질문에 대한 대답인 셈이었다.

그녀도 질세라 아래층으로 내려가 의약품 상자를 들고 와서는 그 위에 인쇄된 마오 주석의 두 눈에 대못을 하나씩 박았다.

그는 세숫대야에 쓰인 '사리에 대해 투쟁하고 수정주의를 비판해야 한다要鬪私批修'라는 마오 주석의 어록 다섯 글자 위에 붓으로 '자신의 사리를 추구해야 한다要自私自利'라는 다섯 글자를 써놓았다.

다시 그녀는 어디선가 군용 차 항아리를 찾아냈다. 그 위에는 마오 주석의 어록과 함께 마오 주석의 초상이 인쇄되어 있었다. 그녀는 마오 주석의 어록이 새겨진 차 항아리에 붓으로 마구 낙서를 한 다음 자신이 매일 하반신을 씻을 때 쓰는 자기瓷器 대야 안에 던져버렸다.

결국 아래층 응접실과 방, 벽, 모든 대야와 항아리, 상자와 의자, 마오 주석이나 혁명 위인들과 연관 있는 모든 것이 불타거나 파괴되었다. 집안을 이리저리 둘러본 류렌은 마오 주석의 초상이나 어록이 하나도 남아 있지 않다는 것을 확인하고는 갑자기 부엌으로 달려가 마오 주석의 어록이 새겨진 그릇마저 남김없이 깨버렸다. 마오 주석의 어록이 박힌 새 알루미늄 냄비도 마찬가지였다.

그녀는 또 트렁크와 옷장을 전부 뒤져 신성하고 장엄한 기물들을 찾았다. 그러다가 정말로 더는 찾을 것이 없자 식당으로 달려가 식탁 위에서 방금 전까지 자신들의 성애의 물증이 되었던 나무팻말을 집어 들어 땅바닥에 내던지려 했다. 바로 그때 그가 한 걸음 다가가 그녀의 손을 붙잡고 손에 든 나무팻말을 빼앗아 조심스럽게 식탁 위에 내려놓았다.

그녀가 말했다.

"샤오우, 이걸 내가 산산조각 내면 안 된다는 거야?"

그가 말했다.

"네, 그건 남겨두고 싶어요."

"그걸 남겨둬서 뭐하게?"

"뭘 하려는 게 아니라 그냥 남겨두려는 거예요."

"그럼 내가 세상에서 가장 큰 반혁명자이고 당에 숨어 있는 최, 최, 최, 최고의 여간첩이자 혁명의 대오 속에 매설된 엄청난 시한폭탄이란 사실을 인정하고, 나 류렌의 사랑이 자네의 사랑보다 백 배는 더 크다는 것을 인정해야 돼."

"그렇게 못 한다면요?"

"그렇게 못 한다면 이걸 부숴버리고 말 거야."

"알았어요. 인정해요."

"그럼 내가 하는 말을 세 번 따라해."

그는 류렌이 세상에서 가장 큰 반혁명자이자 당 안에 숨어 있는 최고의 여간첩이며 혁명 대오 속에 매설된, 수소폭탄보다 강력하고 원자탄보다도 백 배는 강력한 시한폭탄이라는 말을 세 번 반복했다. 그런 다음 자신에 대한 류렌의 사랑이 그녀에 대한 자신의 사랑보다 백 배, 천 배, 만 배는 더 강하다는 말을 세 번 반복했다. 다 복창한 뒤 우다왕은 다시 조용히 그녀를 바라보았다.

그녀도 그 자리에 가만히 서서 그를 바라보았다. 두 사람 눈에 모두 눈물이 고여 있었다.

황혼 빛은 진흙을 풀어놓은 흙탕물처럼 흐릿했다. 두 사람의 몸처럼 정결하고 깨끗한 흔적은 조금도 찾아볼 수 없었다. 하지만 황혼과 함께 따라온 밤바람은 시원함과 상쾌함을 가득 담고 문틈으로 스며들어와 물처럼 두 사람의 몸 안으로 파고들었다. 우당탕퉁탕 한바탕 때리고 부수는 소란에 뒤이어 찾아온 고요함은 심오하고 신비하기만 했다. 문 밖에서 가장 늦게 귀소하는 새 울음소리가 들판에 울려 퍼지는 소녀의 노랫소리처럼 밝고 부드럽게 들려왔다. 두 사람은 그렇게 두터운 고요함과 청려한 새소리 속에서 눈 물을 머금고 침묵하며 서로를 끝없이 바라보았다. 적막 속 에서 아주 긴 시간이 흘렀다. 네 권으로 된 마오 주석의 저 작처럼 두껍고 깊은 시간이 두 사람의 벌거벗은 몸 사이에 서 흐르는 물이 되어 호수와 바다에 이르렀을 때 그녀가 손으로 눈물을 훔치며 말했다.

"나의 남자여, 배가 고파요."

그 역시 손을 들어 눈물을 훔치며 말을 받았다.

"나의 아내여, 내가 곧 밥을 지어 바치리다."

"착한 남자여, 목이 말라요."

"착한 아내여, 내가 물을 떠다 바치리다."

"좀 추운 것 같아."

"옷 입을래요?"

"싫어, 안 입어. 죽어도 안 입어."

"그럼 어떻게 해요?"

그녀는 아무 말도 하지 않았다. 그저 '인민을 위해 복무하라'라는 문구가 새겨진 나무팻말을 집어 들었다가 다시 식탁 구석에 가만히 내려놓을 뿐이었다.

우다왕은 극도로 지쳐 몸 전체가 후들후들해진 그녀를 동생을 안듯이, 아이를 안듯이 안아서 천천히 위층 침실로 올라갔다. 계단에 떨어지는 발짝 소리가 마치 나무 북채로 힘없이 낡고 빈 대고大鼓를 두드리는 소리 같았다. 바닥에 가득 널려 있는 잔해들이 그의 발에 차이면서 툭탁 소리를 내며 옆으로 어지럽게 날아갔다.

10장

그날 밤 두 사람은 신성한 난장판 위에서 잠을 잤다. 전에 없이 질펀하고 짜릿한 사랑의 행위도 난장판인 바닥 위에서 순조롭게 완성되었다. 두 사람은 이런 어지러운 상태가 자신들에게 무궁한 힘을 가져다주리라고는 생각지 못했다. 마치 쓰레기 더미에서 신선한 꽃송이가 피어나리라고는 생각지 못한 것과 같았다. 하지만 극도의 쾌락을 만끽한 뒤에는 폭우처럼 피로가 쏟아졌다. 두 사람은 피로감 속에서 빨리 잠들었고, 그런 다음 배고픔 때문에 꿈속에서 소리를 지르다 잠에서 깼다.

우다왕은 다리가 후들거렸지만 전심전력으로 인민을 위

한 복무를 엄격하게 수행했다. 그녀와 자신을 위해 밥을 하다가 문득 집에 채소가 없다는 사실을 깨달았다. 이제 어쩔 수 없이 마오 주석의 성상을 훼손했던 것처럼 이레 밤낮을 문 밖으로 단 한 걸음도 나가지 않기로 했던 두 사람의 굳은 맹세를 깨뜨려야 하는 상황이었다. 다행히 날이 밝기까지는 그리 오랜 시간이 남지 않은 상태였다. 우다왕은 살그머니 위층으로 올라가 팬티를 입고 건물 밖 채마밭으로 가서 채소를 좀 뽑아오고 싶었지만 잠자던 그녀를 깨울까 두려워 알몸인 채로 살금살금 부엌 뒷문 자물쇠를 열었다.

문을 여는 순간, 달빛이 거대한 유리처럼 그의 몸 위로 몰려왔다. 하늘은 티 없이 맑은 푸른 빛이었고 떠가는 구름 한 점 없이 순결하기만 했다. 전혀 예상치 못한 풍경이었다. 은백의 달빛 속에 흩어져 있는 황금 빛줄기가 하늘에 걸려 서로 엉키지도 않고 전혀 움직이지도 않으면서 금세라도 하늘에서 떨어져내릴 것만 같았다. 우다왕은 갑자기 달빛이 두려워지기 시작했다.

어릴 적부터 그는 하늘에서 달이 떨어져내리지 않을까 두려워했다. 처음으로 달이 쾅 땅으로 떨어지지 않을까 두려웠던 것은 그의 부친이 병으로 세상을 떠났을 때였다.

두 번째는 신혼 첫날밤 희미하게나마 혼인의 무의미함을 느꼈을 때였다. 이제 그는 또다시 그런 느낌이 들었다. 그리고 이번에 경험한 이 갑작스러운 느낌은 그의 운명에서 예측할 수 없는 앞날을 암시했다.

우다왕은 자신이 직접 씨를 뿌리고 가꾼 채마밭 앞에 서서 황혼 무렵에 류롄이 마오 주석의 초상과 어록이 인쇄된 쟁반을 땅바닥에 내던지던 모습을 생각했다. 사단장이 징더전景德鎭에서 직접 만들어온 달빛처럼 흰 혁명의 채소 쟁반이 공중에서 호를 그릴 기회도 없이 곧장 땅바닥에 떨어져 산산조각 나고 말았다.

밭이랑 사이를 걸으며 우다왕은 지나친 피로와 노곤함을 느꼈다. 걸음을 제대로 걷지 못할 정도로 다리가 풀려 있었다. 하지만 우다왕은 달빛 교교한 밤에 그 무엇에도 비할 수 없는 시원함과 편안함을 느꼈다. 달빛이 마음속에 가득 차면서 자신이 마치 금과 은으로 가득 찬 창고 같다는 느낌이 들었다. 감히 마오 주석의 눈에 못을 박고 도금한 마오 주석 조각상의 코와 귀, 치아를 망치로 내리쳤던 그녀의 행동은 그녀가 우다왕을 너무도 확실히 사랑하고 있으며 추호의 의심 없이 그를 굳게 믿고 있음을 증명했다. 물론 자신과 절대로 떨어질 수 없을 정도로 그녀가 자신을 사랑하지는 않는다는 사실을 우다왕은 잘 알고 있었다. 하지만 자신과 자오어즈의 짜지도 싱겁지도 않은 혼인에 비하면 류렌과의 사랑은 이미 그의 황토 같은 속마음을 위로해주기에 충분했다. 류렌에게 사치스럽게 뭘 더 바랄 수 있겠는가? 부대대장급 군관이고 사단장의 부인이며 양저우 시내에서 자란 규수로, 모든 사람의 마음을 움직일 정도로 아름답고 목소리도 감미로우며 자신과 마찬가지로 사단의 전형적인 고참 모범군인에 마오 주석의 저작을 학습한 적극분자인 그녀가, 사단장이 없는 두 달 동안 자신과 부부로 지냈을 뿐 아니라 잠시도 건물 밖으로 나가지 않고 알몸으로 이레 밤낮을 함께 보냈으니 더는 바랄 것이 없었다. 그는 그녀의 몸에서 전 세계 여인들의 몸에 존재하는 신비한 곳을 다 보았으며 평생 꿈을 꾸어도 다 꿀 수 없는 격정과 쾌락을 경험했다. 그뿐만 아니라 수단과 방법을 가리지 않고 우다왕을 간부로 승진시켜주고 마누라와 아이를 풀도 자라지 않는 가난한 고향 두메산골에서 오매불망 그리던 도시로 이주시켜, 마침내 도시인이 되려는 그의 꿈을 실현시켜주겠다는 약속까지 한 터였다.

아내를 영내로 불러들일 것인지 말지에 대해서는 더 이상 이전처럼 조급해 하지 않았지만, 귀여운 아들을 생각하면 최대한 빨리 그들을 도시로 데려오고, 자신도 장교로 승진하여 두툼하고 주머니가 네 개 달린 녹색 장교 군복을 입고 싶었다.

사실 두 달 전만 해도 우다왕은 그가 자오 씨 집안과 했던 약속을 지키기 위해 간부가 되고 싶었지만, 두 달이 지난 지금은 부대에 오래 남아 근무하며 류렌과 은밀히 관계를 지속하고 싶었다. 류렌과의 관계에서는 이미 더 이상 사치를 부릴 것이 없었다. 일시적인 만족감이 만리장성처럼 그의 혈류와 맥관을 가득 채우며 이 절묘한 인생의 현실이 전혀 실감나지 않았다. 전에는 항상 고개를 숙이고 발그스름하게 얼굴을 붉히며 바라봐야 했던 사단장 부인과 자신이 이레 밤낮을 실오라기 하나 걸치지 않은 알몸으로, 산 속 동굴에서 풀을 뜯어먹고 사는 야만인처럼 보냈다는 사실이 도무지 믿기지 않았다.

이러한 행동이 우다왕으로 하여금 죽어 있던 삶에 대한 신선한 욕망을 자연스레 되살아나게 했다. 그는 자신의 본직이 채마밭에서 채소를 뽑다가 그녀를 위해 식사를 준비하는 것이고, 그녀는 위층에서 그가 준비한 식사를 갖다 바치기를 기다린다는 사실을 잊었다. 이미 완전히 밤에 도취되어 있었다. 달이 하늘에서 떨어질지도 모른다는 두려움이, 위대한 사랑의 놀라운 대가가 하천의 암류暗流처럼 그의 등 뒤에 숨어 있음을 예고한다는 사실을 알지 못했다. 이 밤이 지나면 그와 그녀의 사랑이 갑자기 멈춰버릴 것이라는 사실을 감지하지 못했다. 뼛속까지 시리게 하는 차가운 겨울이 자신도 모르는 사이에 여름과 가을에 이어 꼬리를 물고 다가올 추위는 동면중인 뱀과 같아서 경칩이 지나고 나면 고개를 쳐들고 땅굴 밖으로 기어 나와 그의 삶과 운명, 그리고 인생 전체를 바꿔놓을 예정이었다.

운명의 새로운 한 페이지가 열리고 사랑의 화려하고 경쾌한 악장은 이제 대단원의 막을 내리고 있었다. 막이 내리면 우다왕은 원자를 떠나게 될 것이었다. 자신이 사랑하는 채마밭과 화단, 포도넝쿨, 부엌 그리고 부엌 안에 있는, 표면상으로는 정치와 무관하고 마오 주석의 어록도 새겨져 있지 않으며 위대한 초상과 혁명의 구호도 없는 솥과 그릇, 젓가락과 채소 바구니와도 헤어지게 될 것이었다. 그리고 무엇보다 이미 자신의 마음을 완전히 점거하고 자신의 모든 혈액과 세포 속에 단단히 자리를 차지하고 있는 류렌과 헤어져야 했다. 지금 그는 이러한 이별이 자신의 인생에 어떤 변화를 가져오게 될지 알지 못했고, 그의 내면 깊은 곳에 어떤 영혼의 고통이 매복되어 있는지 알지 못했다. 자신에 관한 이야기가 여기서부터 180도 다른 방향으로 발전되리라는 것을 알지 못했다. 인간의 운명이란 항상 쾌락이 극에 달하면 슬픔이 생기고 극도의 격정 뒤에는 항상 긴 적막과 우울이 잠재되어 있다는 것을 알지 못했다.

우다왕은 지금 그런 혼돈과 무지 속에 빠져 있었다. 그때 류렌이 벌써 그의 등 뒤에 와 있었다. 그녀는 분홍색 팬티에 우윳빛 브래지어 차림으로 조용히 서 있다가 다시 아무도 모르게 건물 안으로 들어가 풀을 엮어 만든 돗자리를 들고 나왔다. 그녀의 손에는 비스킷 한 봉지와 물 두 컵이 들려 있었다. 건물 밖으로 나오면서는 걸음을 가볍게 하거나 발자국 소리를 줄이려 애쓰지 않았다. 그녀의 발자국 소리에 우다왕은 그제야 자연과 밤기운에 대한 탐욕스러운 꿈에서 깨어났다. 그가 고개를 돌렸을 때, 그녀는 이미 눈앞에 다가와 채마밭 가장자리에 물 두 컵과 비스킷을 내려놓고 있었다. 문득 우다왕은 자신의 임무가 생각났다. 그녀가 아직 밥을 차려주기를 기다린다는 사실이 생각났다. 그는 약간 미안한 듯 가벼운 목소리로 말했다.

"류렌 누님, 문 밖에 나오자마자 잊고 말았네요. 어떤 벌을 내리신다 해도 달게 받겠어요. 오늘 밤 달빛이 이렇게 좋을 줄은 몰랐어요. 춥지도 덥지도 않은 것이 말로 표현할 수 없을 정도로 상쾌하네요."

류렌은 그의 말에 대답하지 않았다. 얼굴에 유쾌하지 않은 표정도 짓지 않았다. 그녀의 얼굴은 아무 일도 일어나지 않은 것처럼 평온하기만 했다. 말할 필요도 없이 그가 건물 안에 없는 시간 동안 그녀는 이미 몸을 다시 한 번 정리하고 샤워를 했으며 머리를 빗었다. 그리고 당시로서는 극소수만이 상하이에서 사다가 쓸 수 있는 여성 전용 텔컴 파우더를 몸에 발랐다. 건물 밖으로 걸어 나왔을 때 그녀는 이미 마음과 영혼을 빼앗았던 밤낮에 완전히 작별을 고했다. 그처럼 평등하고 사랑과 은혜로 넘쳤던 날들이 이제 막바지에 이른 것이다. 여전히 사단장의 여인이었고 양저우 성 안에서 성장한 아름다운 규수였으며, 이 군영 전체, 아니 이 도시 전체에서 가장 성숙하고 고혹적인 젊은 유부녀였다. 팬티 하나만 입고 있었지만 이레 밤낮을 실오라기 하나 걸치지 않은 알몸으로 그와 더불어 미친 듯한 성애에 빠졌던 여인이 아니었다. 그녀는 이미 완전히 다른 사람이었다. 그녀의 후천적인 고귀함과 선천적인 매력이 이미 완벽한 조화를 이루어 그녀의 몸 위에서 분리할 수 없는 하나가 되어 있었다. 건물 밖으로 걸어 나온 그녀는 한마디도 하지 않다가 배추밭 한가운데로 가서 아직 다 자라지 않은 배추들을 뽑아 한쪽으로 던져놓고는 그 자리에 돗자리를 깔고 비스킷과 물 컵 두 개를 가운데 내려놓았다. 그리고 그를 바라보며 입을 열었다.

"샤오우, 이리 와봐. 이 비스킷 좀 먼저 먹어봐. 할 말이 좀 있어."

그는 그녀의 몸에서 감지하기 어려운 변화를 읽어냈다. 달라진 것은 그녀가 입고 있는 분홍색 요염한 팬티와 우윳빛 꽃무늬 브래지어가 아니었다. 조용하고 차분한 말투였다. 무슨 일인지는 알지 못했지만 무슨 일인가 일어났다는 것만은 확실히 알 수 있었다.

우다왕은 갑자기 겁이 나기 시작했다. 그녀가 두려운 것인지, 아니면 이미 일어난 어떤 일이 두려운 것인지 알 수 없었다. 그는 먼저 돗자리에 앉은 그녀를 바라보았다. 달빛 아래서 그녀의 몸은 여전히 깨끗했고 어깨 위로 검은 머리칼이 부드럽게 늘어져 있었다. 머리카락이 충분히 흐트러지지 않아서인지 그녀의 얼굴이 전보다 더 커보였다. 얼굴에는 여전히 잘 익은 사과처럼 사람들의 마음을 사로잡던 야릇한 매력이 가득했다. 그녀가 입은 브래지어의 흰빛은 이미 달빛 속으로 녹아버렸고 분홍빛 팬티는 달빛 아래서 더욱 신비롭게 그의 눈을 유혹했다. 이처럼 신비한 유혹이 방금 전 한순간 서로 멀어졌던 그와 그녀의 거리를 좁히며 다시 한 번 그에게 완전히 자신의 아내인 것처럼 자유롭게 대할 수 있었던 사단장 부인, 자신보다 몇 살 더 많은 류렌의 존재를 실감나게 해주었다. 긴장이 풀어지자 그는 그녀를 뚫어지게 쳐다보며 말했다.

"류렌 누님, 저도 옷을 입고 나올까요?"

"그럴 필요 없어."

"누님은 입었잖아요."

"나더러 옷을 벗으란 말이야? 벗으라면 벗을게."

우다왕은 그녀에게 옷을 벗으라고 말하려다가 그만두었다. 고요하고 몽롱한 밤기운 속에서는 다 벗는 것보다 최소한의 옷만 입고 있는 것이 훨씬 헛된 생각을 품게 했다. 그녀는 말로 표현할 수 없이 아름다웠다. 이 계절에는 찾아보기 힘든 계수나무의 진한 향기가 그녀의 몸에서 풍겨나왔다. 그는 그녀에게 가까이 다가가 다분히 의도적인 자세로 아이처럼 두 다리를 겹쳐 자신의 성물을 가렸다. 그가 자신의 성물을 가리는 순간, 그녀는 누나처럼 빙긋이 웃으며 담담하고 걱정스러운 표정을 지었다. 그런 다음 비스킷 몇 조각을 꺼내 그에게 건넸다.

"어서 먹어. 마지막까지 내가 시중을 들어야 할 것 같아."

두 사람은 그렇게 달빛 아래서 비스킷을 먹고 물을 마셨다. 우유 같은 은색 달빛이 물처럼 군영과 건물 뒤에 있는 이 채마밭 위로 뿌려졌다. 두 사람의 몸 옆으로 백양나무의 검은 그림자가 차갑고 음침하게 흔들리며 그들을 어루만졌다. 가까이 있는 귀뚜라미들은 울지 않았지만 귀 기울여 보면 나무 그림자가 두 사람의 몸 위로 가볍게 흔들리는 소리가 들렸다. 비단 자락이 몸을 스치고 지나가는 소리 같았다. 비스킷을 다 먹고 물도 마시자 그녀는 돗자리 위에 흩어진 부스러기를 치우고 빈 컵을 채소 아래 내려놓은 다음 잠시 하늘을 바라보며 말했다.

"달이 이렇게 밝은 줄은 몰랐어. 오늘이 음력으로 며칠이나 됐지?"

"모르겠어요. 아마 보름쯤 됐을 거예요."

그녀는 하늘을 바라보며 누워 달을 쳐다보았다.

"샤오우, 집 생각 안 나?"

그는 가까이 다가앉으며 틀에 박힌 말로 대답했다.

"군인이 무슨 집 생각을 하겠어요."

그녀가 그를 끌어당겼다. 그들은 나란히 누워 광활한 하늘을 바라보았다.

"정말 아내와 아이가 보고 싶지 않다고?"

그는 잠시 주저하다가 자신의 가슴에 그녀의 머리를 살포시 묻었다.

"류렌 누님, 무슨 걱정이라도 있으신 거예요?"

그녀가 가벼운 목소리로 대답했다.

"나 아이를 가진 것 같아."

우다왕은 그녀가 말하는 것을 분명히 들었음에도 이야기의 심각성을 제대로 이해하지 못한 채 잠시 멍하니 있다가 되물었다.

"방금 뭐라고 하셨어요?"

그의 담담한 반응에 류렌은 자신이 내뱉은 말을 다시하고 싶지 않았다. 그녀는 고개를 돌려 그를 한 번 힐끗 쳐다보고는 아무 말 없이 끝없는 밤하늘과 달빛만 바라보았다. 그녀의 얼굴에서는 화난 기색을 찾아볼 수 없었다. 오히려 그가 감지하지 못하는 미세한 희열이 감돌았다. 그녀는 그렇게 아무 말도 하지 않고 평온하고 조용한 얼굴로 하늘만 바라보았다. 마치 정신을 집중하여 하늘 위를 떠도는 구름과 하얀 달을 관찰하는 것 같았다. 하늘 아래 채마밭에서는 귀뚜라미 울음소리가 비처럼 밝고 환하게 솨라라 울려퍼지다가 다시 나뭇잎 위로 떨어져 모든 잎새마다 감내

할 수 없는 진동을 느끼게 했다. 어디서 불어왔다가 어디로 불어가는지 모르는 미세한 바람이 삼면이 담장이고 한 면이 나무인 채마밭을 시원하게 훑으면서 밭에 가득한 부추와 콩, 토마토, 오이 그리고 아직 덜 익은 배추를 뒤흔들었다. 두 사람에게서 그리 멀지 않은 곳에 토마토 밭이 있었다. 큼지막한 토마토가 가지처럼 시렁에 걸려 밤기운 속에서 붉은 빛과 시큼하면서도 달콤한 향기를 토해냈다. 토마토 밭 근처에는 몇 줄로 나란히 심어놓은 부추와 파도 있었다. 이레 밤낮을 문 밖에 나오지 않아 부추를 벤 적이 없어서인지 이미 길게 부추 다발이 자라 있었다. 이 밤, 톡 쏘는 향기는 순전히 부추 밭에서 풍기고 있었다.

우다왕은 부추를 베야 더 이상 베지 않고 내버려두면 너무 질겨 먹을 수 없게 된다는 것을 알고 있었다. 그러나 그 톡 쏘는 향기가 부추를 베지 않으면 안 된다는 사실을 일깨워준 순간, 우다왕은 류렌의 임신이 가져올 복잡한 상황을 깨닫게 되었다.

그는 자리에서 일어나다가 불어오는 바람에 하마터면 류렌의 우윳빛 브래지어를 벗겨 돗자리 위로 떨어뜨릴 뻔했다. 그가 물었다.

"류렌 누님, 방금 뭐라고 했어요?"

"난 아무 말도 안 했는데."

"말했잖아요. 아이를 가진 것 같다고."

"아이를 가진 것 같다고 말하긴 했지. 하지만 갖지 않은 것 같기도 해. 매운 맛도 모르겠고 신맛도 모르겠으니 말이야. 자네가 오늘이 보름쯤 된 것 같다고 말했잖아. 나는 매달 이때쯤 되면 월경을 하거든. 그런데 이번 달에는 아직 아무런 느낌도 없어. 월경을 하지 않는다면 임신했을 가능성이 높지. 어쩌면 우리가 침대 위에서 미친 듯이 뒹굴었기 때문에 월경주기가 정상을 잃어 며칠 뒤로 미뤄진 것인지도 몰라."

말을 마친 그녀는 돗자리에서 일어나 그와 어깨를 나란히 하더니 다시 반쯤 몸을 돌려 얼굴을 마주했다. 발과 무릎도 마주했다. 그러고는 아이처럼 장난스럽게 자신의 엄지발가락으로 그의 발등을 긁어댔다. 그도 엄지발가락으로 그녀의 토실토실한 발등을 밟았다. 이쯤 되자 모든 경보가 해제되어 두 사람은 다시 사랑의 상태로 돌아갔다. 그러나 우다왕이 또다시 범상치 않은 일상으로 돌아왔을 때, 그녀는 오히려 더 복잡하고 현실적인 문제를 꺼냈다.

그녀가 또다시 돗자리 바닥에 몸을 누이며 말했다.

"샤오우도 누워 봐. 할 말이 좀 있거든. 솔직히 대답해야 돼. 사단장이 너를 사택에서 일할 수 있도록 뽑은 건 솔직하고 성실한 심성을 보았기 때문이라고."

"뭐든지 물어보세요, 류렌 누님."

그녀가 다시 재촉했다.

"누우라니까."

그는 또다시 그녀와 어깨를 나란히 하고 누웠다. 방금 전의 평온함 때문에 두려움과 불안은 이미 말끔히 해소된 터였다. 그녀의 매끄러운 어깨를 팔로 감싸는 순간, 그의 심리와 생리에 미묘한 변화가 일어났다. 그녀의 매끄럽고 빛나는 피부가 미세한 물줄기처럼 자신의 어깨 위로 흘러내리는 것이 느껴졌다. 동시에 그녀의 몸에서 나는 파우더 냄새를 맡았다. 진하고 달콤한 것이 마치 이 계절이면 농익는 참외나 사과 향기 같았다. 그는 뭔가 이상하다는 생각이 들었다. 그녀가 그의 곁에 그렇게 오래 누워 있었는데도 사랑의 냄새를 맡지 못했다. 그저 항상 맡아 익숙해진 텔컴 파우더 냄새인 줄로만 알았다. 그가 그 진하고 농염한 백색 향기의 맛을 느낄 수 있었던 것은 밤이슬로 향기의 분말이 다소 끈적끈적해졌기 때문이었다. 그 향기는 주위의 채소 잎에도 달라붙고 비린내 나는 흙에도 달라붙어 짐승고기처럼 요염하고 아름다운 붉은 빛을 띠며 달빛 아래 그의 주변을 맴돌고 있었다.

우다왕은 그녀의 몸 위로 올라타 뭔가를 애타게 갈구하는 듯한 표정으로 말했다.

"류렌 누님, 지금 누님을 갖고 싶어요."

"우선 좀 내려가 봐. 할 말이 있다니까."

그가 어쩔 수 없이 아이처럼 내려와 그녀의 포근한 가슴을 배게 삼아 머리를 올려놓았다. 그의 오른쪽 귀와 눈이 그녀의 왼쪽 젖꼭지에 맞닿아 있었다.

그녀는 그의 머리를 살짝 들어 올려 배 위에 올려놓고는 의미심장한 어투로 말했다.

"샤오우, 만약 내가 정말로 네 아이를 임신했다면 두렵지 않겠어?"

"두렵지 않아요."

"사단장이 두렵지 않단 말이야?"

"전 차라리 사단장이 모든 걸 알았으면 좋겠어요."

"정말로 사단장이 알게 되면 어떻게 되는데?"

"기껏해야 저를 감옥에 처넣겠지요. 총살만 당하지 않는다면 출옥하는 대로 누님과 결혼하면 되잖아요."

"결혼한다고? 어떻게 결혼한단 말이야?"

"사단장이 모든 걸 알고 나서도 누님을 필요로 할까요?

그렇게 되면 사단장이 누님을 원치 않을 테니 저랑 결혼하면 되잖아요."

그녀는 아무런 대답도 하지 않았다. 사단장이 두 사람에 관한 사실을 전부 알게 된 뒤에도 계속 그녀를 원할지, 그녀와 계속 부부관계를 유지할지, 그녀에게 여전히 사단장 부인의 영예와 지위를 유지하게 해줄지 그녀도 알 수 없었다. 그녀는 그의 말을 받아 정문일침으로 물었다.

"나와 결혼한다면 아내와는 이혼할 생각이야?"

"네. 누님이 제 아내와 아이를 도시로 전입시켜주고 매달 월급을 받을 수 있는 일자리를 구해주시기만 하면, 아이에게 도시에서 학교를 다니면서 공부할 수 있게만 해주시면 돼요."

그녀는 몸을 일으켜 앉으며 말했다.

"그들을 도시로 데려올 수 없게 되면 어떻게 할 건데?"

그도 몸을 일으켜 앉으며 대답했다.

"누님은 할 수 있어요. 이건 제가 아내에게 서약서를 써주면서 약속한 거예요. 꼭 그렇게 해야 돼요."

"나는 만약의 경우를 말하는 거야."

"만약이라는 게 어디 있어요. 누님한테는 이런 일이 조금도 어렵지 않아요. 두 사람을 도시로 데려와 아내가 매달 월경 때마다 두루마리 화장지를 사용할 수 있게만 해 주신다면 저는 평생 두 사람에게 부끄러울 것이 없다고요. 저더러 이혼하라고 하시면 이혼하고 누님이랑 결혼하자고 하시면 결혼하겠어요. 그때 가서 사단장이 누님을 원치 않는데도 누님이 저더러 이혼하라 하시면서 저랑 결혼하지 않는다 해도, 제가 누님한테 조금도 어울리지 않는다는 생각에 저랑 결혼하지 않는다 해도 전 누님 곁을 떠나지 않을 거예요. 저는 제가 누님에게 어울리지 않는다는 걸 잘 알고 있고, 그래서 감히 누님과 결혼한다는 것은 생각도 못하고 있어요. 전 이혼한 뒤에는 누구와도 다시 결혼하지 않을 것이고 다시는 제 아내를 만나러 가지 않을 거예요. 누님이 언제든지 절 보러 오시면 누님께 최선을 다해 봉사할 것이고 혹시 제 눈앞에 '인민을 위해 복무하라'라는 그 팻말을 내려놓거나 제게 전화 한 통만 걸어주시면 저 우다왕은 즉시 누님 앞에 나타날 것이고 누님의 침대로 달려갈 거예요."

우다왕은 그녀를 바라보았다. 과제를 제출한 아이가 선생님의 얼굴을 바라보는 것 같았다. 류렌도 고개를 돌려 우다왕의 얼굴을 바라보았다. 그가 한 말의 진정성을 판단하는 것 같았다. 두 사람은 몇 뼘 되지 않은 거리에서 서로 얼굴을 맞대고 있었다. 류렌은 달빛 덕에 우다왕의 얼굴에 장난기가 하나도 없다는 것을 알 수 있었다. 자신의 얼굴을 우다왕의 얼굴에 바짝 갖다 대고는 몇 차례 입을 맞춘 뒤 스스로 브래지어를 벗고 팬티를 벗어 돗자리 가장 가까이에 있는 채소 위에 던져놓았다. 그러고는 우다왕의 실오라기 하나 걸치지 않은 몸과 살짝 물에 젖은 얼굴을 바라보며 어쩔 수 없이 한마디 더 엄준하게, 상대가 방비할 틈도 없을 만큼 급박하고도 급박하게 던졌다.

"샤오우, 사단장님의 교육이 예정보다 일찍 끝났어. 내일이면 돌아오실 거야. 오늘이 나와 네가 함께 보낼 수 있는 마지막 밤이야. 지난 두 달 동안 내게 잘해줬고 충실히 봉사했지만 이제 곧 날이 밝아올 거야. 시간이 많지 않아. 오늘 밤은 네가 하고 싶은 대로 하면서 보내기로 해. 나를 고향에 있는 아내라고 생각해. 내가 너에게 어떻게 해주었으면 좋겠는지 기탄없이 말해봐. 이 마지막 밤을 너에게 봉사하고 최대한 잘 해줄게. 너에게 몸과 마음을 다해서 네가 평생 나를 잊지 못하고, 내 몸을 잊지 못하게 해주고 싶어."

그녀의 말은 가볍지도 무겁지도 않았다. 거기에는 진정성과 슬픔이 담겨 있었다. 아주 진하진 않았지만 우다왕은 그녀의 진심과 슬픔을 분명히 감지할 수 있었다. 달은 계속 동쪽으로 이동하여 이미 군영에서 100리 정도 멀어져 있었다. 채마밭 위로 점점 진하고 소리 없이 추위가 내려앉으며 희고 여린 류렌의 살갗에 아주 옅고 흐릿하게 푸른빛이 돌았다. 어깨와 팔에도 이미 닭살이 한 겹 일기 시작했다. 우다왕은 정말로 한기를 느꼈다. 달이 옮겨가고 바람이 부는 날씨 때문이기도 했지만, 그녀가 내일 아침이면 사단장이 돌아온다는 소식 때문이었다.

그녀는 이미 그의 옆에 그렇게 조용히, 그렇게 자연스럽게, 그렇게 편안하게 누워 있었다.

그는 그녀를 잠시 쳐다보았다. 마치 땅 위에 비할 수 없이 거대한 인체 누드가 그려져 있는 것 같았다. 배경 속의 채마밭과 달빛은 그토록 핍진하고 사실적이었지만 그의 눈에는 약간 흐릿하여 화가가 색을 칠하면서 인체의 윤곽과 시의詩意를 돌출시키기 위해 일부러 모호하게 처리한 것 같았다. 그녀는 바로 그 모호함 속에서 급박하게 숨 쉬고 있었다. 한 차례 거센 사랑의 소나기와 천둥번개를 기다리는 것 같았다. 그러나 그는 오히려 그 자리에 꼼짝 않고 앉아 있다가 천천히 그녀의 손을 잡아끌었다. 마치 엄마를 잃을까 두려워하는 아이가 손을 잡아끄는 것 같았다.

왜 그런지 알 수도 없고 뭐라고 딱 꼬집어 말하기도 어려웠지만 갑자기 울고 싶어졌고 정말로 눈물이 쏟아져 나왔다. 이 크지도 작지도 않은, 위대하다고 말할 수는 없지만 그렇다고 결코 평범하다고도 할 수 없는 애정의 레퍼토리 가운데 처음으로 그가 먼저 흘리는 눈물이었다. 말할 필요도 없이 일이 처음 시작될 때부터 우다왕은 이 일의 결말도, 사단장이 돌아오면 서둘러 연극의 막을 내려야 한다는 것도 알고 있었다. 하지만 아무리 그렇다 해도 사단장이 내일 집으로 돌아온다는 사실은 너무 갑작스러운 데다 받아들이기 어려웠다.

"사단장님에게서 전화가 왔나요?"

"혼자 여기 나와 있는 동안 전화 벨소리 못 들었어?"

그는 분명 전화벨을 듣지 못했다. 들어야 할 필요도 없었다. 그러나 가장 중요한 문제는 사단장이 없는 동안 몇 번이나 전화벨이 울렸고 류롄이 사단장과 전화로 무슨 얘기를 나눴는지, 두 사람 사이의 사랑 이야기를 어떻게 둘러댔는지 한 번도 생각해보지 않았다는 것이었다. 묻지 말아야 할 것은 묻지 말고 듣지 말아야 할 것은 듣지 말며 말하지 말아야 할 것은 말하지 않는 것이 그의 직무였다. 직무 수행의 관성이 그로 하여금 이 점을 소홀히 하게 만들었고, 바로 이 소홀함 때문에 그는 이 거대한 연극에서 더 많은 평안을 얻고 가슴 졸이게 하는 수많은 걱정으로부터 자유로울 수 있었다. 그러나 이제는 현실에 직면하지 않을 수 없었다. 사단장이 돌아오기 전에 하지 않으면 안 되는, 둘 중 하나만 가질 수 있는 양자택일을 해야 했다.

"류롄 누님, 집에 돌아가고 싶어요."

"언제 갈 생각인데?"

"내일, 사단장님이 돌아오시기 전에요."

그녀는 몸을 일으켜 앉으며 그를 품에 안고는 머리를 틀어 그의 어깨 위에 얹으면서 말했다.

"두려워? 내가 있잖아. 아무것도 두려워하지 마. 내가 아무 일도 없었던 것처럼 모든 걸 다 제대로 처리해놓을 테니까 말이야."

이런 말로 위로하던 그녀는 우다왕이 반응을 보이기도 전에 생각을 바꿨다.

"고향으로 내려가는 것도 나쁘지 않겠지. 가서 아내와 아이도 만나고 한동안 집에서 지내는 거야. 내가 휴가를 줄 테니까 중대에서 편지나 전화가 갈 때까지 집에서 지내면서 돌아오지 않아도 돼."

"......"

두 사람은 서로를 바라보며 몸을 기댄 채 아주 자연스럽
게 돗자리 위로 쓰러졌다. 마치 운명에 대항할 힘이 없어
예정된 운명의 표류에 몸을 맡긴 채 현실을 받아들일 마음
으로 의기소침하게 가라앉은 모습이었다.

11장

우다왕은 위시에 있는 고향으로 돌아가 휴가를 보냈다. 한 달 반이 넘는 휴가 기간이 그에게는 1년을 감옥에서 보내는 기분이었다. 그는 사단장이 돌아온 이후 류렌의 신변에 어떤 예상하기 힘든 일이 일어났는지, 어떤 뜻밖의 일이 있었는지 알지 못했다. 훈련을 마치고 돌아온 중대장과 지도원, 그리고 중대의 고참 병사들과 신병들이 그가 사라진 데 대해 어떤 의론을 펼쳤는지 알지 못했다. 그저 류렌이 빈틈없이 조치한 것에 따라 우다왕은 그날 오전 10시에 기차역에 도착했다. 과연 그곳에는 수장의 출장을 위해 전문으로 침대차를 예약해주는 군 대표가 충성스러운 모습으로 그를 기다리고 있었다. 군 대표는 당시로서는 매우 구하기 힘들었던 보통급 침대차 차표를 그의 손에 쥐어주고, 특수 군인 통행증을 꺼내 보여준 다음 편지 봉투에 넣어 그에게 건넸다. 그러면서 가는 길 내내 소중하게 보관할 것을 당부했다. 항상 몸에 휴대하고 다니면서 화장실에 갈 때도 몸에서 떼지 말라고 했다.

키가 크고 호리호리한 장교가 우다왕에게 기차표와 통행증을 건넨 뒤 군 대표 사무실로 돌아갔다. 우다왕은 넓은 기차역 대합실에 홀로 남았다. 진정한 고독은 그때부터 시작되었다. 삶과 사랑에서 오는 어쩔 수 없는 무력감이 일었다.

류렌은 1호 원자 문 앞까지만 배웅했을 뿐 우다왕과 함께 역으로 오지 않았다. 관리과에서 보내온 지프차 한 대가 문 밖에서 빨리 나오라고 재촉하듯 몇 번 클락션을 울리는 동안 그들은 작별인사를 했다.

"자, 이 돈 받아. 집에 가는 길에 아내에게 옷 한두 벌 사다주고 아이에게도 장난감이랑 먹을 것 좀 사다줘."

그의 손에 10위안짜리 깨끗한 지폐 스무 장을 쥐어주며 류렌이 말했다.

우다왕은 고개를 가로저으며 받지 않았다. 그녀는 공문

을 넣는 데에만 쓰는 가죽 서류 케이스에 억지로 쑤셔넣었다. 곧이어 밖에서 출발을 재촉하는 클락션이 두 번 더 울렸다.

우다왕의 눈물이 응접실 바닥에 진주처럼 떨어지자 류렌은 그를 향해 빙긋 웃어주었다. 몹시 수척하고 참담한 웃음이었다. 그의 고향 척박한 산언덕에 피어난 들풀과 들꽃 같은 웃음이었다. 그는 그녀의 웃는 모습을 바라보며 가까이 다가가 손을 잡으며 말했다.

"누님, 누님을 다시 만날 수 있을까요?"

류렌은 우다왕이 손을 잡도록 내버려두었다가 다시 빼내며 말했다.

"어서 가, 밖에 차가 기다리고 있잖아."

우다왕은 하는 수 없이 몸을 돌려 1호 원자를 떠났다.

그는 그녀가 자신을 문 밖까지 배웅해주기를 원하면서도 그러지 말라고 했다.

"누님은 그냥 여기 계세요. 밖에까지 나오실 필요 없어요."

류렌도 문 밖으로 나오지 않았다. 하지만 지프차가 1호 원자에서 멀어져갈 때, 그녀가 문 밖에 나와 있는 것이 보였다. 그녀는 포도 시렁 아래에 서서 얼굴에 미소를 띤 채 그를 바라보며 손을 흔들고 있었다. 그녀의 모습은 시든 들국화처럼 쓸쓸하면서도 찬란하게 그의 가슴 속에 각인되었다.

우다왕은 류렌의 그 처연한 미소가 자신에게 평생 불멸의 낙인이 되리라고는 생각지 못했다. 기차역에서부터 고독이 찾아들기 시작했다. 하지만 그가 위시의 바러우 산맥에서 6주를 보내는 동안 그녀의 수척하고 처연한 미소는 그에게 커다란 위로가 되었다.

우다왕은 그 6주 동안 자신이 꼬박 5년을 근무한 군영에서 하늘과 땅이 뒤집힌 듯한 대사건이 벌어졌다는 사실을 알지 못했다. 일찍이 혁혁한 전공을 세운 바 있는 위대한 부대가 커다란 그릇에 담긴 황금빛 물이 바다로 흘러 사라지듯, 갑자기 국가의 군대편제에서 사려져버렸다. 이 부대의 소멸이 얼마나 많은 사람의 운명을 바꿔놓을지, 얼마나 많은 사람의 운명이 변화하고 부침하며 소멸하게 될지 그는 알지 못했다. 크든 작든 직접적이든 간접적이든 이 모든 일이 류렌과의 사랑과 관련 있다는 사실을 알지 못했다. 그 사랑이 잔혹하게 사단 장사병들의 비극적인 운명을 잉태했다고는 말할 수 없지만, 그 거대한 사랑의 드라마가 없었다면 수많은 사람이 무대에서 사라지지는 않았을 것이다. 그랬다면 그들은 다른 형식과 시간, 다른 장소와 풍경을 갖게 되었을 것이다.

집에서 초조하고 불안한 세월을 보내는 동안 깊은 사념에 잠긴 우다왕은 부대에서 일어난 수많은 일을 알지 못했다. 그의 부대는 그와 그의 이야기에 대해 사전의 음모와 계획에 따라, 겉으로는 정정당당하고 광명정대하게 그리고 비장하면서도 정의롭게 공동의 망각 작전을 진행하고 있었다. 망각은 이 군영에서 일어난 모든 이야기의 에필로그이자 프롤로그였다.

그렇게 망각하는 것이 이 부대가 건립되고 세상에서 사라져야 하는 순간에 해야 할 마지막 작업이 되었지만, 그는 죽음을 앞둔 병자가 자신의 마지막 생명에 집착하듯 아침저녁으로 군영에 대한 생각에 빠져 있었다. 이 집착은 뼛속 깊이 새겨져 마음의 병이 되어 고향집에서도 견디기 어려운 초조감으로 나타났다. 류렌에 대한 그리움으로 하루가 1년 같았다. 이는 일상생활의 무미건조함이나 적막감과는 사뭇 다른 것이었다. 게다가 해가 지고 황혼이 내릴 때면 그는 자신의 아내를 더 이상 예전처럼 대할 수 없었고, 아내와 잠자리를 가질 때도 시골 부부의 평상심을 유지할 수 없었다.

자오어즈가 사랑과 성에 있어서 다소 어눌하고 멍청한 모습을 보이고, 심지어 침대 위에서 가장 중요한 순간에 보통 사람들이 상상할 수 없는 언행을 보이면서 폐쇄성과 무감각함을 드러낸 뒤로 두 사람의 부부관계에 시종일관 안 좋은 영향을 미치긴 했지만, 그래도 필경 그녀는 그의 아내였다. 게다가 자오어즈는 우다왕이 무슨 수를 써서라도 간부로 승진하여 자신을 시골에서 도시로 데리고 가겠다고 약속한 뒤로 우다왕이 부부관계를 원하면 적극적으로 보조를 맞추었다. 그녀는 첫 관계 후 몹시 부끄러워했고 한 번도 자발적으로 그에게 사랑의 표시를 한 적도 그에게 육체적 환락을 요구한 적도 없었지만, 그가 요구해올 때면 기꺼이 응했고 항상 그의 성적 욕구와 기분에 자신을 맡겼다. 특히 우다왕이 휴가를 나와 부대 안에서 군공을 세우고 상을 탔으며 간부로 승진할 날이 머지않았다고 말하면 그녀는 활짝 웃으며 지극히 현숙한 모습으로 그를 기꺼이 맞아들였다. 자신의 영혼을 그의 육체 안으로 던짐으로써 그의 노력과 진보를 격려하고 포상했다. 그렇게 자오어즈는 그가 진정한 사나이처럼 자신의 몸 위에서 미친 듯이 열기를 발산함으로써 귀대 후에도 계속 노력하고 진보할 수 있는 원동력을 얻기를 바랐다.

하지만 자오어즈가 그의 성적 욕구에 자신을 내맡기게 된 뒤부터는 더 이상 우다왕 앞에서 몸을 가리거나 부끄러워하는 기색 없이 다분히 뜨겁고 익숙한 태도를 보였다. 감히 옷을 다 벗은 채 적나라하게 자신의 두 젖가슴을 드러내며 거리낌없이 행동했다.

따지고 보면 결혼 후 여러 해가 지나는 동안 우다왕과 자오어즈가 함께 보낸 시간은 겨우 두세 달뿐이었다. 그가 류렌과 함께 지낸 시간과 별 차이가 없었던 것이다. 하지만 그 시간은 하늘과 땅만큼 달랐다. 전자는 성이 실질적인 목적을 위한 육체적 포상이었던 반면, 후자는 아무런 목적 없는, 그저 인간의 정신과 영혼의 반응에 대한 응답이었다. 전자는 본능을 드러낸 것에 지나지 않지만 후자는 영혼의 회귀이자 승화였다. 그러나 이제 이러한 일들은 지나간 어제의 일이 되었고, 그저 기억 속에서만 되돌리거나 표현할 수 있을 뿐이었다.

바로 이런 기억 때문에 우다왕은 집으로 돌아온 지 한 달이 넘었지만, 놀랍게도 아내의 몸에 한 번도 손을 대지 않았으며 그녀와 털끝만치도 몸을 부딪치지 않았다. 여전히 그녀는 무척이나 소박했다. 외모는 류렌과 비할 수 없었고 식견에 있어서도 그녀와 견줄 수 없었지만 그래도 자오어즈는 류렌보다 훨씬 젊었다. 아내는 여인으로서 류렌이 지닌 수많은 여성의 장점은 없었지만 나름대로 류렌이 갖지 못한 그녀의 장점이 있었다. 자오어즈는 절대로 남편을 부엌에 들여보내는 일이 없었고, 남편이 직접 밥을 하는 것을 그의 귀뺨을 후려치는 것만큼이나 불경한 일로 여겼다. 남편에게 설거지나 빨래를 시키지도 않았다. 남편이 설거지나 빨래를 하는 모습이 이웃의 눈에 띄면 자신이 아주 게으르고 현숙하지 못한 여인으로 여길 것이라고 생각했기 때문이다.

하지만 밭에서 하는 일은 전부 우다왕의 몫이었다. 옥수수를 수확하고 수수줄기를 묶는 일, 밭을 갈고 보리를 파종하며 비료를 뿌리는 일 등, 집 밖에서 하는 농사활동은 우다왕이 모두 도맡아야 했다. 낮에는 밭일이 꽤 있었지만 저녁이 되면 할 일이 크게 줄었다. 우자거우는 푸뉴산 산계에 속한 자연 마을로 바러우 산맥 사이 작은 언덕에 있었다. 도합 20여 가구에 100명이 조금 넘는 촌민들이 집체 노동을 하며 살았지만 집집마다 개별적인 일거리도 꽤 있었다. 이를테면 어느 생산대의 밭 귀퉁이를 조금씩 개간하여 채소를 재배하거나 콩, 참깨 등을 심었고, 강가의 자투리땅에 배추와 무를 심기도 했다. 그리고 이런 작물들이 계절에 따라 풍작을 이루기보다는 무와 배추가 하루 세 끼 식사에 다소 보탬이 된다면 그만이었다. 그는 이렇게 하루하루 힘들게 일하며 마을 사람들에게 외부 세계를 소개하기도 했고, 달이 지고 별이 희미해지는 밤이 되어 아내와 아들이 모두 잠들면 혼자 마당이나 산언덕에 멍하니 서서 부대가 있는 쪽을 넋 나간 사람처럼 말없이 한참을 바라보곤 했다.

어느 날 깊은 밤 아내 자오어즈는 잠들어 있는 우다왕을 팔꿈치로 툭 쳐서 깨우더니 말했다.

"무슨 일 있어요?"

우다왕은 영문을 모르겠다는 표정으로 되물었다.

"일은 무슨 일이 있다는 거야?"

"지난 6개월간 부대 안에서 아무런 진보가 없었기 때문에 저를 원하지 않는 것인가요? 저를 원하면 마음대로 하세요. 진보가 없었다면 다음에 더 노력하면 되잖아요."

이는 두 사람이 결혼한 뒤 처음으로 그녀가 그를 격려한 것이었고, 처음으로 먼저 사랑과 욕망을 표현한 것이었다. 그러나 그녀가 여전히 이전처럼 성애와 그의 성공을 하나로 연결시키는 순간, 그는 문득 자신의 욕망이 밭을 갈 때 쓰는 쟁기나 호미처럼 남들이 마음대로 사용할 수 있는 도구가 된 것 같았다. 류렌으로 인해 차갑게 식었던 아내에 대한 사랑이 그 순간 꽁꽁 얼어붙었다.

우다왕은 아내를 건드리지도, 위로하지도 않았다. 침상 위에 일어나 앉아 아주 고상한 어투로 아내에게 말했다.

"이전에 내가 당신에게 약속했지. 만약 내가 간부로 승진하지 못하면 절대로 집에 돌아와 당신 근처에 가는 일도 없을 거라고. 그런데 군대생활을 5년이나 했는데 아직도 간부가 되지 못할 줄은 정말 생각지도 못했어."

그는 고상한 양심의 핑계 뒤에 숨어 아내와의 잠자리를 거부했다. 그러고는 자리에서 일어나 마당으로 나가 끝없는 밤하늘을 바라보며 한참을 말없이 서 있었다. 보름달이 은쟁반처럼 덩그러니 하늘에 걸려 있었다. 시골 사람들은 보름달이 뜨는 것을 그리 대단한 일로 여기지 않았다. 하지만 왜 그런지 보름달은 그를 분에 넘치는 상념에 젖게 했다. 우다왕은 마을 저편 산꼭대기에 올라가 밝은 달을 바라보며 류렌을 그리워했고, 날이 밝아올 때까지 그렇게 서 있었다. 그때 갑자기 그의 아내가 등 뒤에 나타나 그의 이름을 부르며 말했다.

"벌써 오경인데 들어와 안 자고 뭐해요?"

그는 마치 무대 위에서 잔뜩 감정을 잡은 사람이 대사를 내뱉듯 입술을 빛내며 한마디 했다.

"어, 우리 중대를 생각하고 있었소. 집에 있는 것이 부대 안에 있는 것만 못한 것 같아."

그런 다음 곧장 아내와 함께 방으로 돌아왔다.

한 달간 집에서 보내는 시간이 그리 길게 느껴지지 않았지만 우다왕은 이미 좌불안석이었다. 집에 있으면서도 집에 있는 것 같지 않고 몇 달 몇 년째 타향을 떠돌고 있는 것 같았다. 집 안 벽에 걸려 있는 마오 주석의 초상을 볼 때면 정신이 아득해져 한참 동안 멍하니 바라보곤 했지만, 그가 마오 주석의 초상을 바라보며 마음속 깊이 무슨 생각을 하는지는 아무도 알지 못했다. 그는 이웃집 탁자 위에 마오 주석의 석고 두상이 놓여 있는 것을 보고서도 감정을 억제하지 못하고 부끄러워하는 소녀의 얼굴을 어루만지듯 만지고 또 만지며 손을 떼지 못했다. 시골 학생들이 교과서 대신 마오 주석의 어록을 손에 들고 길을 가다 다리를 건널 때면 그는 길을 가로막고 마오 주석의 어록을 빼앗아 뭐라 말할 수 없는 야릇한 심정으로 이리저리 뒤적거리다가 여전히 알 수 없는 심정으로 되돌려주곤 했다. 10리 밖에 있는 소진小鎭에서 우체부가 자전거를 끌고 마을을 찾아올 때면 멀찌감치 나가서 기다리다가 우체부가 가까이 다가

오기도 전에 목청이 찢어지도록 소리 지르며 묻곤 했다.

"이봐요, 나한테 온 편지 없습니까?"

"없어요."

그가 다시 물었다.

"전보는요?"

우체부가 가까이 다가와 말했다.

"전보가 오면 한밤중에라도 전해드릴까요?"

어느 날 우다왕은 우체부가 자전거를 타고 왔던 길을 되돌아가는 것을 보고 갑자기 그를 뒤쫓아가 그가 타던 자전거 짐칸을 붙잡았다. 하마터면 자전거가 땅바닥에 넘어질 뻔했다.

"정말 내게 온 편지가 없습니까? 전보도 없고요?"

우체부가 큰소리로 야단치듯 대답했다.

"머리가 이상해진 것 아니오? 부대에서 공짜로 치료해 줄 텐데 집엔 뭐하러 왔소?"

우체부를 잠시 노려보던 우다왕은 할 수 없이 그가 멀리 사라지는 모습을 바라볼 수밖에 없었다. 우편물 바구니가 달린 자전거가 하얀 점이 되어 늦가을 햇빛 속으로 완전히 사라질 때까지 그는 마을 어귀에 선 채 우체부가 떠난 쪽을 한없이 바라보았다.

결국 그는 말이 없어졌다. 열심히 일만 할 뿐, 하루 종일 아내와 아들에게 한마디도 하지 않았다. 그러다가 어느 날 아주 황당한 일이 찾아왔다. 그날 우다왕은 마당에 있는 돼지우리에서 분뇨를 치우고 있었다. 그런데 어디에서 나온 것인지 오동나무 팻말이 하나 튀어나왔다. 팻말에는 '인민을 위해 복무하라'라는 다섯 글자만 쓰여 있고 마오쩌둥이라는 낙관 세 글자도, 오성도, 보릿단이나 장총도 없었다. 그저 오랫동안 비바람에 쓸리고 깎인 지저분한 상처만 남아 있을 뿐이었다. 그는 돼지우리 분뇨 통 위에 팻말을 올려놓고는 분뇨를 밖으로 쓸어낼 때마다 한 번씩 쳐다보았다. 분뇨를 다 걷어 밭으로 내다가 뿌릴 때에는 나무팻말을 멜통 위에 걸어두었고, 밭에서 땅을 일구고 보리를 파종할 때 다시 팻말을 밭머리에 꽂아두었다. 아이를 데리고 놀 때도 나무 위에 팻말을 걸어두었다.

어느 날, 팻말이 나무에서 떨어졌고 우다왕의 아들이 팻말을 밟고 지나갔다. 그러자 갑자기 우다왕은 아이의 뺨을 후려쳤다. 두 살이 채 안 된 어린아이의 얼굴에 굵고 발간 손자국이 났다. 이쯤 되자 아내와 마을 사람들은 우다왕을 너그럽게 봐줄 수 없었다. 선량한 사람들은 계속 참아주자며 우다왕과 그의 가정사에 나서지 않았다. 이들은 마을의 원로 생산대장이 앞에 나서서 우다왕과 진지하게 대화를 나눠야 한다고 생각했다.

그가 집에 온 지 한 달 하고도 아흐레째 되던 날이었다. 그의 아내는 큰아저씨라 부르는 생산대장을 찾아가 하소 연했다. 우다왕이 휴가차 집에 돌아온 뒤로 단 한 번도 부부관계를 갖지 않았고 몸에 손 대는 일도 없었는데, '인민을 위해 복무하라'라는 문구가 쓰인 나무팻말을 주워온 뒤로는 매일 밤 나무팻말을 침대 맡에 꽂아놓고 관계를 한다고 말했다. 게다가 관계를 하면서 그녀를 사람으로 대하지 않고 자신도 완전히 짐승으로 변한다고 전했다.

예순이 넘은 생산대장은 그들의 부부관계가 어떤 모습일지 짐작할 수 있었다. 그리하여 부득이하게 자신이 나서서 입 밖에 내기 어려운 윤리와 도덕 문제를 해결해야겠다고 마음먹었다. 원로 생산대장은 우다왕을 찾아가 간결하고 의미심장한 두 마디를 던졌다.

"자넨 휴가 기간이 끝났는데 어째서 부대로 돌아가지 않는 건가? 나는 세상사를 겪을 만큼 겪은 사람이라 부대 휴가가 한 달이라는 것쯤은 알고 있네. 한데 자네는 집에 돌아온 지 이미 한 달이 훨씬 넘었네. 부대에서 큰 문제를 일으켜 쫓겨난 건가? 우다왕, 부대에서 쫓겨난 게 아니라면 어서 돌아가도록 하게. 병이 났으면 재빨리 부대로 돌아가 치료해야지. 집에는 의사도 없고 약도 없고 돈도 없지 않은가. 이러고 있는 건 자네를 해치는 일일 뿐 아니라 아들과 아내까지 해치는 일일세."

생산대장이 이런 말을 꺼낸 곳은 우다왕네 원자 안의 낡은 초가 세 칸 옆에 따로 지은 초가 부엌에서였다. 그는 부대에 있는 것과 완전히 똑같은 석탄 아궁이를 만들어 나무를 주연료로 하고 석탄을 부연료로 하는 가정생활에 석탄과 돈을 절약해주기 위해 부대에서 배운 에너지 절약형 석탄 아궁이 기술을 시험해보고 있었다. 아궁이를 만들려면 진흙이 있어야 하고 진흙은 마당에 쌓여 있었다. 마당 황토더미에는 '인민을 위해 복무하라'라는 문구가 쓰인 나무 팻말이 황토더미에 꽂혀 있었다. 자신이 하는 말의 엄숙성을 높이고 입 밖에 내기 어려운 말을 오해의 여지없이 명확하게 전달하기 위해 원로 생산대장은 이 두 마디를 하고서 자리를 뜨면서 황토 더미에 꽂혀 있는 나무팻말을 힐끗 쳐다보았다. 그러고는 발로 툭 차서 썩을 대로 썩은 오동나무팻말을 멀리 날려버렸다.

팻말은 낙엽처럼 마당 한가운데 떨어져 흩어졌다. '인민을 위해 복무하라'라는 낡고 검은 글자들도 산산조각 나

수천 년 동안 부패된 관처럼 이리저리 흩어졌다.

다음 날, 자오 씨가 인민공사에서 달려왔다. 자오 씨는 이미 나이가 들어 미래를 기대할 수 없었다. 인민공사에서 평생을 일했어도 자녀들 가운데 어느 누구 하나 도시에 정착한 자식이 없었다. 창백하고 늙은 그의 얼굴에는 무력감과 분노가 서려 있었다. 그는 우다왕이 가져다준 의자에 앉지도, 딸이 가져다준 물도 마시지도 않고 마당 한가운데 서서 우다왕의 얼굴을 바라보며 반나절을 아무 말 없이 서 있었다. 그러다 하늘과 땅이 흔들릴 정도로 크게 한마디 했다.

"내가 정말 눈이 멀었지, 어쩌다 이런 놈한테 딸을 주었을까!"

그는 우다왕의 눈앞에서 편지봉투에 넣어 완벽하게 보관해온 서약서를 꺼내 과거에 우다왕이 서명했던 곳을 두드리며 우다왕의 손에 쥐어주었다. 그러고는 씩씩거리며 자리를 떴다. 서약서가 힘없이 팔랑거리며 땅으로 떨어졌다. 우다왕의 얼굴처럼 땅바닥도 누런빛이었다.

다음날 우다왕은 짐을 꾸려 부대로 돌아갔다.

12장

기차와 자동차, 그리고 털털거리는 트랙터까지 갈아타고 이틀을 가야 하는 험난한 여정에도 우다왕은 전혀 피로를 느끼지 못했다. 단지 영내에 막 도착하는 순간 자신도 모르게 통제할 수 없을 정도로 심장이 빨라고 이유 없이 얼굴에 땀이 나기 시작했다. 좀도둑이 자수하기 위해 돌아온 듯한 기분이었다.

영내는 아무 일 없이 평안해보였다. 그러나 그런 조용함 뒤에는 전에 없던 암류와 위기가 감춰져 있었다. 단지 지금까지 우다왕을 제대로 건드리지 않았을 뿐이다. 짐이라고는 류렌이 준 멋진 서류 케이스와 길거리에서 대충 산

빨간 인조가죽 여행 가방이 전부였다. 서류 케이스 안에는 공문처럼 단정하게 갠 군복이 들어 있었고 여행 가방 안에는 호두와 땅콩, 해바라기씨 등 고향에서 가져온 각종 토산품이 들어 있었다. 고향 토산품은 아니었지만 류렌이 기분이 좋을 때 즐겨 먹던 잣을 위시의 옛 도성에서 몇 근 사오기도 했다. 윤기가 자르르하고 알알이 반짝반짝 붉은 광택이 나는 것이, 20위안도 안 들었지만 그녀에 대한 마음을 나타내기에 충분했다.

군영 안으로 들어서는 순간, 그의 머리 위로 가을 햇빛이 황금빛으로 찬란하게 쏟아졌다. 따스한 빛줄기가 밝고 환하게 낙엽이 지기 시작한 길가의 나무 잎새 사이로 눈부시게 비쳤다. 그는 하는 수 없이 손으로 두 눈을 가렸다. 대문 입구의 초병은 그를 알지 못했지만 손에 든 크고 작은 짐 보따리를 보고 그가 가족 방문을 위해 휴가를 갔다가 귀대하는 사병이라 생각했는지 재빨리 차려 자세로 경례한 뒤 무척이나 우스꽝스러운 목소리로 말했다.

"고참님, 안녕하십니까?"

순간 당황한 우다왕은 초병을 향해 답례 대신 가볍게 고개를 끄덕였다. 그러고는 손에 든 짐을 들어 보이며 제대로 경례를 받지 못해 미안하다고 말했다.

초병은 빙긋이 웃으며 괜찮다는 말을 여러 번 반복했다. 그리고는 우다왕이 알아들을 수 없는 묘한 말을 내뱉었다.

"고참님, 휴가 가셨다가 막 돌아오시는 길이십니까?"

"응, 그래."

"뭐하러 돌아오셨습니까? 중대본부에 이야기해서 짐만 보내달라고 하시면 될 텐데요."

우다왕은 도저히 풀 수 없는 수학 문제를 보듯 어리둥절한 표정으로 초병을 바라보았다. 초병은 아무것도 모르는 그를 보고 가볍게 묘한 웃음을 지으며 말을 이었다.

"사단에 무슨 일이 일어났는지 모르십니까? 차라리 모르시는 편이 낫겠습니다. 알아봤자 파리를 씹은 것처럼 마음만 괴로우실 테니까요."

우다왕이 초병을 쳐다보며 무슨 일인지 되물었다.

초병이 대답했다.

"중대본부에 가보시면 알게 될 겁니다."

"대체 무슨 일인데 그래?"

"가보시면 곧 아시게 된다니까요."

하는 수 없이 그는 걸음을 옮겼다.

공무원이 가족을 보러 휴가를 갔다가 귀대할 때면 항상 먼저 수장의 집에 들러 귀대를 보고하고 수장과 가족을 위해 가져온 선물을 건네며 그간의 안부를 물은 뒤 중대본부로 돌아가는 관례가 있었다. 하지만 영내로 들어선 우다왕은 사단장의 사택에 들르지 않았다. 말하지 않아도 아는 이유 때문이었다. 그는 다리를 살짝 후들거리며 1호 원자앞의 큰길을 지나면서 두려운 듯 고개를 돌려 사택 쪽을바라볼 뿐이었다. 멍하니 사단장 사택의 창문 쪽을 바라보니 그녀가 창문을 열지 않을 것이라고 알려주기라도 하듯2층 베란다에서 참새들이 유유자적하게 놀고 있었다. 어쩌면 그녀는 방 안에 없을 수도 있었다. 좀 더 정확히 말하자면 그녀는 그가 부대로 돌아온 것조차 모르고 있을 것이었다. 그가 떠나기 전, 그녀는 부대에서 귀대하라고 통지하기 전까지는 절대로 귀대하지 말고 마음 편하게 집에서기다리라고 거듭 당부했지만 우다왕은 부대로 돌아오고말았다.

그는 먼저 잔뜩 겁먹은 얼굴로 자신의 중대로 돌아갔다. 중대에 도착했을 때는 사병들이 점심 식사를 막 끝내고 자유 시간을 보내고 있었다. 예전 같았으면 막사 안에서 가족에게 편지를 쓰거나 정신 수양을 할 시간이었다. 아니면 밖에 나가 철봉에 매달리거나 햇볕에 이불을 널거나 나무 그늘이나 햇볕 아래 누워 휴식을 취하며 혁명정신의 발전 상황에 관해 토론을 벌이거나 고향에서의 옛 일을 추억했다. 그러나 그날은 중대본부 앞에 사람이라곤 그림자조차 보이지 않고 시골 들판처럼 고요하기만 했다. 우다왕은 영내가 전과 달리 몹시 적막하고 마치 폭풍 전야처럼 이상할 정도로 고요하다는 것을 확연히 느낄 수 있었다. 이 소리 없는 고요함은 사방이 깊고 적막할수록 다가올 폭풍우가 거세고 맹렬하게 모든 것을 무너뜨릴 것을 암시했다. 이때 이웃 군영의 트럭 한 대가 그의 앞을 지나갔다. 트럭 양쪽에는 군장을 갖춘 병사들이 빽빽이 타고 있고, 가운데 통로에는 배낭이 잔뜩 쌓여 있었다. 병사들의 얼굴은 하나같이 엄숙하게 일그러져 있었다. 뭔가 원하지 않지만 반드시 해야만 하는 임무를 수행하러 가는 것 같았다. 우다왕 쪽에 있는 차창에는 붉은색 현수막이 걸려 있었다. 현수막 위에는 '천하가 곧 나의 집이고, 나의 집은 천하에 있다天下乃我家, 我家在天下'라는 이해할 수 없는 구호가 적혀 있었다.

사람이 길을 걷는 것처럼 트럭은 군영 안을 느린 속도로 지나갔다. 그러다가 경비중대 막사 근처에 이르자 갑자기 속력을 내기 시작해 이내 자전거가 달리는 정도로 빨라졌다. 바로 이때 갑자기 트럭에서 술병 두 개가 날아오더니 중대본부의 붉은 돌담에 수류탄처럼 부딪혀 천둥이 치듯 펑 하고 요란한 소리를 내며 터져버렸다. 곧이어 차에 타고 있던 사병 하나가 거칠게 욕설을 내뱉기 시작하더니 이내 그의 시야에서 사라졌다. 갑작스러운 상황에 몹시 당황한 우다왕은 놀란 가슴을 달래야 했다. 얼떨떨해져 깨진 유리병을 바라보자니 진한 술 향기가 코끝을 자극했다.

우다왕은 정신을 차릴 수가 없었다. 중대의 통신병이 마치 무슨 일이 일어났는지 알고 있기라도 한 듯이 빗자루와 쓰레받기를 들고 중대본부 밖으로 뛰어나와 재빨리 깨진 유리조각을 쓸어담았다. 우다왕이 멀리서 그를 불렀지만 그는 고개를 돌려 우다왕을 쓱 쳐다보더니 다시 못 들은 척하며 본부 안으로 들어가버렸다. 우다왕은 또다시 마음속에 짙게 의혹이 일었다. 방금 전 좀도둑이 자수할 때 같은 두려움과 불안감이 다시 그의 온몸을 휘감았다. 잠시 멍하니 서서 알 수 없는 문제로 고심하는 사이, 지도원이 중대본부 문 앞에 나타났다. 무슨 일로 나왔는지 알 수 없었지만 그는 금세 우다왕을 발견했다. 우다왕도 지도원의 모습이 보였다.

두 사람의 눈이 마주치는 순간, 이글거리는 태양처럼 강렬한 불꽃이 일어 한동안 앞이 아물거렸다. 두 사람은 서로 마주하고 있다는 것을 믿을 수 없다는 듯 제대로 눈을 뜨지 못했다. 지도원은 의아하다는 표정을 지었고 우다왕도 마음이 착잡해지면서 두 손에 땀이 배어났다. 우다왕의 인조가죽 가방이 풀썩 하며 손에서 미끄러졌다. 다행히 몇 초 지나지 않아 굳어 있던 지도원의 얼굴에서 갑자기 구름이 걷히고 해가 나타나듯이 황금빛 웃음이 피어올랐다. 그가 빠른 걸음으로 다가오며 말했다.

"우 분대장, 돌아오라는 말도 없었는데 어떻게 된 건가?"

그는 몇 걸음 나아가더니 땅바닥에 놓여 있던 우다왕의 짐을 빼앗듯 집어들고는 그를 이끌고 재빨리 숙소 안으로 들어갔다. 그러고는 우다왕에게 뜨거운 물을 주며 자리에 앉게 한 뒤 직접 수도꼭지를 틀어 그에게 씻을 물을 떠다 주었다. 그것도 모자랐는지 평소에 아까워 쓰지 못했던 상하이제 비누를 꺼내 쓰게 했다. 지나칠 정도로 친절한 그의 행동에 우다왕은 서서히 마음의 안정을 되찾았다. 우다왕이 좀 진정이 되자 지도원은 방금 전 길가에서 일어난 상황에 대해 묻고는, 그가 아직 점심을 먹지 못했다는 말에 재빨리 통신병에게 취사반에 연락하여 계란국수를 한 그릇 만들어오라고 지시했다. 우다왕이 국수를 먹는 동안 지도원은 그에게 아주 친절하고 조리 있게 몇 가지 사항을 알려주었다.

먼저 류롄은 지도원에게 우다왕이 집에 복잡한 일이 좀 있어 한 달에서 세 달 정도 집에 다녀올 것이고, 이는 매우 특수한 상황이라 조직에서 이미 그에게 장기휴가를 허락했으며 중대에 급한 일이 없는 한 귀대를 재촉하지 말라고 했다.

두 번째로 사단장은 베이징에 가서 교육을 받고 고급간부들의 군 정예화 및 국방강화를 위한 학술토론회에 참가했다. 군사위원회 수장이 조직하고 주최하는 토론회에서 그는 자발적으로 어렵고 막중한 임무를 맡기로 자청했다. 다름 아닌 자신의 사단을 군 전체 조직개편을 위한 시범지역으로 삼는 것이었다. 다른 부대들은 전부 이런 정책을 받아들이려 하지 않았지만 사단장은 자신의 사단이 시범 사단이 되겠다고 강력히 요구했다. 다시 말하면 사단장의 요구에 따라 그들의 부대가 해산되게 된 것이다. 앞으로 사단장의 조직은 최단 시간 내에 철저하게 중국인민해방군의 편제에서 연기처럼 사라지고 누렇게 변한 낡은 군사서에 몇 줄 문구로 기록될 것이었다.

세 번째로 아직 경비중대의 존망은 결정되지 않은 상태지만 조직개편으로 사단 내 인원이 조정되었고 간부 요원 충원은 전부 취소되었다. 간부 선발을 위한 모든 방법과 절차도 이미 동결된 상태였다. 결국 우다왕에게 주기로 했던 간부 자리도 물거품된 것이다. 대신 사단장이 묵인과 류렌의 적극적인 추천 덕분에 모범 공무원이라는 점을 감안하여 사단장은 이미 관련 부서에 지시하여 우다왕의 직장을 고향 소재지인 옛 도시로 배치하고 그의 아내와 아이들의 호구를 시내로 편입시켰다. 이로써 우다왕의 가족은 농민 신분에서 벗어나 적당한 일자리를 배정받게 되었다.

네 번째로 군 정예화 작업은 이미 시작되어 올해 고참 병사 퇴역도 앞당겨졌다. 사단장 사택의 공무원도 잇달아 교체되었다. 하지만 하나같이 업무에 서툴고 지나치게 자질구레한 일에 신경을 쓰다보니 오히려 사단장의 화를 돋우는 일이 잦았다. 류렌이 아량을 베풀지 않았다면 공무원이 서너 번은 바뀌었을 것이다.

지도원은 우다왕에게 이런 사실들을 전하며 더 이상 사단장의 집에서 일할 필요가 없으며, 중요한 일이 아니면 사단장의 사택에 가지 않는 것이 좋겠다고 타일렀다. 이 말을 들은 우다왕은 무거운 짐을 벗어버린 듯 마음이 가벼워졌다. 영내에 들어선 뒤로 줄곧 무겁고 불안하던 마음이 바람에 날아갈 듯 가벼워지고 구름에 흩어질 듯 희미해졌다. 우다왕과 류렌의 정사를, 그와 류렌이 가슴속 깊숙이 감춰둔 거대한 비밀을 사람들은 전혀 알지 못했다.

이제 두 사람의 범상치 않은 사랑 이야기는 군 정예화에 따른 인원 감축의 일환으로 우다왕이 군영을 떠나는 것으로 거의 결론 난 듯했다. 조금 아쉽긴 하지만 어쩔 수 없는 일이었다. 곰곰이 헤아려보면 인생은 솥과 그릇이 바가지와 국자가 되고 음차陰差, 중국 전통극에서의 흉악한 인물가 양착陽錯, 음차에 반대되는 배역. '음차양착'은 운명의 불길함을 말함이 되는 변화의 연속이었다. 이것 말고 새로운 물건이나 장치는 없었다. 음차양착은 중국 전통 가극의 정수이자 이 사랑 이야기의 핵심이었다. 우다왕은 지도원의 이야기를 모두 듣고 마음이 조금 편안해졌다. 조바심치던 도둑이 빈손으로 돌아가다가 마침내 원보元寶, 청대에 통화로 사용되던 은덩이 하나를 주운 것처럼 요동치던 그의 마음도 평정을 되찾았다. 그는 차분하게 자신이 마주한 상황에 대해 생각해보았다. 하지만 안타깝게도 평정심은 그리 오래가지 못했다. 그의 마음속에 또다른 감정의 변화가 일기 시작했다.

중대에서 반나절이나 머물렀지만 뜻밖에도 중대장의 모습은 보이지 않았다. 그는 지도원보다는 중대장이 사단장이나 류렌과 더 친밀한 관계를 맺고 있다는 것을 알고 있었다. 중대장도 일찍이 사단장 공무원으로 일한 적이 있었기 때문이다. 사단장이 전처와 헤어질 때, 중대장은 사단장의 사택에서 인민을 위해 복무하고 있었다. 이 때문에 우다왕은 급히 중대장을 만나 그에게 좀 더 자세한 이야기를 듣고 싶었다. 마치 살인자처럼, 아무 일 없었던 듯 피로 얼룩진 살인의 재앙에 대해 사람들이 어떤 얘기를 들었으며 어떤 사실을 알고 있는지 확인하고 싶었다. 오후 교육이 끝나자 그는 지도원에게 중대장에게 급히 보고해야 할 일이 있다고 말했다. 지도원은 잠시 생각하더니 통신병에게 우다왕을 데리고 가 함께 중대장을 찾아보라고 지시했다.

지도원은 중대장이 어디에서 무엇을 하는지 확실히 알고 있는 것이 분명했다. 그러나 모르는 척했다. 그는 신참 통신병을 따라 군영의 가장 남쪽에 있는 2연대 3대대의 대대장 숙소 앞에 이르렀다.

2연대 3대대 막사 문 앞에는 아주 넓은 오동나무 숲이 펼쳐져 있었다. 구석에 있어서인지 관리가 소홀해서인지 알 수 없었지만 우다왕이 근무하던 곳과 무척 달랐다. 오동나무에는 흰 석회수도 묻어 있지 않았다. 길가에 늘어선 동청나무 아래에도 평평하게 다져진 흙담이 없었다. 누렇게 말라죽은 오동나무 잎들이 대대 막사 앞에 수북이 쌓여 있어 적막하고 쓸쓸하기 그지없었다. 이런 분위기 속에서

3대대 대대장 숙소 입구에 서 있던 작고 뚱뚱하며 충성스러운 초병이, 누구도 안으로 들여보내지 말라는 대대장의 특별지시가 있었다면서 우다왕과 통신병을 완강하게 저지했다. 하는 수 없이 두 사람은 입구에 서서 초병이 안으로 들어가 경비중대의 중대장이 그곳에 있는지 물어보고 나올 때까지 기다렸다.

초병은 두 사람에게 기다리라고 말하고 대대장 숙소 안으로 들어가더니 곧 문을 잠갔다. 두 사람이 문 밖에 서서 한참을 기다렸지만 초병은 나오지 않았다. 우다왕은 더 이상 기다릴 수 없어 급한 마음에 창문이 열려 있는 쪽으로 걸어갔다. 그곳에서 우다왕은 놀라운 장면을 보게 되었다. 그리고 자신과 류롄의 관계가 단순히 정사와 사랑의 문제가 아니라는 것을 깨닫게 되었다. 그의 얼굴 위로 진한 술냄새가 덮쳐왔다. 창가에 다가가기도 전에 뜨거운 술기운이 그의 얼굴에 풍기더니 곧이어 안에서 찰싹 따귀를 때리는 소리가 들렸다. 그는 재빨리 창가에 엎드렸다. 방 안에는 사무용 책상 위에 가득 빈 쟁반과 그릇 들과 그 지역에서 생산되는 고량주 몇 병이 있었다. 그릇들 사이로 붉은색 젓가락 대여섯 개가 탁자와 바닥에 어수선하게 흩어져 있었다. 그들은 오후부터 지금까지 곤드레만드레 취하도록 술을 마신 것이 분명했다. 몇몇 간부는 거의 인사불성이 되어 있었다. 우다왕은 어리둥절한 표정으로 그들을 바라보았다. 술에 취한 장교 가운데는 3대대 대대장과 우다왕의 중대장 말고도 3연대 연대장과 3연대 3대대 지도원, 사단 사령부의 참모 등도 포함되어 있었다. 같은 고향 사람들도 아니고 동료나 전우가 아닌데도 이렇게 한자리에 모일 수 있었던 것은 모두 사단장 집에서 공무원이나 경호원으로 일한 적이 있거나 지금의 사단장이 중대장을 거쳐 대대장으로 있던 시절에 통신병으로 일한 적이 있기 때문이었다. 우다왕은 이들이 왜 한자리에 모여 의식과 원칙을 잃어버리고 이성과 기율을 내던진 채 제멋대로 군복을 벗고 가슴과 목을 드러낸 채 진탕 술에 취해 군인의 위엄과 아름다운 이미지를 훼손시키는 것인지 이해할 수 없었다. 부연대장은 이미 대대장의 침대에 곯아떨어져 심하게 코를 골고 있었고 참모는 침대 다리에 기댄 채 바닥에 앉아 울다 웃다가를 반복했다. 3대대 대대장은 탁자 다리 아래 쪼그리고 앉아 두 손으로 계속 자신의 입을 때리며 욕을 해대고 있었다.

"왜 그런 허튼 소리를 했어! 왜 쓸데없는 소리를 했냐고!"

그들의 중대장과 3연대 3대대 지도원은 아직 취하지 않았는지 연신 대대장의 몸을 잡아끌며 타이르듯 말했다.

"도대체 왜 이러는 겁니까? 제발 이러지 마세요. 어떤 부대가 남고 어떤 부대가 해산되는지 아직 아무도 모르는데 왜 이러세요?"

하지만 3대대 대대장은 바닥에 주저앉아 크게 웃으며 연신 소리를 질러댔다.

"뻔한 거야!"

"뻔한 일이라고!"

바로 이때 중대장이 고개를 돌리다가 우다왕을 발견하고는 흠칫 놀라더니 이내 창백해졌다. 그는 방 안에 쓰러져 있는 전우들을 한번 둘러보고는 대대장을 내버려둔 채 황급히 건물에서 나와 우다왕을 창문에서 끌어냈다. 그의 눈빛에는 명령도 없었는데 어째서 귀대했느냐는 강한 질책이 담겨 있었다. 우다왕이 말했다.

"중대장님, 집에 돌아간 지 벌써 한 달 반이나 지났습니다."

중대장이 물었다.

"사단장님 사택에 들렀나?"

"아직 안 들렀습니다."

그제야 중대장은 길게 한숨을 쉬더니 다시 안으로 들어가 사람들에게 뭔가 이야기한 뒤 밖으로 나와 우다왕과 통신병을 데리고 경비중대로 돌아왔다. 가는 동안 중대장은 지도원과는 정반대로 행동했다. 극도로 말을 아끼며 우다왕에게 오늘 그가 보고 들은 것은 누구에게도 말해서는 안 되며, 만약 이 일이 사단장의 귀에 들어가는 날에는 문제가 걷잡을 수 없이 커질 것이라고 말했다.

사태는 이렇게 전개되었다. 우다왕의 귀대는 마치 어지러운 혼란 속에 던져진 단추 하나 같았다. 수많은 구멍이 복잡하게 얽혀 있지만 정작 단추를 채울 구멍은 찾을 수 없었다. 군 조직을 정예화하고 인원을 감축한다는 것은 너무도 거대한 일이라 우다왕 같은 일개 말단 병사가 실마리를 찾는다는 것은 애당초 불가능했다. 게다가 그는 오로지 자신과 류렌이 나눈 사랑 덕에 제대하여 집으로 돌아갈 수 있게 되었고 새로운 직장을 갖게 되었으며 아내와 아이들에게 도시 호구를 얻어줄 수 있게 되었다는 것만 알 뿐이었다.

우다왕의 눈에는 모든 것이 간단해 보였다. 부대로 돌아와 하루라는 짧은 시간을 보내는 동안 뜻밖에도 비극적으로 끝날 줄 알았던 사랑이 오히려 더 희극적인 효과를 냈다. 때를 잘못 맞춰 귀대한 덕에 군대를 떠나 새로운 직장을 얻는 속도가 두 배로 빨라진 것이다. 불과 일주일 만에 그에게는 새로운 직장이 배정되었고 아내와 아이에게는 도시의 호구가 주어졌다. 게다가 마퇀麻團, 겉에 깨를 잔뜩 묻힌 경단처럼 어지럽고 어수선하게 뒤엉킨 사건들 때문에 곤경에 처하거나 어떤 수고를 할 필요도 없게 되었다. 기관의 간부들이 요구하는 서류 몇 장을 작성하고 관련 서류에 서명하면 그만이었다. 이것이 전부였다.

사건의 결말은 번개가 치고 천둥소리가 귀에 닿기도 전에 이루어졌기 때문에 우다왕은 아무런 대응도, 제대로 된 마음의 준비도 할 수 없었다. 며칠 동안 그는 국가정책과 민생, 국방강화 계획의 일환으로 이루어진 조직개편에 관련된 일은 한쪽으로 제쳐두고, 낮에는 한 달 남짓 동안 낯설게 변한 부대의 환경에 적응하느라 고향 친구들과 얼굴을 익히고 이불이나 옷가지를 빨다가, 밤이 되면 아주 단순하게 마음을 정리했다. 류렌에 대한 모호하고 불분명한 욕망과 걱정은 시골에서 말하는 '도화대운桃花大運, 복숭아나무 밑을 세 번 거닐면 좋은 여자를 만나게 된다는 중국 전설에서 유래한 말로 사랑과 정사의 운세'이라는 말로 간단히 정의할 수 있었다. 이 천박한 어휘가 그에게는 이미 더 이상 현실이 될 수 없는 욕망의 그리움을 털어주었다. 우다왕은 어렴풋하게나마 두 사람의 사랑의 결과를 예감하고 있었다. 두 사람의 사랑은 처음부터 잘 짜인 계획 안에서 시작된 것이고 끝나는 방법마저도 연극의 막후에서 누군가 이리저리 지휘하고 감독해온 것 같았다. 연기를 펼칠 수 있는 공간이 주어지자 그는 가슴속 진심을 한 방울 한 방울 밖으로 뿜어내면서 결국에는 자기 힘으로 빠져나올 수 없는 정도까지 몰입했던 것이다. 사랑이 빠져나가는 것을 느낄 수 있었지만 그렇다고 자신과 류렌의 사랑이 아무거나 마구 섞인 불순물이라는 사실을 인정하고 싶지는 않았다. 우다왕의 가슴속 깊은 곳에는 자신을 속여 아름다운 동화를 붙잡고 싶은 욕망도 있었다. 내면에 깃든 아름다움을 경험했던 터라 더더욱 외부 조직개편과 연결하여 자신의 이야기를 생각하고 싶지 않았다. 그는 사단장이 군 정예화 바람을 이용하여 자신의 부대가 가을바람에 날려 떨어지는 낙엽이 되고 연대와 대대, 중대, 소대, 분대 그리고 일개 사병에 이르기까지 모든 부하가 이 계절의 바람에 날리는 나뭇잎이 되게 하지는 않을 것이라고 믿었다. 세 대대와 네 중대가 그의 명령 한마디에 차에 실려 천 리 밖에 있는 자매부대나 소수민족으로 가득한 변방지역으로 전출되어 떠났음에도,

우다왕은 여전히 이런 사실을 직시하려 하지 않았다.

　그러나 우다왕은 이틀간 모든 것을 목도하며 부대의 조직개편 상황을 확인할 수 있었다. 사단 안에는 군구軍區와 군리軍里의 공작조가 주둔해 있었다. 공작조의 조장은 군단장이 직접 맡았다. 이러한 장엄한 형식을 통해 그는 조직개편의 엄숙함을 체험할 수 있었고 방관자의 시각으로 정리되어 군영을 떠나는 여러 부대에 증인이 되어주었으며 수장과 슬픔과 고통을 함께 나누며 마지막으로 성대한 만찬을 들었다. 수많은 사람이 이러한 술기운과 흥분을 빌어 아무도 모르는 조용하고 외진 곳에서 자신들과 조석으로 얼굴을 함께하면서 바람과 비를 막아주던 유리창을 깨뜨리거나, 십 수 년 동안 줄곧 온갖 영욕과 어려움을 함께했던 훈련무기를 부숴버리기도 했다. 마지막으로 군영을 떠날 때는 서로 껴안고 대성통곡하며 더 이상 살고 싶지 않다는 듯한 괴로움을 토로하기도 했다. 마치 다시는 경험할 수 없는 생사의 이별을 하는 것 같았다. 하지만 결국 그들은 떠났다.

　1연대가 전출되어 떠났다. 2연대 1대대가 전출되어 떠났다. 사단 직속 대대의 기관총 중대도 전출되어 떠났다. 어제 오후 우다왕이 몰래 경비중대와 붙어 있는 기관총 중대를 찾아갔을 때, 두 차례나 해방전쟁에서 큰 공을 세운 바 있는 중대가 이미 철로에 있는 군용 역참으로 가기 위해 해방표 트럭 다섯 대에 타고 있었다. 우다왕이 기관총 중대에 도착했을 때는 이미 난장판이었다. 두 달 전 그와 류 렌이 사단장 사택의 양옥건물 안에서 마음껏 부수고 깨뜨렸던 상황과 다르지 않았다. 다른 점이 있다면 두 사람은 난장판 속에서 광기 어린 진실한 사랑을 얻었지만 중대가 얻은 것이라고는 모든 군인이 갑자기 부딪치게 될 운명의 부침과 변화뿐이었다. 훈련용 목총이 건물 안에 그대로 남아 있었고 남겨진 목마 위에 새로 입힌 고무는 칼에 긁혀 절규하는 입처럼 벌어진 틈을 드러내고 있었다. 원래 깨끗이 닦여 있던 칠판 위에는 거칠고 격렬한 욕설이 생경한 글씨로 쓰여 있었다.

'니기미! 난 이 군영을 떠나고 싶지 않단 말이야.'

굳게 닫힌 숙소 입구 게시판에는 누군가 붉은 잉크로 아무렇게나 자신의 생각을 적어놓았다.

큰 바다를 항해할 때는 조타수에 의지한다. 조타수는 파도와 물의 흐름에 순종한다. 물이 동쪽으로 흐르면 나도 동쪽으로 향한다. 군인의 운명은 바람처럼 흘러간다.

아무렇게나 내갈긴 이 글의 주인은 지렁이가 기어가는 모양으로 의미심장한 낙관을 남겨놓았다.

우다왕은 기관총 중대 입구에 오랫동안 서 있었다. 붉은 석양빛이 적막 속에 펼쳐지고 돌아갈 집 없는 생쥐 몇 마리가 기관총 중대 부엌 여기저기에서 뛰쳐나와 아직 해산되지 않은 바주카포 중대의 부엌으로 뛰어들었다. 석양 사이로 집과 가족을 모두 잃은 듯한 슬픔이 엄습해오자 우다왕은 금방이라도 눈물을 흘릴 것만 같았다. 그러나 몇 번 눈을 깜박였지만 눈물 한 방울 나오지 않았다. 그제야 군정예화에 따른 조직개편은 자신에게 전혀 슬픈 일이 아니고, 진정으로 자신을 고통스럽고 불안하게 하는 것은 중대장과 지도원이 한사코 자신이 사단장 사택으로 류롄을 만나러 가는 것을 막고 있는 것임을 깨달았다.

우다왕은 기관총 중대에서 나와 중대로 돌아가는 길에 관리과장과 마주쳤다. 관리과장은 우다왕에게 직장을 배정하는 서류에 서명받기 위해 우다왕을 찾아온 것이었다. 우다왕이 서명을 끝내자 관리과장은 길가에 선 채 그의 어깨를 가볍게 두드리며 의미를 알 수 없는 웃음을 지으며 말했다.

"우 반장, 모든 게 류롄 덕분인 줄 알게. 사단 전체의 장

사병을 통틀어 자네만큼 운이 좋은 사람은 없을걸세."

말을 마친 ㄱ는 곧 서류를 들고 어디론가 가버렸다. 우
다왕은 길가에 한참을 서 있다가 저녁식사 때가 되어서도
관리과장의 말과 그의 모호한 미소의 의미를 되새기고 있
었다.

밤이 되어 부대 전체에 소등신호가 울린 뒤, 간부와 병
사 들이 하나둘씩 눈을 감고 잠이 들 때에도 그는 공무분
대 동쪽 벽 아래 누워 혼자 벽을 바라보며 그간에 일어난
일들에 대해 생각했다. 왠지 모르지만 낮에는 줄곧 별개로
생각했던 조직개편에 관한 상황과 류렌과 자신의 관계 문
제가 저녁이 되자 자신도 모르게 하나로 엮여 생각이 되
었다. 순간, 벌레가 파먹듯 누군가에게 농락당했다는 느낌
이 그의 마음을 엄습해왔다. 원래는 그다지 뚜렷하지 않
았던 자존심이 이 순간만큼은 분명하게 손상된 느낌이 들
었다. 하지만 류렌과 함께했던 날들과 그녀의 수많은 장점
과 자신에게 베풀어준 어머니 같기도 하고 누나 같기도 하
며, 상급자 같기도 하고 아내 같기도 한, 뭐라고 명확하게
규정할 수 없는 사랑을 생각하면, 방금 전까지 온통 마음
을 뒤덮었던 자신의 존엄이 모욕당한 듯한 느낌은 차례로
사라지고, 또다시 달콤하고 아름답고 감동적인 류렌의 몸

매와 희고 매끄러운 피부, 그리고 한 번도 말로 표현할 수 없었던 고혹적인 얼굴이 눈에 선했다. 침대에 누워 이리저리 몸을 뒤척이며 광적이면서도 아름다웠던 얼마 전까지의 기억을 회상하다 보니 우다왕은 원앙의 꿈을 되돌리고 싶은 마음을 참을 수가 없었다. 말로 표현할 수 없는 욕망이 순간적인 피의 기습으로 변하면서 일시에 온몸이 초조해졌다. 그 순간의 즐거움과 위대한 성과 사랑을 떠올리자 인생이나 운명, 퇴역 후의 도시 근무, 벽촌의 농민이던 아내와 아이가 그렇게도 동경해 마지않던 도시인이 되는 이상이 실현되는 것조차 모두 보잘것없고 언급할 가치조차 없는 것으로 치부되었다. 류렌과 한 번만 더 만날 수 있다면 이 모든 것을 잃어도 좋다는 충동이 회오리바람처럼 그를 흥분시켰다. 부대의 비장한 조직개편과 해산은 그의 머릿속에서 잠시 사라지고 오로지 서둘러 류렌을 만나야겠다는 참을 수 없는 격정과 영혼의 요구만 남았다.

바로 그날 저녁, 한밤중까지 누워 있던 우다왕은 한때 그랬던 것처럼 침대에서 슬그머니 일어나 군복을 챙겨 입고 몰래 사단장 사택인 1호 원자로 향했다. 그러나 그가 중대 관할구역을 빠져나가려는 순간, 뒤에서 고함이 들려왔다. 거칠고 무거운 단 한마디에 우다왕은 못이 박힌 듯 그

자리에 멈춰섰다.

"자네 죽고 싶니!"

고개를 돌려보니 그를 꾸짖는 사람은 다름 아닌 중대장이었다. 몇 발자국 떨어진 곳에 중대장이 그림자처럼 서 있었다. 어딘가를 다녀오다가 우연히 우다왕과 마주친 것인지 아니면 줄곧 우다왕의 뒤를 따라다니며 그의 동태를 관찰했던 것인지는 알 수 없었다. 그는 길가의 나무 그림자 아래 서 있고 중대장은 밝은 가로등 아래 서 있었다. 중대장의 얼굴은 파랗게 굳어 있었다.

서로 한참을 바라보며 서 있다가 중대장이 우다왕에게 다시 한 번 꾸짖듯 명령했다.

"어서 돌아가게!"

그는 순순히 숙소로 돌아가기 위해 중대장을 스치듯 지나쳤다. 서로의 어깨가 스치는 순간, 중대장은 노기를 가라앉히며 친형처럼 부드러운 말로 다시 한 번 그를 꾸짖었다.

"우다왕, 자네가 농민의 자식이라는 사실을 잊었는가? 상대가 사단장의 부인이라는 사실을 생각해보지 않았느냔 말일세. 사단장님은 자네를 처벌하지 않았을 뿐 아니라 자네 가족 전체를 도시로 이주해 살 수 있게 해주시고 게다가 직장까지 배정해주셨는데 대체 무슨 생각을 하고 있는 건가?"

그는 그곳에 그대로 서 있었다.

중대장이 한마디 덧붙였다.

"이만 돌아가게. 자네 일은 내가 짐작해봤을 뿐이고, 다른 사람들은 전혀 모르고 있네."

우다왕은 숙소로 돌아가지 않고 여전히 그 자리에 서서 멍하니 중대장의 얼굴을 바라보았다.

중대장이 말을 이었다.

"자넨 내가 사단장님이 부사단장으로 계실 때 공무원으로 근무했다는 사실을 잊었나? 첫 번째 부인이 왜 사단장님과의 편안한 생활을 포기하고 노동자에게 시집갔는지 그 이유를 자네만 알고 있다고 생각하나?"

중대장은 얘기를 계속했다.

"사실대로 말하지. 이삼일 내로 군영에 남아 있는 대대와 연대, 중대 가운데 어느 부대가 해산되고 어느 부대가 자매 부대로 전출될지 지금으로서는 아무도 모르네. 그래서 윗사람 아랫사람 할 것 없이 모두 불안해 하고 있어. 그런데도 자네는 터무니없는 생각까지 하고 있네. 가슴에 손을 얹고 자신에게 물어보게. 너무 지각없다고 생각하지 않나? 사단장님이 왜 자네를 마음에 들어 하셨으며 왜 사단장님 사택에서 공무원으로 일하게 하셨는지 정말 모르겠군. 류렌이 왜 자네를 마음에 들어 했는지 모르겠단 말일세. 자네처럼 멍청한 병사를 말이야."

우다왕은 나무처럼 그 자리에 계속 서 있었다. 문득 사흘 전 3대대 대대장의 숙소에서 보았던 광경을 떠올렸다. 사단장 사택에서 공무원이나 경호원으로 일한 적이 있고, 지금은 연대와 대대, 중대의 각 부서에서 근무하는 장교 다섯이 만취해 벌이던 연극이 떠올랐다. 우다왕이 눈을 동그랗게 뜨고 중대장에게 물었다.

"그럼 경비중대도 해산되는 겁니까?"

"아마도 그럴걸세. 하지만 자네가 굳이 사단장 사택을 찾아간다면 어떻게 될지 모르지."

우다왕은 묵묵히 고개를 끄덕이고는 이내 발걸음을 돌렸다. 그 뒤로 우다왕은 중대 숙소에서 한 발짝도 밖으로 나가지 않고 매일 죽은 듯이 침대에 누워 있었다. 다행히 힘든 시간은 그리 오래가지는 않았다. 사흘이 지난 날 오후, 우다왕은 정식으로 부대를 떠나라는 통보를 받았다. 얼마 지나지 않아 지도원과 중대장이 그를 찾아왔다. 지도원이 그에게 말했다.

"우다왕, 한턱 내게. 조직에서 자네의 직장과 자네 가족의 호구를 모두 도시로 옮기는 수속을 마쳤네. 어디로 배정됐는지 아나? 자네 가족은 그 도시에서 가장 큰 동방홍東方紅 트랙터공장에서 일하게 되었네. 자네가 얻을 공장장의 직위는 성장이나 군단장보다 높다네."

중대장이 이어 말했다.

"한턱 내는 건 안 해도 되네. 가면 돈 쓸 일이 많을 테니 부대에서 아낄 수 있는 건 최대한 아끼도록 하게. 어서 짐을 챙기게. 그곳에서 자네에게 모레까지 도착하여 보고하라는 지시가 있었네. 오늘 중으로 기차를 타야 내일 겨우 그곳에 도착할 수 있을 걸세."

이들의 대화는 너무나 간단하고 명료했다. 지도원과 중대장은 이렇게 몇 마디 나눈 뒤 우다왕이 짐을 싸는 것을 도와주었다.

그가 아무것도 모르는 사이에 모든 것이 조직의 손에 의해 딱딱 맞춰 다급하긴 하지만 긴밀하면서도 질서정연하게 처리되었다. 우다왕이 모르는 사이에 짐을 싸는 박스와 나무상자, 상자를 묶을 노끈까지 조직에서 모두 준비해두었던 것이다. 무엇 하나 부족하거나 빠진 것 없이 모든 것이 매우 적확했다. 이 모든 상황이 당황스럽고 혼란스럽게 보일지 모르겠지만 자세히 따져보면 물 샐 틈 하나 없이 철저했다. 우다왕은 밤 12시 반 기차를 탈 예정이었다. 저녁 식사 때가 되자 중대장은 너그러운 마음으로 그를 위해 몇 가지 음식을 더 준비했고 식사를 마친 뒤에는 때맞춰 중대 식당에서 환송회를 해주었다.

전 중대 병사 100여 명이 모두 복장을 단정히 갖춰 입고 질서정연하게 작은 의자에 앉았다. 다 함께 노래를 부르고 마오 주석의 어록 몇 구절을 낭송한 다음, 지도원이 나서서 모든 사람에게 우다왕이 전역이 앞당겨졌다는 소식을 전했다. 병사들은 우박이라도 맞은 듯 하나같이 눈을 휘둥그레 뜨고 아연실색해 했다. 이어 우다왕을 직접 환송하기 위해 찾아온 관리과장이 우다왕과 중대장, 지도원 셋조차 모르는 사실을 공표했다. 영광스럽게도 우다왕이 3등공을 세웠다는 통지문을 낭독한 것이다. 통지문에는 우다왕이 각오가 뛰어나고 혁명정신이 투철하며 품행이 훌륭한 사병으로 마오 주석의 말씀을 적극적으로 학습했을 뿐만 아니라 언행이 일치하고 말한 바는 반드시 실천하며 인민을 위해 복무한다는 목표를 행동을 통해 적극적으로 실행하였기에 그를 사단 전체를 통틀어 유일하게 인민을 위해 복무한 모범사병으로 평가한다고 적혀 있었다. 아울러 그 지역에서 자발적으로 우다왕을 선발하여 일자리를 제공한 이유도 다름 아니라 우다왕에게 진정으로 전심전력을 다해 인민을 위해 복무하는 마음이 있기 때문이라는 것이었다.

마지막으로 관리과장과 지도원이 일어나 사병들에게 우다왕 동지를 본받을 것을 호소했다.

"성심성의껏 인민을 위해 복무하기만 하면 인민이 여러분을 기억할 것이고 여러분에게 감동할 것입니다. 그러면 조직에서도 우다왕을 도와주고 보살폈던 것처럼 여러분을 돕고 보살필 것이며, 우다왕에게 직장을 주고 그의 상황을 배려하여 전역을 앞당겨준 것처럼 여러분에게도 미래와 운명, 이상을 고려하여 사회주의 사업에 헌신할 수 있는 직장을 배정해줄 것입니다."

환송회가 진행되는 동안 우다왕은 시종 아무 말도 하지 않았다. 단상에 올라 3등공을 치하하는 상을 받을 때도 그의 얼굴은 어둡고 무거웠으며 어찌할 수 없는 무력감이 가득했다. 지도원이 병사들에게 한마디 할 것을 여러 차례 권했지만 그는 할 말이 없다며 거절하다가 조직과 병사 전체를 향해 고개 숙여 인사하는 것으로 대신했다. 우다왕은 중대의 모든 전우를 향해 깊이 고개 숙여 인사를 한 다음, 다시 고개를 돌려 조직을 대표하는 관리과장과 지도원을 향해 일일이 군례를 올렸다.

이렇게 환송회가 끝났다. 숙소로 돌아와 보니 중대장이 우다왕의 짐을 기차역으로 보내기 전에 꼬리표를 달고 있었다. 그러고는 우다왕을 보며 쓴웃음 지은 채 말했다.

"자네도 떠나지만 나도 전직 통지를 받았네. 나뿐 아니라 사단장 사택에서 근무한 경력이 있는 몇몇 간부 모두 전역 통지를 받은걸세. 남 탓할 것 없네. 모두 하지 말아야 할 말은 하지 않는다는 규칙을 지키지 못하고 사단장의 전부인과 지금의 아내인 류렌에 대해 왈가왈부한 탓이지. 한데 사단장이 그런 사실들을 어떻게 알았는지 모르겠네."

우다왕이 어리둥절해하며 말했다.

"그 일 때문입니까?"

"아닐지도 모르지. 다 내 추측일 뿐일세."

우다왕은 아무 말 없이 중대장 앞에 한참 서 있었다.

중대를 떠날 때가 되자 서서히 달빛이 밝아오기 시작했다. 음력 며칠인지 알 수 없었지만 낮 같은 달이 구름 위에 걸려 있는 것이 금방이라도 땅으로 떨어질 것만 같았다. 우다왕이 관리과 지프차에 오르자 중대의 장교와 사병이 모두 나와 그를 환송했다. 그는 장교들과 일일이 악수하며 인사를 나누었고 사병들도 대부분 그에게 축하의 말을 건넸다.

"분대장님, 안녕히 가세요. 우리 중대가 해산되지 않고 남아 있는 한 열심히 분대장님을 본받아 인민을 위해 복무하는 모범사병이 되도록 노력하겠습니다."

병사들의 말에 우다왕은 아무런 대꾸도 하지 않았다. 그저 두 손으로 어느 병사의 손을 꽉 쥐었다가 재빨리 떨쳐내고는 다음 병사와 악수를 나누었다. 일일이 작별인사를 나누고 중대를 떠날 때에는 꾹 참고 절대로 눈물을 보이지 않을 작정이었다. 그러나 지프차가 시동을 거는 마지막 순간 감정이 극에 달한 그는 결국 참지 못하고 처연하게 눈물을 흘렸다.

그렇게 그는 떠났다.

13장

모든 일이 원만하게 마무리되었다. 중대 관리과장도 우려와 안타까운 마음으로 낮은 목소리로 중대장과 지도원에게 우다왕이 아무 일 없이 순조롭게 부대를 떠났으니 다음은 자기 차례라고 말할 정도였다.

"나는 아직 마흔이 되지 않았으니 나중에 얼마든지 연대장을 할 수도 있겠지. 하지만 지금 들리는 바에 따르면 이미 직업을 바꾸는 쪽으로 조치가 된 모양이야."

그는 떠나지 않고 계속 부대에 남아 일하고 싶다고 말했다. 그러면서 사단장의 사무실로 찾아가 계속 부대에 남게해달라고 해야겠다고 덧붙였다. 관리과장은 몹시 애처로운 눈빛으로 중대장과 지도원을 바라보았다. 지도원과 중대장도 놀란 눈으로 그를 바라보았다. 잠시 침묵이 흐른 뒤 그는 다시 지도원과 중대장을 향해 빙긋이 웃으며 말했다.

"각자 알아서 하도록 합시다. 나는 직접 기차역까지 우다왕을 배웅할 생각이 없어요. 두 분께서 대표로 배웅하도록 하시오."

그는 지프차가 부대를 떠나는 것을 보고는 곧장 자신의 사무실을 향해 걸어갔다. 야간 전조등을 켠 지프차가 군영 대문을 향해 나아갔다. 이내 부두를 벗어난 거대한 쾌속정처럼 밤의 물결 속으로 달려 들어갔다. 군영 바깥 하늘에 떠 있던 밝은 상현달이 어느새 군영 안으로 들어와 있었다. 가을밤의 수목들은 밝게 빛나면서도 사뭇 황량한 느낌을 주었다. 밤꾀꼬리 울음소리도 없고, 적막 속에서 즐겁게 불러대는 귀뚜라미 노랫소리도 없었다. 군영 안에는 이미 소등신호가 울린 뒤였다. 각 중대 병사들은 마지막으로 사단 수장들의 신임을 살 수 있기를 기대하면서, 그리고 군 정예화를 위한 조직개편에서 다른 중대가 해산되고 자신의 중대는 남게 되기를 기대하며 모두 질서정연하게 소리 없는 발걸음으로 근심으로 가득 찬 꿈의 세계로 걸어 들어갔다. 이 바닥에서, 이 군영 안에서 놀라운 이야기 하나가 마지막 단계로 접어들고 있다는 사실을 의식하는 사람은 몇 없었다. 우다왕이나 중대장, 지도원처럼 이 이야기의 주인공격이거나 사건의 진상을 어렴풋이 감지하는 사람들은, 이야기가 막바지로 치닫고 있다는 사실은 알았지만, 이 거대한 드라마가 끝난 뒤 개 꼬리에 담비 꼬리가 이어지듯 막이 내린 무대 틈새로 계획되지 않은 또 다른 결말이 전개되어 화려한 악장 마지막의 무언의 피날레에 무수한 우수와 회상, 비장함과 처연함을 더해주리라고는 전혀 예상치 못했다.

우다왕이 탄 지프차가 영내 도로의 가로등 밑을 곧장 지났다. 흐릿한 가로등 불빛이 흐린 물처럼 길 위에 뿌려지고 반짝이는 지프차의 불빛이 두 개의 탐조등처럼 그 위로 투사되었다. 한 소대 또 한 소대 내무반 건물이 스쳐 지나갔고 길가의 가로수와 전봇대가 하나둘씩 지프차 뒤로 사라졌다. 모든 것이 칼날 같은 등불에 뿌리까지 베어져 사라져버리는 것 같았다. 우다왕은 왼쪽 좌석에 앉고 중대장과 지도원이 맞은편에 앉아 있었다. 두 사람은 "차표를 잘 챙겨왔느냐", "도로에 들어서면 차를 빨리 몰아도 기차역에 도착하면 짐을 부치는 수속이 너무 오래 걸린다" 등의 몇 마디를 건네고 입을 다물었다. 이별의 슬픔과 무거움이 그들의 머리 위를 짓눌렀다. 사단장 사택 앞을 지날 때도 우다왕과 중대장, 지도원 가운데 누구 하나 입을 열거나 눈길을 주지 않았다. 군영 입구에 가까워지고 모든 것이 곧 끝나려 할 때쯤, 어둡던 1호 원자의 2층에 갑자기 환하게 불이 켜졌다. 밝게 불이 켜진 2층 창문은 류렌의 침실이 있는 곳이었다. 그 불빛으로 인해 우다왕의 마음속 깊은 곳에 깔려 있던 모종의 충동이 갑자기 제방이 뚫리고 홍수가 범람하듯 솟구쳐 오르기 시작했다. 아무런 표정도 없는 나무 빛깔이던 우다왕의 얼굴이 지금 그의 시야에 들어온 그 불빛으로 축축한 붉은 빛으로 변하기 시작했다. 반쯤 벌어져 있던 입술이 갑자기 곧게 그은 선처럼 굳어졌다. 그는 불빛을 바라보고 또 바라보았다. 그러다가 불빛에서 지프차가 점점 멀어지려 하자 갑자기 큰소리로 외쳤다.

"잠깐 차 좀 세워요!"

운전병이 놀라 도로 한가운데서 급히 브레이크를 밟았다.

"왜 그래요?"

우다왕은 아무 대답도 하지 않고 자신의 짐 속에서 잡히는 대로 뭔가를 꺼내 들고는 곧장 차에서 뛰어내려 1호 원자를 향해 걸어갔다.

지도원과 중대장은 그가 어디로 가는지, 가서 무엇을 하려는지 잘 알고 있었다. 중대장이 그의 등에 대고 소리쳤다.

"우다왕, 거기 서!"

우다왕은 멈추지 않았지만 조금씩 걸음이 느려졌다.

중대장이 또다시 소리쳤다.

"1호 원자에 발을 들여놓았다간 당장 자네를 처벌하겠네. 자네는 아직 군인이라는 걸 명심하게. 자네의 신상기록부는 내일이나 발송될 거란 말일세."

우다왕이 걸음을 멈췄다.

그러자 지도원이 따스하고 인간적인 얼굴로 중대장을 향해 씩 웃어보이고는 입을 열었다.

"사단장님은 아직 사무실에 계실 테니 우다왕에게 작별인사나 하고 올 수 있게 해줍시다. 그게 인지상정 아니겠소."

지도원의 말에 중대장은 굳게 입을 다물었다. 지도원이 차에서 내려 우다왕을 데리고 사단장의 사택으로 향했다.

사단 입구에서 사단장 사택의 작은 마당 입구까지 200미터쯤 되는 가로등 길은 군영 중앙 대로에 있는 가로등보다 훨씬 밝았다. 어느새 새파랗게 변한 우다왕의 얼굴에는 원망의 기색이 역력했지만 방금 전 중대장에게 질책을 들어서인지 아니면 류롄이 자신에게 남겨준 복잡한 사랑 때문인지 알 수 없었다. 지도원은 그와 어깨를 나란히 하고 걸으며 봄비가 내리듯 조용하고 부드럽게 사상공작을 했다.

"나는 항상 회의에서 사람들에게 빈말을 하거나 허풍을 떨거나 상투적인 말만 해왔네. 하지만 오늘은 자네가 부대를 떠난다고 하니 솔직히 몇 마디 해야겠네. 천 번을 말하고 만 번을 말해도 인생의 궁극적인 목적은 결국 잘 사는 거야. 노동자 가정에서 태어난 사병들은 모두 간부로 신분상승하길, 원하고, 간부 가정에서 태어난 사람은 중간층 간부로 신분상승하길 원하지. 또한 농민 가정에서 태어난 사람은 자신과 가족이 모두 도시인이 되길 원하네."

지도원은 잠시 입을 다물었다 다시 말을 이었다.

"이러한 이상이 공평무사한 혁명 군인의 기준에는 부합하지 않을 수도 있지만 그래도 대단히 실사구시적 생각이라고 할 수 있을걸세. 한 개인에게 이런 목표는 결코 큰 것이 아니지. 하지만 때로는 이것을 실현하기 위해 일생의 정력을 바쳐야 할 수도 있어. 샤오우, 자네에게 솔직히 말하겠네. 우리 부대는 이미 해산이 임박해 있네. 듣자하니 부대에 남게 되는 사람은 극소수에 불과하고 대부분은 전직되어 집으로 돌아가게 될 거라고 하더군. 이런 상황에서 어차피 부대 간부 가운데 열에 여덟의 목표는 이미 기회를 잃었지만 자네의 목표는 이삼일 내에 전부 실현될 걸세. 이런 사실만으로도 자네가 사단장 사택에 가서 마지막으로 아주 예의바르고 온화하게 류렌에게 좋은 인상을 남겨야 하는 이유는 충분해. 산이 돌지 않으면 물이 돈다는 말이 있듯이 혹시 나중에 자네가 어려움에 처했을 때 또다시 사단장과 류렌의 도움이 필요하게 될지도 모른단 말일세."

지도원은 그의 얼굴을 쳐다보며 확인하듯 힘주어 말했다.

"이보게, 샤오우. 알겠나? 내 말이 무슨 뜻인지 알아들었냐는 말일세."

"잘 알겠습니다. 걱정하지 마세요."

두 사람은 곧 수장의 사택에 도착했다.

보초를 서던 병사가 지도원과 우다왕에게 경례하자 지도원과 우다왕도 가볍게 답례한 뒤 곧바로 1호 원자 안으로 들어섰다. 사단장 사택에서는 시간에 맞춰 소등할 필요가 없었다. 군영의 다른 중대 병사들은 이미 모두 불을 끄고 잠자리에 든 상태였다. 어쩌면 잠을 이루지 못하고 있을지도 모르지만 겉으로 보기에는 전부 꿈속에 빠져 있는 것 같았다. 하지만 수장의 사택 구역에는 건물마다 불이 환하게 켜져 있었다. 어디선가 라디오에서 흘러나오는 음악 소리도 들려왔다. 두 사람은 이 소리를 들으며 너무도 익숙한 1호 원자의 철문 앞에 이르렀다. 우다왕이 가을의 포도나무 시렁을 바라보았다. 잎이 반쯤 누렇게 변한 넝쿨 위로 드문드문 흐린 달빛이 뿌려졌다가 다시 한 조각 한 조각 누군가에 의해 찢긴 흰 비단처럼 건물 앞으로 떨어지고 있었다. 익은 포도는 이미 다 따먹고 없었지만 넝쿨 위로 아직 약간 시큼하면서도 단맛이 감도는 포도향기가 느껴졌다. 우다왕은 그리움을 마시듯 숨을 크게 한 번 들이쉬어 포도향기를 맡았다. 우다왕이 자물쇠가 채워지지 않은 철문 아래 작은 문을 밀어 열려고 하는 순간, 지도원이 그를 잡아끌며 말했다.

"우다왕, 자네에게 마지막으로 부탁하고 싶은 것이 있네."

달빛 아래서 우다왕은 지도원의 얼굴을 바라보았다. 지도원의 얼굴에는 사뭇 경직되고 난감한 기색이 역력했다.

우다왕이 말했다.

"어서 말씀해 보세요."

"자네가 꼭 도와줘야 하는 일일세."

"제가 무슨 도움을 드릴 수 있겠습니까?"

"이건 오직 자네만이 도와줄 수 있는 일일세."

"제가 도울 수 있는 일이라면 기꺼이 해드리겠습니다."

"자네와 류렌이 보통 사이가 아니라는 것을 알고 있네. 사단장 사태에 들어가거든 류렌에게 내 사정을 좀 봐달라고 부탁해주게. 오늘 조직에서 나를 전역 조치하기로 했다는 소식을 들었네. 실수 한 번 한 적 없고 해마다 모범 지도원이라는 평가를 받은 데다 뛰어난 정치사상을 가진 인물이라고 말해주게. 사단장이 나를 한 계급 진급시켜 다시 기관에 배치해주기만 한다면 적어도 부대에서 1, 2년은 더 지낼 수 있지 않겠나. 만약 정말로 경비중대가 해산된다면 다른 부대로 배치될 수도 있을걸세. 내년 말이면 나도 군에 입대한 지 15년이 되는데 부대대장이 되지 못한다면 마누라라도 부대 안으로 들어와 살 수 있어야 한단 말일세."

지도원은 잠시 머뭇거리다 말을 이었다.

"내 솔직히 말하지. 우리 마누라 아버님이 인민공사의 무장부장이라 내가 자기 딸을 군대 안에서 일할 수 있게 해야만 내게 시집보내기로 했다네. 내가 군대에 들어온 것도 바로 그것 때문이고. 나는 아내를 데려오면서 서약서를 썼네. 무슨 일이 있어도 아내를 군대 안에서 일할 수 있도록 하겠다고 말이야. 우다왕, 자네는 류렌과 각별한 사이니 사단장에게 한마디만 해달라고 부탁 좀 해주게."

너무도 뜻밖의 하소연에 우다왕은 그 자리에 멍하니 선

채 미동도 하지 못했다. 자신과 지도원의 운명이 마치 쌍둥이처럼 닮은 것이 신기하게만 느껴졌다.

지도원은 멍하니 그를 바라보더니 약간 겸연쩍은 듯 웃으면서 말했다.

"시기가 적절하지 않다는 건 알지만 자네가 떠나고 나면 이런 기회마저 사라지는 게 아니겠나."

그는 재빨리 말을 이었다.

"가세. 들어가서 기회를 보고 일을 처리하도록 하세. 만약 집 안에 다른 사람이 있으면 아무 말도 하지 말고, 다른 사람이 없으면 류롄에게 딱 한마디만 해주게."

두 사람은 사택 문을 열고 안으로 들어갔다. 포도 시렁을 지나면서 우다왕은 옆에 핀 꽃으로 눈길을 돌렸다. 손질해야 될 꽃나무들이 그대로 있는 것을 보고는 가을에도 손질해야 할 꽃들이 있다는 것이 생각났다. 국화는 이 시기에 뿌리 위를 잘라 영양분을 저장해두어야 무사히 겨울을 나고 내년 봄에 다시 꽃을 피울 수 있다. 하지만 지금 국화와 작약은 그 자리에 그대로 방치된 채 가을날의 처량한 자태를 드러내고 있었다. 그는 지도원에게 꽃을 키우는데 필요한 기본상식을 설명하며 자신의 뒤를 이어 공무원에 지원하라고 이야기하고 싶었지만 미처 말을 꺼내기도 전에 두 사람은 이미 건물 앞에 도착해 있었다. 어느새 지도원은 우다왕을 뒤에 남겨두고 먼저 한 발 앞서 나아가더니 가볍지도 무겁지도 않은 목소리로 "보고드립니다"라고 두 번 외쳤다. 곧 이어 류렌이 위층에서 누구냐고 묻는 소리가 들렸다. 지도원이 대답했다.

"접니다. 경비중대 지도원입니다."

류렌의 부드러운 발소리가 나무계단의 삐걱거리는 소리를 따라 내려왔다.

사단장은 집에 없고 사택 안에는 분명 류렌 혼자 있었다. 지도원은 우다왕에게 자신이 하고 싶은 말을 남김없이 다했다. 자신이 지도원으로서 마음 씀씀이가 세심하고 도리를 알며 일할 때는 제때 내리는 비가 땅을 촉촉이 적실 수 있게 하듯이 상황과 시의에 맞게 잘 처리한다고 말했다. 그러고는 몇 걸음 뒤로 물러서더니 우다왕을 앞으로 밀어놓고 자신은 그림자처럼 그 자리에 서 있었다.

이윽고 문이 열리고 류렌이 외투처럼 생긴 붉은색 잠옷 차림으로 문 앞에 나타났다. 아마도 그녀는 우다왕이 떠나기 전에 마지막으로 자신을 보러 오리라고 전혀 생각지 못했을 것이다. 머리가 살짝 헝클어져 있고 안색도 별로 좋지 않은 것이 몹시 피곤해 보였다. 그리고 가장 중요한 사실은 그녀가 정말로 아이를 가진 것이었다. 그녀는 이미 눈에 띄게 불러 있었다. 부른 배를 하고 우다왕 앞에 서 있는 것이 적절치 못하다는 생각이 들었는지 그녀는 우다왕 뒤에 서 있는 지도원을 불쾌한 눈빛으로 쳐다보았다. 그러나 지도원은 짐짓 그녀의 시선을 모른 척하며 건물 밖으로 눈길을 돌렸다. 이 순간, 바로 이렇게 그녀와 우다왕은 둘다 나무처럼 뻣뻣하게 굳은 몸으로 건물 입구의 등불 아래선 채 한 사람은 건물 안에서, 한 사람은 건물 밖에서 마치 상대방이 먼저 입을 열기를 기다리기라도 하는 듯이 침묵하고 있었다. 우다왕은 길을 걷다 벽에 부딪힌 것처럼 한 순간 머릿속이 하얘지면서 도대체 무슨 일이 일어난 것인지 몰라 어리둥절하기만 했다. 그렇게 한참을 문 앞에 멍하니 서 있다가 지도원이 손가락으로 그의 머리를 툭툭 치고 나서야 조금 정신이 들었는지 낮은 소리로 말했다.

"저 오늘 떠나요."

"알고 있어. 열두 시 반 기차라고."

"떠나기 전에 마지막으로 한 번 뵙고 싶어서 찾아왔어요."

우다왕은 유광지油光紙로 싼 손에 들고 있던 물건을 그녀에게 건넸다. 마치 그녀가 잃어버린 물건을 찾아다주는 것

같았다. 그녀는 선뜻 물건을 받지 않고 그저 바라보기만
하며 물었다.

"이게 뭔데?"

"잣이에요. 특별히 고향에서 가져온 거예요."

그녀는 잣이 담긴 봉지를 받아 이리저리 살펴보더니 한
알을 꺼내 맛을 보고는 그대로 몸을 돌려 아무 말도 없이
위층으로 올라갔다.

이 잣 봉지로 인해 두 사람 사이의 어정쩡한 분위기가
깨지고 이야기는 미리 계획된 방향을 따라 대책 없이 앞을
향해 흘러갔다. 이야기의 결말에 새로운 의미가 생긴 것이
다. 우다왕은 그녀가 위층으로 올라간 기회를 놓치지 않고
아래층에 있는 응접실로 들어갔다. 대충 둘러보니 응접실
의 가구들은 자신이 있을 때와 별로 달라진 것이 없었다.
달라진 것이라고는 계단 입구에 걸려 있던 마오 주석의 어
록 "혁명 전통을 발양하여 더 큰 영광을 쟁취하자"라는 구
절이 쓰여 있던 커다란 유리거울이 깨져버린 뒤 이제는
"인민의 군대가 없어지면 인민의 모든 것이 없어진다"라는
구절이 적힌 훨씬 더 큰 유리거울이 걸려 있다는 점뿐이었
다. 우다왕은 다시 부엌으로 가보았다. 부엌은 그가 일하고
전투했던 곳으로, 그의 인생에서 가장 큰 전환점이자 출

발점이된 곳이었다. 그는 큰 응접실 한쪽에 이어진 식당에 꼭 한번 가보고 싶었다. 식탁 위에 어떤 변화가 생겼는지, '인민을 위해 복무하라'라는 문구가 새겨진 그 나무팻말이 아직 그곳에 있는지 보고 싶었다. 만약 팻말이 여전히 그곳에 있다면 류렌에게 그걸 달라고 부탁해볼 생각이었다. 다른 뜻은 없었다. 그저 인생의 기념으로 삼고 싶을 뿐이었다.

그러나 그가 부엌을 거쳐 막 식당에 들어섰을 때 류렌이 위층에서 내려왔다. 그녀는 붉은 비단으로 싼 물건을 하나 들고 있었다. 두께가 반 치쯤 되고 너비는 그보다 커 몇 치가량 되었다. 한 자 하고도 두 치쯤 되었다. 류렌이 우다왕에게 다가가 아무 말 없이 물건을 건넸다. 우다왕이 물었다.

"이게 뭔가요?"

"네가 원하는 거야."

한쪽 귀퉁이를 살짝 열어본 우다왕은 이내 얼굴이 발개지면서 황급히 보자기를 다시 덮었다. 그러고는 고개를 들어 반짝이는 눈빛으로 류렌의 얼굴을 바라보며 다정하면서도 떨리는 목소리로 그녀를 불렀다.

"류렌 누님!"

그녀는 문밖을 한번 바라보더니 손으로 그의 얼굴을 어

루만지며 말했다.

"지도원이 자네를 데리고 날 찾아온 건 부대에 남게 해 달라는 부탁을 하려던 게 아니었나?"

우다왕은 고개를 끄덕였다. 류렌의 눈시울이 붉어졌다.

"자네 중대장과 지도원에게 미안하다고 전해줘. 그 사람들한테는 미안하지만 나로서도 어떻게 도와줄 방법이 없어. 이미 상부에서 사단장의 최후 보고를 비준했고 부대를 전부 해산시키는 데 동의했단 말이야. 한 명도 남지 않고 모두 군복을 벗고 각자 고향으로 돌아가야 해."

류렌은 잠시 입을 다물었다가 다시 말을 이었다.

"자네 중대장에게는 정말 미안해. 어서 이만 가봐. 중대장과 지도원에게 전역한 뒤에 도움이 필요하면 찾아오라고 전해줘."

우다왕은 그 자리에 서서 미동도 하지 않았다.

류렌이 말했다.

"어서 가, 샤오우. 사단장님이 곧 사무실에서 돌아오실 거야."

그래도 우다왕은 망연자실한 듯 창백한 얼굴로 꼼짝 않고 그 자리에 서 있었다.

류렌은 우다왕을 쳐다보며 쓴웃음을 짓더니 그의 손으로

자신의 부른 배를 한번 쓰다듬어주고는 재촉하며 말했다.

"어서 가."

그러고는 건물 밖에 어두운 그림자처럼 서 있는 지도원에게 큰소리로 말했다.

"지도원, 기차 시간 놓치지 말고 어서 가도록 해요."

우다왕은 어쩔 수 없이 그곳을 떠나야 했다.

이렇게 그는 떠났다.

류렌은 1호 원자 입구까지 그를 배웅했다. 그녀가 서 있는 동안 그녀의 몸에서 나는 잘 익은 사과향기가 달빛 아래 원자를 향해 그윽하게 퍼져나갔다. 한 번도 끊기지 않은 짙은 향기가 처음부터 끝까지 하나의 이야기를 관통하고 있었다.

사흘 뒤, 사단의 해산이 선포되었다. 우다왕과 류렌의 사랑 이야기를 아는 사람들은 모두 떠났다. 하지만 전부 떠난 것인지는 알 수 없었다. 하나의 비밀이 모든 사람의 망각 속에 깊이 묻혀버렸다. 마치 황금덩이 하나가 깊은 바닷속에 던져진 것 같았다.

에필로그

시간의 산맥을 넘고 세월의 긴 강을 건너 15년 뒤 우다왕이 중년에 접어들었을 때, 그가 어떻게 이 15년을 보냈는지 아는 사람은 아무도 없었다. 그와 그의 아내, 아들, 그가 어려서부터 동경해 마지않았던 도시, 그리고 그의 일과 인생에 대해 우리는 전혀 아는 바가 없었다. 망연한 공백 상태였다. 유일하게 눈에 띄는 것은 그가 마흔 살이 넘으면서 얼굴에 창망하고 막막한 표정이 뚜렷해지고 검붉은 피부에는 관리가 부족하여 생기는 남자들 특유의 거칠고 촌스러운 기색이 역력해졌다는 점이었다. 자세히 살펴보면 얼굴에 세월의 주름이 새겨져 있을 뿐 아니라 실제 그의 나이보다 훨씬 더 깊은 비애와 황량함이 짙게 드리워져 있었다. 이미 패자의 모습이 역력한 그의 얼굴에는 이 변혁의 사회와 몇 세대에 걸쳐 겪어온 변혁의 세월이 그로 하여금 이 나이에 잃지 말아야 할 것을 잃어버린 채, 삶의 방향과 힘, 그리고 내성에 직면하게 했다. 젊었을 때도 용감하게 달려나가는 기개가 부족했지만 15년이 지나 성회省會 군구軍區 수장의 사택 대문 앞에 다시 선 그의 몸에는 완전히 기개가 사라져 흔적조차 찾을 수 없었다. 당시 사단장은 몇 년 전에 이미 성 군구의 사령관이 되었고, 농익은 과일 같았던 류롄은 성 소재지에서 누구나 우러러보는 사령관 부인이 되어 있었다. 우다왕도 이 사실을 잘 알고 있었다. 사령관에 관한 일이라면 TV와 신문에서 언제든지 자세히 보고 들을 수 있었지만 류롄의 삶과 처지에 관해서는 아첨과 허풍으로 권력에 기대기 좋아하는 전우들의 입을 통해 희미하게 들을 수 있을 뿐이었다.

그해 겨울, 아무런 소식도 없다가 15년만에 큰 눈이 성 소재지의 모든 건물과 외곽도로, 입체교차로를 온통 덮어버리고 도시를 가로질러 흐르는 진수이하金水河가 두꺼운 얼음으로 얼어붙어 사내아이들이 강 위에서 신나게 스케이트를 타며 놀고 있을 때, 다소 철 지난 듯한 군용 외투를 입고 성 군구 수장의 사택에서 돌아온 우다왕은 열다섯이 채 안 되어 보이는 소년을 한참이나 멀리서 바라보다가, 황혼의 일몰 속에서 강변의 빈허濱河대도를 따라 동쪽으로 500미터 정도 걸어 다시 성 군구 수장의 사택 문 앞에 다다랐다.

사택의 대문은 이미 성 동쪽으로 수백 리 떨어진 곳에 있던, 공장으로 변한 사단본부 수장의 사택 대문과는 완전히 다른 모습이었다. 대문은 크고 웅장한 데다 양쪽에 성벽처럼 높고 곧게 솟은 기둥이 세워져 있었으며 기둥은 사방 1미터 크기의 커다란 수입 석재로 마감되어 있었다. 아마도 이 돌이 어느 나라에서 온 것이고 어떤 진귀하고 유명한 브랜드이며 1평방미터를 사는 데 돈이 얼마나 드는지 아는 사람은 거의 없었을 것이다. 기둥 위를 가로 지르는 대들보에도 똑같은 석재가 양감되어 있을 뿐 아니라 아주 정교하게 디자인된 전등들이 은밀하게 감춰져 있고 국경절에 내다 걸었다가 국경절이 지났는데도 제때에 걷어 들이지 않은 대형 등롱이 두 개 달려 있었다. 등롱 아래에는 사병 둘이 각자 총을 든 채 높이가 한 자 반 정도되는 흰색과 붉은색으로 장식된 정사각형 위병대 위에 서 있었다. 사병들은 그다지 엄숙하고 진지한 모습이 아니었지만 대문과 위병대, 그리고 군구 사령관의 사택이라는 헛되지만 위엄 있는 이름 때문에, 그리고 그 앞으로 펼쳐진 거마의 행렬이 끊이지 않는 번화한 경관 때문에 하는 수 없이 엄숙한 표정으로 차려 자세를 한 채 의젓한 모습으로 있었다. 우다왕은 대문 가까이 다가가지 않고 멀리 선 채, 대로 한쪽을 바라보고 서서 조용히 황혼 속에서 대문을 드나드는 사람들을 관찰하고 있었다. 그러다가 밤 10시가 지나서야 조용히 그곳을 떠나 번화한 도시 속으로 사라졌다.

그가 다시 대문 앞에 나타난 것은 다음날이 밝았을 때였다. 그간의 군복무 경험 덕분에 우다왕은 수장의 저택 안으로 들어설 때 갖춰야 할 수많은 상식을 알고 있었다. 그 때문에 매우 삼엄해 보이는 군구 수장의 사택 마당 안으로 어렵지 않게 들어가 1호 원자까지 순조롭게 걸어갈 수 있었다.

모든 구조와 배치가 15년 전 그 1호 원자와 똑같았다. 철공예 난간이 둘러쳐진 울타리 안에는 겨울을 나고 있는 화단이 있었고, 눈으로 하얗게 뒤덮인 빈 채마밭이 있었다. 밭과 이랑은 눈으로 덮여 있는데도 확연히 구분할 수 있었다. 달라진 점은 커다란 철문 뒤, 건물로 통하는 문 입구에 포도나무 시렁이 긴 주랑을 이루고 있고, 겨울이 되면 바싹 마르지만 여전히 튼튼한 포도넝쿨 위로 생선 비늘 같은 수많은 가지들이 눈에 덮여 있다는 것이었다. 대문도 여전히 차가 드나들 수 있는 철문이었고, 철문에는 여전히 작은 철문 하나가 나 있었다. 이미 빗물에 젖어 검은 빛을 띠는 수마석水磨石 문기둥 옆에는 나무판으로 지은 위병소 밖에 초병이 하나 서 있었다. 우다왕이 가까이 다가오자 초병은 의심스러운 눈빛으로 그를 쳐다보다가 멀리서 냉랭한 어투로 그를 불러 세우더니 목청을 높여 물었다.

"이봐요. 어디 가십니까? 누굴 찾아오셨습니까?"

"난 류렌 누님을 찾아온 사람일세. 15년 전 사령관께서 사단장으로 계실 때, 내가 그 사택의 공무원이었지."

"오기 전에 사령관님 댁에 전화라도 하셨습니까?"

"연락을 안 했으면 어떻게 전 대문을 통과할 수 있었겠나?"

초병은 즉시 위병소 안으로 들어가 수화기를 집어들고는 곧장 사령관 사택으로 전화를 걸었다. 우다왕이 그에게 말했다.

"류렌 누님에게 우다왕이란 사람이 찾아와 이미 문 앞에 서 있다고 전해주게."

우다왕이 문 앞에서 기다리는 동안 초병이 전화로 누구

와 몇 마디 나눈 뒤 전화를 끊고는 그를 한참이나 뜯어보았다. 그리곤 아무 말도 하지 않고 원자 문 밖에 우다왕을 홀로 남겨둔 채 철문을 밀어 열고 원자 안으로 들어가더니 곧장 건물 안으로 들어가버렸다. 수장의 사택이 이토록 번화한 도시 안에 있는데도 원자가 크고 나무가 많은 데다 눈에 덮여 있어서 그런지 말할 수 없이 고요하기만 했다. 끝없는 적막이 원자 전체를 둘러싸고 있었다. 하늘은 음침한 회색이었고 가는 눈이 흩날리기 시작했다. 잠시 뒤 우다왕의 머리와 외투 위로 부드럽고 가벼운 눈이 하얗게 쌓였다. 그는 좀 춥다고 느껴질 때까지 문 앞에 조용히 서서 기다렸다. 발을 굴러 추위를 좀 달래보려는 차에 건물 안으로 들어갔던 초병이 나와 제본용 핀 두 개로 입구를 봉한 편지 한 통을 건네며 말했다.

"류렌 사모님은 지금 안에서 머리를 손질하는 중이라 나오실 수 없답니다. 안으로 들어오시게 하는 것도 곤란하다면서 편지를 읽어보라고 하셨습니다. 무슨 일이 있으시면 편지에 적어달라고 하셨습니다. 꼭 처리해드리겠다고 하시면서요."

우다왕은 편지를 받아 들고 한참을 주저하다가 열어보았다. 편지에는 아주 간단한 한마디가 쓰여 있었다.

무슨 어려운 일이 있으면 편지에 써서 전해줘. 돈이 필요
한 거면 정확한 액수와 우편물을 받을 수 있는 주소를 적
어줘.

눈꽃이 휘날리는 대문 앞에 서서 우다왕은 문 안쪽을 바
라며 꼼짝 않고 있었다. 얼굴에는 어찌 할 수 없는 창백한
원망이 서려 있었다. 잠시 뒤, 그는 편지를 접어 다시 봉투
안에 집어넣었다. 그러고는 외투 안에서 붉은 비단으로 싼
팻말을 꺼내들었다. 두께가 반 치쯤 되고 너비는 세 치, 길이
는 한 자 두 치쯤 되는 것이 마치 특별히 제작한 선물용 담
배상자 같았다. 그는 그 팻말을 초병에게 건네주며 말했다.
"이걸 류롄 누님에게 좀 전해주게."

혁명시대의 격정과 욕망

　우리에게 가장 잘 알려진 중국 작가들을 꼽자면 노벨문학상 수상자인 모옌莫言을 비롯하여 쑤퉁蘇童, 위화余華, 옌롄커閻連科, 류전윈劉震雲, 츠쯔젠遲子建 등이 있다. 이들은 대부분 기본적으로 중국 문단을 대표하는 작가들로서 지대물박地大物博한 중국 사회의 특성을 반영하듯이 작품의 경향과 서사 및 수사의 특성에 있어 충분히 다양성을 보여준다.

　이들이 지닌 중요한 공통점은 전부 '50후'와 '60후'라는 것이다. 다시 말해서 1950년대 후반에서 1960년대 초반 사이에 태어난 작가들이 중국의 문단을 장악하고 있을 뿐만 아니라 세계문학으로서의 중국문학의 위상을 상징하고 있다고 해도 과언이 아니다. 옌롄커는 여기에 그럴 만한 역사적 사회적 배경이 존재한다고 지적한다. 옌롄커에 따르면 1930, 1940년대에 태어난 작가들은 대부분 특별한 거부감 없이 혁명의 사유를 수용했던 계층으로, 이제는 나이가 많아 오늘날 중국의 현실과 처지에 진정으로 참여하기 어려울 뿐만 아니라 국가와 세계의 미래에 대한 관심을 투영할 능력도 없다. 다시 말해서 개혁개방 이후 중국 사회가 노정하고 있는 정치적·문화적·미학적 변화를 역동적으로 표현해내기에는 역부족인 것이다. 한편 1980년대와 1990년대에 태어난 작가들은 중국 산아제한 정책의 결과로 형성된 '독생자녀 세대'로 경제적·문화적 풍요 속에서 성장한 대신, 극단적인 혁명 이데올로기의 지배와 그 절정이었던 문화대혁명을 경험하지 못했고 사회변혁의 동기와 지향에 대해 비판적인 사유의 단계도 체험하지 못했다. 이 때문에 중국이 어디서부터 시작하여 오늘날의 상태로까지 발전한 것인지, 개혁의 중국과 보수의 중국이 장차 어디로 나아가게 될 것인지 인식하거나 체감하지 못할 정도로 이들은 정신이 빈곤하다. 이처럼 판이하게 다른 두 세대 사이에 1950, 1960년대에 태어난 작가들이 있는 것이다. 한

창 중년의 세월을 보내고 있는 이들은 오늘의 중국이 어디에서 왔는지 잘 알고 있고 내일의 중국이 이 세계 속에서 어디로 나아가게 될 것인가 하는 문제에 관해서도 지대한 관심이 있다. 소설 작품을 첫째, 사상성 및 역사의식 둘째, 스토리텔링의 소재 및 서사구조, 셋째 수사적 기교라는 세 가지 시각으로 평가해볼 때 아직까지는 '50후'와 '60후' 작가들만이 이 세 요소를 두루 만족시키며 중국 당대문학의 위상을 높이고 있다고 할 수 있다.

한국 작가와 독자들이 중국의 소설, 특히 '50후', '60후'들의 작품을 읽어야 하는 이유는 여러 가지가 있을 것이다. 첫째는 세계 각국의 고전문학과 당대문학 작품 들을 통해 문학예술이 가져다주는 심미적 즐거움과 인성의 깨달음을 향수해 왔듯이 중국 당대문학 작품들이 주는 다양한 내용과 형태의 심미적 즐거움을 누리는 동시에 푸짐한 영혼의 양식을 얻을 수 있다. 둘째는 문학작품을 통해 중국 사회에 대한 이해를 넓히는 것이다. 개혁개방 이래로 너무나 빠른 속도로 변화하고 있는 중국사회의 생생한 모습을 구체적으로 체감하기 위해서는 이론이나 통계보다는 소설의 서사를 통해 자연스럽게 펼쳐지는 중국인들의 삶의 풍경을 몸과 가슴으로 느끼는 것이 절실하게 필요하다.

알베르 까뮈가 말했듯 인간의 삶은 이론으로 기억되기보다는 풍경으로 기억되는 경우가 대부분이기 때문이다. 셋째는 한국 문학의 발전을 위해서이다. 인성과 삶, 인간의 존엄과 사랑에 대한 중국 작가들의 깊이 있는 사유와 고뇌, 그리고 이를 담아낸 눈부신 수사를 통해 한국 문학이 결여하고 있는 문학적 자양을 흡수하여 이를 바탕으로 한국문학이 세계문학의 대열에 한 걸음 더 가까이 나아갈 수 있다면 그보다 더 좋은 일이 없을 것이다.

중국의 '50후', '60후' 작가들 가운데 비교적 늦게 우리에게 알려진 중국 문단의 이단아 옌롄커는 '반역의 글쓰기'를 통해 중국 문단의 실천적 목소리를 대표하고 있다. '시대와 불화하는' 작가로서 '호치虎痴'라는 별명이 있는 그는 자신의 문학을 '계란으로 바위를 치는 예술'로 규정한다. 과감하게 현실을 마주하여 모든 사회적, 정치적 금기에 구애받지 않고 철저하고 투명하게 작품에 현실을 담아내고 있다는 뜻이다. 중국 사회에서 전통적으로 가장 핵심적인 엘리트집단으로 인식되어 온 문인계층 즉, 시인과 작가 들이 왜곡된 역사와 사회, 인민의 고통에 관해 굳게 입을 다문 채 예술로서의 문학에만 침잠해 있는 상황에서 인민과 역사를 작가의 존재 이유이자 글쓰기의 원천으로 설정하고 이를 작품으로 실천하는 옌롄커의 작가정신은 대단히 중요한 의미가 있다. 문학이 모든 가치로부터 독립적이어야 하는 숭고한 예술임에는 이론의 여지가 없지만, 다분히 개인적인 행위인 동시에 사회적 산물이기도 한 문학이 예술인 것이지 문학의 생산자들이 예술인 것은 아니다. 최근 중국의 작가들이 중국에서 누리는 사회적 지위와 세계 문단에서 누리는 인기를 생각하면 저들의 문학은 사회를 향해 열려 있지 않고 지나치게 개인화되어 있다는 인상을 지울 수가 없다.

2005년 봄, 중국 광둥廣東성의 격월 문예지 《화청花城》 3월호에 《인민을 위해 복무하라》가 상당 부분이 삭제된 채로 발표되었다. 적지 않은 부분이 삭제되었음에도 중앙선전부의 긴급 명령에 의해 3만 권에 달하는 책이 전부 회수되고 말았다. 하지만 중국 문예계를 발칵 뒤집어놓은 이러한 금서조치는 전혀 예상치 못한 효과를 내어 오히려 이소설이 다양한 방식으로 수많은 독자에게 전파되는 촉진제 역할을 했다. 그렇다면 이 책이 금서가 된 이유는 무엇일까? 해답은 간단하다. 마오쩌둥이라는 신 같은 존재와 그가 이룩한 혁명의 전통을 희화화하여 지극히 인간적인 욕망으로 대체함으로써 혁명을 해체하고 인성을 회복하려

시도했기 때문이다. 그리고 개혁개방이 시작된 지 40년이 지난 지금까지도 중국 사회에는 혁명의 전통이 여전히 풀지 못하는 역사의 불안으로 존재하기 때문이다.

1944년 7월 5일, 산베이陝北 안차이安寨현의 목탄 탄광에서 갱도가 붕괴되면서 중국공산당 전사인 장쓰더張思德가 압사하는 사고가 발생했다. 쓰촨四川성 이룽儀隴현 출신으로 1915년에 가난한 농촌가정에서 태어난 장쓰더는 어려서 고아가 되었다. 1933년에 중국 홍군紅軍의 장정長征에도 참가한 바 있는 그는 1937년에 중국공산당에 입당하여 투철한 책임감과 자신을 돌보지 않는 희생정신으로 일찍이 마오쩌둥의 내위반內衛班에서 경비임무를 수행한 적도 있었다. 장쓰더가 사망한 지 사흘 뒤 마오쩌둥은 한 연설에서 "장쓰더 동지는 인민의 이익을 위해 목숨을 바쳤다. 그의 죽음은 태산보다도 중요하다"라고 전제하며 "지금 중국의 인민이 수난을 당하고 있는 만큼 그들을 구하는 것이 우리의 임무이다. 우리는 이를 위해 분투하고 있고 이러한 분투에는 희생이 따르기 마련이다"라고 강조했다. 이 연설의 제목이 바로 〈인민을 위해 복무하라〉였다.

그 뒤로 '인민을 위해 복무하라'라는 한마디는 혁명언어의 경전이 되었고 무소불위의 금언이 되었으며 혁명정신의 상징이 되었다. 그러나 이 소설의 시종을 관통하는 이 명제는 작품 안에서 혁명의 상징이 아닌 욕망의 발산기제로 작용한다. '위대한 마오 주석'의 명언이 일종의 최음제 역할을 하는 것이다.

그의 작품은 대부분 농촌생활과 군대생활의 산물이자 공화국의 역사에 대한 새로운 상상과 반성, 그리고 새로운 시각을 담고 있다. 왕더웨이王德威에 따르면 "탈혁명, 탈사회주의의 시대에 그는 의식적으로 역사의 현장으로 돌아와 혁명의 소용돌이가 휩쓸고 간 자리에 남은 거대한 상처와 고통의 소재를 확인하고 점검한다. 그 상처와 고통의 근원이 시공의 단절에 있든 육체적 고통에 있든, 아니면 죽음의 영원한 회귀에 있든 간에 이 모든 것을 작품 속에서 일종의 원초적 욕망의 에너지로 환원시킨다." 그의 작품에는 농촌과 군대의 정서가 가득하지만 그 이면은 욕망에 기초한 격정과 행동 그리고 어디든지 따라다니는 죽음의 그림자가 지배한다. 그 대표적 작품이 바로《인민을 위해 복무하라》이다. 이 작품에서 작가는 시적인 성애 묘사를 통해 혁명과 공화국의 역사를 희화화하고 있는 것처럼 보이지만, 사실은 단순히 희화화에 그치는 것이 아니라 혁명의 역사에 반문하여 인민이 겪어야 했던 고통의 근원을 확인하고 혁명의 서사와 욕망의 동경을 대비시킴으로써 왜곡된 인간 존재에 대한 재평가를 시도하고 있다. 여전히 관방의 지원을 큰 동력으로 삼고 있는 중국 문단에서 옌롄커는 제도권에서의 성공을 추구하는 대신, 문단의 평가나 대중적 인기에 무관하게 오로지 작품을 통해 가장 본질적인 작가의 상태와 문학의 본원을 지향하고 있다.

옌롄커의 문학을 한마디로 말하자면 가혹한 현실에 대항하여 인간의 존엄과 사랑을 되찾고 지키려는 처절한 몸부림이라 할 수 있다. 옌롄커는 우리의 삶을 구성하는 가장 중요하고 본질적인 요소인 '고통'과 '절망'을 아무런 두려움 없이 가장 적극적으로 잘 묘사하고 표현해내는 작가다. 그의 작품에는 다양한 형태의 비극과 절망, 고통들이 가득 차 있다. 그런 점에서 그는 이 세상의 모든 부정과 불의에 대한 지상의 영약으로 신이 내려준 것이 고뇌이며, 모든 예술은 이를 기초로 존재한다는 보들레르C. Baudelaire의 명제를 가장 실천적으로 증명하고 있는 작가라고 할 수 있다. 소설가는 완벽하고 아름다운 허구를 통해 역사가들이 꿈꾸는 진실에 도달하고, 노련하여 문제를 발견하는 데 탁월한 독자들은 소설을 통해 역사의 진상을 유추한다고 한다. 정말로 노련한 독자들이라면 그의 작품에서 오늘날 인류가 처해 있는 역사의 진상을 감지할 수 있어야 할 것이다. 이와 관련하여 옌롄커는 〈가상假想〉이라는 제목의 글에서 오늘날 인류가 처한 현실에 대해 이렇게 진단한다.

"이미 인간의 약육강식 상태가 극대화되는 시기가 되었다. 이런 추세는 이미 점진에서 맹진의 상태로 접어들었다. 그래서 우리는 사실 인류가 진정으로 문명의 상태에 속했던 단계는 오늘이나 내일이 아니라 어제였다고 말할 수 있는 것이다. 적어도 농경시대에는 해가 뜨면 나가 일하고 해지 지면 들어와 쉴 수 있었고, 배가 고프면 먹고 추우면 옷을 입을 수 있었다. 소박하긴 하지만 이것이야말로 가장 진정한 의미의 문명시기가 아니었을까? 남성이 밖에 나가 일하고 여성이 집에서 옷감을 짜던 시기야말로 인류 문명의 절정 단계가 아니었을까? 그 뒤로 인류가 처한 모든 생산관계의 단계는 절정을 지난 내리막길이라고 해야 하지 않을까? …… 나는 '문학은 인학人學'이라는 단언을 감히 믿지 못한다. 하지만 문학은 인간에 대해 영원한 존엄과 사랑을 담아야 한다고 생각한다. 인간 생존의 의미는 이미 사라져버린 것인지도 모른다. 오늘날 공룡은 어떻게 사라졌고 바퀴벌레는 어떻게 여전히 존재하는지를 모르는 것과 마찬가지다."

옌롄커의 소설은 복잡한 서사와 스토리텔링에 크게 의존하지 않는다. 그의 서사는 극도로 간결하고 선이 굵다. 대신 대단히 아름답고 회화적이다. 비교적 복잡하지 않은 서사의 빈틈을 채운다. 수사는 다분히 음악적이다. 시에서 흔히 사용될 수 있는 반복과 대구, 직접 만들어내는 어휘 등이 현란하게 구사되고 있다. 그래서 번역이 쉽지 않지만 독자들에게 전혀 지루하지 않는 열독의 리듬감과 특별한 재미를 선사한다. 그러나 무엇보다도 옌롄커 소설의 가장 중요한 특징은 문학의 '원형', 본질적 가치와 의미를 지향하고 있다는 것이다. 문학의 가장 본질적인 기능인 인간의 존엄과 사랑을 지키는 것이 그의 문학이 존재하는 이유이자 목적인 것이다.

이 작품이 독자들께 대단히 빠른 속도로 변화하는 중국 사회와 그 역사의 일단을 이해하는 데 큰 지침이 될 수 있기를 기대한다. 아울러 새로운 기획과 편집으로 이 작품을 다시 태어나게 해주신 웅진지식하우스 편집진 모든 분께 머리 숙여 심신한 감사의 뜻을 전하고 싶다.

2018년 6월 김태성

1958년   허난성 충현에서 출생.

1960년   중국의 경제성장을 위한 대약진운동과 더불어 1천 만 이상의
                 인구 감소를 야기한 '3년 자연재해'로 지독한 가난과 기아에
                 시달리기 시작함.

1968년(10세)   농촌의 교육 정체와 마오쩌둥 우상화의 일환으로《마오주석
                 어록》을 비롯하여 〈인민을 위해 복무하라〉, 〈노먼 베쑨을 기
                 념하며〉, 〈우공이산愚公移山〉 같은 글을 외우는 것으로 교육
                 이 대체됨.

1971년(14세)   소설을 읽기 시작함. 처음에는 주로《금광대도金光大道》나
                 《청춘의 노래靑春之歌》같은 혁명소설에 심취하다가, 나중에
                 루쉰魯迅, 마오둔茅盾, 라오서老舍 등 현대문학 작가들의 작품
                 과 외국문학을 접하게 됨.

1972년(15세)   문화대혁명 시기, 산악지구나 농촌에서의 인민공사를 위한
                 도시 지식청년의 농촌이주 운동인 '상산하향上山下鄕'의 일환
                 으로 톈후춘을 찾은 지식청년들로부터 그들의 갈망과 무력감
                 을 실감하고 당시의 총살사건으로 커다란 정신적 충격을 경
                 험함. 옌롄커에게 이들은 아청阿城, 왕안이王安憶, 한샤오궁韓
                 少功 등이 묘사한 낭만적 생활과는 동떨어진 이미지로 각인
                 됨(1968년과 1973년 사이, 800만 명이 넘는 청년들이 농촌으로 이주했으
                 나 문화대혁명 끝 무렵에는 거의 모두 도시로 다시 귀환했다고 함).

1974년(17세)   충현 제4중학교 입학. 도시와 농촌의 심각한 차별을 인식하
                 면서 자신의 운명을 스스로 바꾸어나가기로 마음먹음.

1975년(18세)   어려운 가정형편으로 잠시 학업을 접고 허난성 신샹에 있는
                 시멘트 공장에서 노동자로 일하기 시작함. 당시의 기억과 삶
                 의 풍경은 그의 산문집《나와 아버지我與父輩》에 그대로 기록
                 되어 있음.

1977년(20세)   시멘트 공장에서 매일 수레를 끌고 돌을 나르는 생활을 2년
                 동안 계속함. 계급투쟁을 다룬 30만 자 분량의 장편소설《산

향혈화山鄕血火》를 씀. 형의 권유로 갓 부활된 대학 입학시험에 응시하나 낙방함.

1978년(21세) 또다시 대입 시험에 낙방하여 연말에 군에 입대. 처음으로 기차와 텔레비전을 구경하고 소설에 단편·중편·장편의 구분이 있다는 사실을 알게 됨. 아울러 《인민문학》이나 《해방군문예》같은 문예지의 존재를 알게 됨.

1979년(22세) 군대 내 문학창작학습반에 참여하기 시작함. 첫 단편 〈천마이야기天麻的故事〉가 데뷔작으로 군구 《전투보戰鬪報》에 실림. 2월, 중국과 베트남 사이의 국경전쟁이 발발하면서 전쟁이 어떻게 개인과 가정을 파괴하는지 실감하게 됨.

1980년(23세) 단편소설 〈열풍熱風〉 발표. 글쓰기를 통해 자신의 운명을 변화시키겠다는 목표가 점점 확실해짐.

1981년(24세) 제대해서 고향으로 돌아갈 준비를 함. 단막극 〈두 개의 편액二挂圖〉으로 전군문예공연 수상과 동시에 부대로 복귀함. 이해에 단편 〈채소굴 속의 세 병사菜庵子裏的三個兵〉 발표.

1982년(25세) 부대에서 간부로 진급함과 동시에 사단의 정치문화 간사가 됨. 단편 〈닭구이대왕燒鷄大王〉 발표.

1983년(26세) 허난대학교 정치교육과 입학. 단편 〈보조금을 받은 여인領補助金的女人〉 발표.

1984년(27세) 〈사병 사병士兵 士兵〉, 〈시집 갈 여자待嫁女〉, 〈장군〉, 〈아내들의 휴가妻子們來度假〉 등 군대 생활과 관련된 네 편의 단편 발표. 음력 11월 13일, 부친 사망. 부친의 힘든 노동을 통해 고난과 인내, 토지에 대한 기본적인 인식과 사유가 완성됨.

1985년(28세) 단편 〈돌아가다歸〉 발표.

1986년(29세) 포스트모던한 분위기와 구조를 지닌 단편 〈구불구불한 시골길村路彎彎〉, 〈작은 마을 작은 강小村小河〉 발표. 이 두 작품을 계기로 글쓰기의 기교에 대한 탐색을 시도하기 시작함.

1987년(30세) 소설 〈영웅은 오늘밤 전선으로 가네英雄今夜上前線〉 발표.

1988년(31세) 소설 〈양정고리兩程故里〉 발표. 잡지 《쿤룬崑崙》과 《소설선간小說選刊》 편집부가 연합하여 '옌롄커 문학학술대회' 개최.

농촌 생활의 내부적 논리에 대한 뛰어난 통찰력이 인정되어 〈양정고리〉로《해방군문예》우수작품상 수상.

1989년(32세) 해방군예술학원 문학과 수료. 〈사냥狩獵〉과 〈미지막 휘황합最後的輝煌〉 등 여섯 편의 소설 발표. 그 가운데 〈사당〉으로 또 다시《해방군문예》우수작품상 수상.

1990년(33세) 문학계와 비평계가 집중적으로 주목하기 시작함. 〈투계鬪鷄〉, 〈향난鄕難〉, 〈슬픔悲哀〉 등의 중편과 〈넷째 아저씨의 신분四叔的身份〉 등의 단편을 포함해 여덟 편의 소설 발표. 제4회《소설월보》백화중편상, 제4회《10월》문학상 등 수상. 비평계로부터 서사에 자아를 개입시키기 시작했다고 평가받음.

1991년(34세) 폭발적 글쓰기 상태로 돌입. 장편·중편·단편을 포함하여 열두 편을 발표. 이 가운데 첫 장편《정감옥情感獄》은 자전적 작품으로 평가됨.

1992년(35세) 〈종군행從軍行〉, 〈화평설和平雪〉 등 군대생활을 배경으로 한 소설 여섯 편을 발표. 그중 중편《여름 해가 지다》가《소설월보》와《중편소설선간》,《중화문학선간》에 연재되는 한편,《중편소설선간》우수작품상 수상. 또한 이 작품을 계기로 '군인'에서 '인간'의 기본적인 위치로 돌아왔다는 평가를 받음. 작가에게는 영웅주의와 이상주의 서사에 대한 반기의 시발점이 된 작품이나, 당시 '정신오염'이라는 이해할 수 없는 이유로《여름 해가 지다》는 판금 조치를 당함.

1993년(36세) 여전히 한 해에 6편의 소설을 발표하는 속도를 유지하면서, 중편 다섯과 단편 하나를 발표. 이 작품들의 등장인물은 대부분 '농민' 출신 '군인'들임. 이 두 가지 신분의 교차를 핵심으로 하여 군인들의 복잡한 존재 상태와 평화 시기 군인들의 영혼에 대한 탐색을 시도함으로써, 비평가들로부터 '농민의 아들'이라는 칭호를 받음. 이 시기에 발표한 작품들은 주로 옌렌커가 소설의 구조와 의식 면에서 전통에서 현대로 넘어가는 과도기로, 향토 중국 내부의 논리에 대한 작가의 이해력과 정신 상태를 잘 대변하고 있음. 두 번째 장편《마지막 여자지식청년最後一名女知靑》출간. 인간들의 세계와 귀신들의 세계, 농촌과 도시를 넘나드는 독특한 구조로, 우언과 상상력으로 가득한 부조리 서사를 대단히 잘 전개했다는 평가를 받음. 이 작품 발표 이후, 몸에 심각한 문제가 발생하여 더 이상 책상에서 글을 쓸 수 없게 되자 엎드려서 글을 쓰기 시작함. 나중에는 장애인용 의료기기를 특별 주문하여 침대에 엎드려 글을 씀.

1994년(37세) 중편 〈즐거운 가원歡樂家園〉, 〈천궁도天宮圖〉, 〈전쟁이 평화를 방문하다戰爭造訪和平〉, 〈바러우산맥耙耬山脈〉등 발표. 〈바러우산맥〉으로《중화문학선간》우수작품상과 제3회 상하이 우수중편상 수상. 베이징 제2포병 텔레비전 연속극 제작센터로 발령받아 허난에서 베이징으로 이사함.

1995년(38세) 옌롄커 작품 활동에 있어 '중편소설의 해'로 평가됨. 중편 〈평화로운 날들在和平的日子裏〉, 〈빛나는 지옥문輝煌獄門〉, 〈시골의 사망보고鄕村死亡報告〉, 〈4호 금지구역四號禁區〉, 〈도시의 빛都市之光〉등과 단편 〈생사노소生死老小〉등 발표.

1996년(39세) 중편 〈평담함平平淡淡〉, 〈황금동黃金洞〉, 단편 〈한限〉 발표. 이 가운데 〈황금동〉으로 제1회 루쉰문학상 수상.

1997년(40세) 중편《연월일年月日》로 제2회 루쉰문학상, 제8회《소설월보》백화상, 제4회 상하이 우수소설상 등 수상. 이 작품은 우언과 상징의 방식으로 강인함과 환상의 세계를 묘사하는 동시에 감성적인 언어와 부조리한 상상력으로 독특한 기질을 창조해 냈다는 평가를 받음. 타이완의 유명 평론가인 왕더웨이王德威는《연월일》과 이듬해에 발표된《흐르는 세월日光流年》이 샤즈칭夏志淸이 말한 중국 현대소설의 '노골적 리얼리즘'을 잘 계승하고 있고, 고통과 자학이 서사를 지속시키는 원동력이 되고 있으며, 서사 자체가 예지라고 평가함.

1998년(41세) 10월《흐르는 세월》발표 및 출간. 건강이 극도로 악화된 상황에서 목숨을 걸고 써낸 작품으로 전해짐. 단편 〈4월 6일에서 8일까지, 집으로 돌아가라4月6日至8日, 回你家去吧〉, 〈농민군인〉, 〈병동兵洞〉 발표. 중편 〈대위大校〉로 제8회 《해방군문예》중편소설상 수상.《흐르는 세월》에 관해 유명 평론가 천샤오밍陳曉明은 "인간의 생명에 대한 묘사를 극단으로 몰아간 대단히 용기 있는 작품으로, 고통의 가장 직접적인 수용이 담긴 작품"이라 평가함. 문화평론가이자 베이징대학교 중문과 교수인 다이진화戴錦華는, 이 작품이 "시간의 전도라는 완벽한 구소 형태를 갖추고 있다"고 평가함. 평론가 왕이촨王一川은 이 작품을 문학의 근원을 추구한다는 의미로 '색원체素源體'라고 명명하여 평론계에서 주목받음. '향토 중국'의 고난을 순수 상징의 형식으로 묘사해낸 이 작품은 민족 전체 생명의 가장 원시적 형태를 그려낸 민족의 정신사이자 영혼의 종교사, 생명의 속죄사로 평가되면서 출판계에서도 중국 시대문예출판사를 비롯하여 인민일보출판사, 베이징시월문예출판사 등이 2년 단위로 연이어 출간하는 성황을 보임.

1999년(42세)   중편 〈동남쪽을 향해 가다朝着東南走〉로《인민문학》우수작품상 수상, 〈바러우천가杷耬天歌〉로 제5회 상하이 우수중편소설상 수상.

2000년(43세)   단편 〈1949년의 문과 11방1949年的門和房〉발표.

2001년(44세)   장편《물처럼 단단하게堅硬如水》발표 및 출간. 나중에 구두조九頭鳥 장편소설상 우수작품상 수상. 이 작품은《흐르는 세월》에 이은 또 한차례의 철저한 자기번복으로 평가됨. 평론가이자 상하이 푸단復旦대학교수 천스허陳思和는 '악마적 요소'라는 단어로 이 작품을 분석함. 작가 본인은 '붉은 언어'와 '혁명 언어'로 권력의 부조리를 묘사했으며 언어의 구조와 방식, 밀도 등을 통해 시대의 정신논리를 나타냈다고 자술함. 소설집《바러우천가》,《통과穿越》,《투계鬪鷄》등 출간.

2002년(45세)   단편 〈지뢰〉, 〈몽둥이 세 개三棒槌〉, 〈사령관 집의 정원사〉, 〈사상정치공작〉, 〈검정 돼지털 흰 돼지털〉, 〈할아버지 할머니의 사랑〉 등 발표. 그중 〈검정 돼지털 흰 돼지털〉로《소설선간》우수편상 수상. 두 번째 산문집《몸을 돌려 집으로返身回家》, 소설집《세 개의 몽둥이》,《연월일》등 출간. 10월, 문학평론가 량홍梁鴻과의 대담집《무당의 빨간 젓가락》출간. 이 책에서 자신을 본질적으로 '농민'으로 규정하면서 밭에 씨를 뿌리지는 않지만 땅으로 이뤄진 인간 내면과 영혼에 씨를 뿌린다고 천명함.

2003년(46세)	중국 산둥대학교와 뤄양대학교 등에서 문학강좌 진행. 10월, 장편《레닌의 키스受活》발표(이 제목은 본래 '즐거움'이란 뜻이나, 프랑스어판 번역자에 의해 '레닌의 키스'로 불여져 유럽과 영미에 유통된 제목임).
2004년(47세)	《레닌의 키스》출간.《흐르는 세월》이나《물처럼 단단하게》에 뒤지지 않는 기서로 평가됨. 상하이대학교에서 왕샤오밍王曉明, 왕지런王紀人, 차이샹蔡翔, 쉬밍許明, 리얼李洱 등 20여 명의 평론가와 작가들이 모여《레닌의 키스》에 대한 학술토론회 개최. 이 자리에서 방언을 매우 적절히 구사하며 실제 경험을 통해 행복이 없는 비극적 사회 발전을 폭로하고 있다는 평가를 받음. 작가 리얼은 이 작품을 중국 사회와 문화 전체에 대한 비판이자 반론이라고 평함. 유명 평론가 난판南帆은 《레닌의 키스》를 '부조리 현실주의'라고 규정하면서 풍자와 부조리의 요소를 극단으로 몰아갔다고 평가함. 왕더웨이, 리퉈李陀 등 정상급 평론가들도《레닌의 키스》에 주목하고 "리얼리즘의 새로운 경지"라는 높은 평가를 내림. 베이징대학교, 산둥대학교, 산둥사범대학교, 칭다오대학교, 칭다오사범대학교, 중궈런민대학교 등 중국 유수의 대학에 초청되어 문학 강연 및 강좌 진행.
2005년(48세)	중편《인민을 위해 복무하라》를 발표했다가 잡지가 전부 회수되는 상황이 발생함. 마오쩌둥의 위대한 명제인 "인민을 위해 복무하라"를 폄훼하고 혁명을 모독했다는 이유로 작품의 출판과 유통이 전면 금지되는 동시에 문단과 출판계에 커다란 쟁의를 일으킴. 2월,《레닌의 키스》로 제3회 라오서문학상 수상. 또한 '민족의 정신사'라는 평가와 함께 2004년 중국소설 베스트셀러 목록에 오름. 3월,《레닌의 키스》로 제2회 21세기 지딩쥔紀鼎鈞 비엔날레문학상 수상. 28년의 군대 생활을 완전히 마치고 베이징작가협회 소속 전업작가가 됨.
2006년(49세)	1월 장편《딩씨 마을의 꿈丁莊夢》발표 및 출간. 재판 출간금지 조치와 함께 출판사와의 소송에 휘말림으로써 '중국에서 가장 쟁의가 많은 작가'라는 평가를 받음.《인민을 위해 복무하라》가 20여 개 국가 및 지역에서 번역·출간됨. 일본의 '오

에 겐자부로 문학학술대회'를 비롯하여 난징대학교, 정저우대학교, 베이징사범대학교, 랴오닝사범대학교 등에 초청되어 문학 강연 및 상와 신행.

2007년(50세) 《딩씨 마을의 꿈》이 타이완 독서인상을 수상함과 동시에 《아주주간亞洲周刊》 중화권 10대 양서 가운데 하나로 선정됨. 아울러 한국, 일본을 비롯해 영미권, 유럽권에서 번역·출간됨. 《옌렌커 문집(전12권)》과 문학수상집 《나의 현실, 나의 주의》 출간. 9월 15일, 《당대작가평론》에서 여러 대학과 연합하여 '옌렌커 문학학술토론회' 개최.

2008년(51세) 2월 장편 《풍아송》 발표 및 출간. 발표되자마자 "베이징대학교를 거냥한 소설"이라는 비판과 함께 대대적인 논쟁을 일으킨 이 작품은, 최초로 지식인을 소재로 한 소설로서 한 지식인이 수치와 억압 속에서 자아존재의 자리를 찾아가는 내용을 담고 있음. 작가 스스로도 한국어판 서문에 밝혔듯, '옌렌커의 정신적 자서전'이라는 평가를 받음. 베이징외국어대학교, 한국외국어대학교, 영국의 당대 중국 문화축제, 홍콩 시티대학교, 영국 케임브리지대학교 등에 초청되어 강연과 강좌 진행. 4월, 인천문화재단이 주최한 AALA문학포럼에 참가. 프랑스 제4회 국제소설포럼에 초청되어 강연함.

2009년(52세) 단편 〈샤오안小安의 뉴스〉, 중편 〈도원춘성桃園春醒〉 발표. 《연월일》 프랑스어판 출간. 역자 브리지트 기보Brigitte Guilbaud가 이 작품으로 프랑스 국가번역상 수상. 장편 산문집 《나와 아버지》 출간과 동시에 CCTV, 중국산문협회, 《신경보新京報》, 《광저우일보》, 《남방도시보南方都市報》 등의 기관에 의해 2009년 최우수작품으로 선정. 《물처럼 단단하게》 재판, 소설집 《천궁도天宮圖》, 《4호금구四號禁區》 최신 수정판 및 《정감옥情感獄》 등 출간.

2010년(53세) 중귀런민대학교 문학원 교수로 정식 임용됨. '글쓰기의 반도'로서 출판을 위해 함부로 책을 쓰지 않는다는 선언과 함께, 장편 《사서四書》 완성. 중국 내 20여 개 출판사로부터 출판을 거절당함. 타이완 성공대학교와 노르웨이 오슬로문학센터, 에스파냐 마드리드도서전, 싱가포르 문학축제 등에 초청되어 강연과 문학포럼 진행. 소설집 《연월일》 재출간. 《레닌의 키스》가 유명 학술지인 《남방주말南方周末》에서 30년대 10대 우수도서로 선정됨. 평론집 《소설의 발견發見小說》 발표 및 출간. 이 책에서 리얼리즘을 '강구控. 현실주의, 세상世相 현실주의, 생명 현실주의, 영혼 현실주의' 등으로 구분함. 아울러 자신의 창작을 '신실주의神實主義'라고 명명, 창작 과정에서 기존 진실의 표면적 논리관계를 포기하고 일종의 '존재하지 않는 존재'의 진실, 보이지 않는 진실, 진실에 덮인 진실을 찾는다고 천명함. 10월, 산문집 《나와 아버지》로 제1회 시내암施耐庵 문학상 수상. 12월, 홍콩과 타이완에서 각각 《사서》 출간. 《아주주간》에서 '보석 허가를 받아 치료중인 기서'라고 평가함. 《풍아송》 베트남어판 출간. 시드니대학교 공자학원을 비롯하여 미국 뉴욕작가축제와 마이애미도서전, 한국 경성대학교, 이탈리아 밀라노문화센터, 로마 제3국제대학교 등에 초청되어 강연 및 강좌 진행. 장편 《딩씨 마을의 꿈》이 구창웨이顧長衛 감독에 의해 영화화되어 여러 차례의 심의 끝에 간신히 상영 허가를 받음.

2012년(55세)   1월, 《딩씨 마을의 꿈》이 영국 맨아시아문학상Man Asian Literary Prize 최종 후보, 《파이낸셜 타임스》 올해의 책으로 선정됨. 일본에서 라오서 작품 이후 두 번째로 점자본 도서로 출간됨. 《사서》 한국어판 출간, 프랑스의 페미나상 외국소설 부문 최종 후보로 선정됨. 《여름 해가 지다》 한국어판 출간. 3월부터 6월까지 홍콩 침례대학교 초청으로 객좌교수로 활동하면서 장편 《작열지炸裂志》 집필 시작. 3월, 장편 산문집 《베이징, 마지막 기념: 나와 711호 원자》 출간. 4월 21일에 《뉴욕 타임스》에 〈집 잃은 개 1년〉이란 제목의 글을 발표하여 비분과 무력감을 토로함. 5월, 해외 강연 모음집 《헛소리들》 출간.

2013년(56세)   《레닌의 키스》 영문판 출간 이후 《뉴요커》, 《뉴욕 타임스》, 영국의 《가디언》 등으로부터 호평받음. 재미 화인작가 하진哈金은 이 작품을 '유연한 상상력과 과장된 수사로 부조리와 현실을 잘 묘사한 대단히 희극적인 작품'으로 평가함. 《레닌의 키스》 노르웨이어판 출간. 《물처럼 단단하게》 한국어판 출간. 3월부터 4월까지 미국 듀크대학교, 버클리대학교, 하버드대학교, 캐나다의 일부 대학을 순회하며 강연 및 강좌 진행. 7월, 신작 장편 《삭열시》 발표. 홍콩 과기대학교에 객좌교수로 초청됨. 12월, 일본 와세다대학교 초청으로 문학포럼 참가. 영국 맨부커상 인터네셔널 부문 최종 후보 선정.

2014년(57세)   말레이시아 '화종花踪' 세계 화문 문학대상 수상. 체코 프란츠 카프카문학상 수상. 《작열지炸裂志》로 홍콩 홍루몽상 수상.

2015년(58세)   《레닌의 키스》로 일본 트위터국제문학상 수상. 《물처럼 단단하게》로 베트남 국가 번역상 수상.

2016년(59세)   《사서》로 영국 맨부커상 인터네셔널 부문 최종 후보 선정. 《파이낸셜 타임스》 오펜하이머 개발 시장 기금상 최종 후보 선정. 《일식日熄》으로 홍콩 홍루몽상 최고상 수상.

2017년(60세)   노벨문학상 수상자 최종 후보에 오름. 잡지 《수확收穫》에 신작 장편소설 《속구공명速求共眠》을 발표. 홍콩 침례대학교 객좌교수와 중궈런민대학교 주교住校작가 및 교수직을 유지하고 있음.

2018년(61세)   산문집 《밭과 호수의 아이田湖的孩子》 출간.

2019년(62세)   자신의 삶을 비허구로 구성한 신작소설 《빨리 함께 잠들 수 있기를速求共眠》 출간. 다른 작품들과 달리 아직 중국 내 금서로 지정되지 않았음.

인민을 위해 복무하라

초판 1쇄 발행 2008년 4월 30일
3판 1쇄 발행 2019년 10월 21일
3판 7쇄 발행 2024년 10월 28일

지은이 옌롄커 **옮긴이** 김태성

발행인 이봉주 **단행본사업본부장** 신동해
편집장 김예원 **책임편집** 김보람 **디자인** 김은정
마케팅 최혜진 이인국 **홍보** 반여진 허지호 송임선
국제업무 김은정 김지민 **제작** 정석훈

브랜드 웅진지식하우스
주소 경기도 파주시 회동길 20
문의전화 031-956-7352(편집) 031-956-7089(마케팅)
홈페이지 www.wjbooks.co.kr
인스타그램 www.instagram.com/woongjin_readers
페이스북 www.facebook.com/woongjinreaders
블로그 blog.naver.com/wj_booking

발행처 ㈜웅진씽크빅
출판신고 1980년 3월 29일 제406-2007-000046호

한국어판 출판권 © 웅진씽크빅, 2008, 2019
ISBN 978-89-01-23722-0 03820

웅진지식하우스는 ㈜웅진씽크빅 단행본사업본부의 브랜드입니다.

* 책값은 뒤표지에 있습니다.
* 잘못된 책은 바꾸어 드립니다.